《文心雕龙》立言思想研究

方科平 著

黄河出版传媒集团

宁夏人民出版社

图书在版编目（CIP）数据

《文心雕龙》立言思想研究 / 方科平著. -- 银川：
宁夏人民出版社，2023.5
ISBN 978-7-227-07811-1

Ⅰ. ①文… Ⅱ. ①方… Ⅲ. ①《文心雕龙》–古典文
学研究 Ⅳ. ①I206.2

中国国家版本馆 CIP 数据核字（2023）第 082499 号

《文心雕龙》立言思想研究　　　　　方科平　著

责任编辑　杨海军
责任校对　陈　晶
封面设计　沈家菡
责任印制　宋　华

 黄河出版传媒集团
宁夏人民出版社 出版发行

出 版 人　薛文斌
地　　址　宁夏银川市北京东路 139 号出版大厦（750001）
网　　址　http://www.yrpubm.com
网上书店　http://www.hh-book.com
电子信箱　nxrmcbs@126.com
邮购电话　0951-5052104　5052106
经　　销　全国新华书店
印刷装订　宁夏银报智能印刷科技有限公司
印刷委托书号　（宁）0026210

开本　880 mm × 1230 mm　　1/32
印张　8.75
字数　220 千字
版次　2023 年 5 月第 1 版
印次　2023 年 5 月第 1 次印刷
书号　ISBN 978-7-227-07811-1
定价　56.00 元

目 录

绪 论 ……………………………………………………… 1

第一章 立言缘由:树德建言,岂好辩哉 …………… 25

    第一节 "文的自觉"背景下的立言诉求 …………… 25

    第二节 刘勰与立德、立功、立言 ………………… 37

    第三节 写作立言中的正末归本 …………………… 51

    第四节 刘勰对传统"述而不作"立言观的继承和突破

        …………………………………………………… 62

第二章 立言必然性:言之文也,天地之心哉 ……… 80

    第一节 道心—天地之心—文心 ………………… 81

    第二节 道之文—自然之文—人文 ……………… 98

    第三节 心生而言立,言立而文明 ……………… 117

    第四节 宗 经 …………………………………… 129

第三章 立言方法之一:论文叙笔 ………………… 144

    第一节 《文心雕龙》"论文叙笔"部分性质辨 …… 145

    第二节 《文心雕龙》"论文叙笔"主要内容 …… 165

第四章 立言方法之二：割情析采 …………………… 203

　第一节 《文心雕龙》"割情析采"部分性质辨 ……… 203

　第二节 "割情析采"部分主要内容 ……………… 214

结　语 …………………………………………………… 237

参考文献 ………………………………………………… 247

附　录 …………………………………………………… 260

　走向"文化诗学"：当代《文心雕龙》研究的新视野

　　——兼论童庆炳《文心雕龙》研究 ……………… 260

后　记 …………………………………………………… 277

绪　论

中国古代具有丰富的立言方面的思想文化资源，很多文献对此都有相关记载。关于"立"字，最早见于甲骨文，本义是人站立在地面上。《说文解字》："立，住也。从大立一之上。凡立之属皆从立。"故"立"字的基本含义与人有关，后引申为树立、建立、设立等。因此，立言之"言"，非日常琐言闲谈，亦非一般的文章，而是指具有较大影响并获得话语权的言语著作等。这种言语著作往往在当时或以后产生一定影响力，或者包含某种深刻思想，流传后世，使得立言者的精神生命得以延续并受褒扬。以写作立言获得精神不朽的书写行为，是文士们普遍的精神追求。刘知幾《史通》外篇（卷十一　史官建置第一）云："夫人寓形天地，其生也若蜉蝣之在世，如白驹之过隙，犹且耻当年而功不立，疾没世而名不闻。上起帝王，下穷匹庶，近则朝廷之士，远则山林之客，谅其于功也，名也，莫不汲汲焉，孜孜焉。夫如是者何哉？皆以图不朽之事也。何者而称不朽乎？盖书名竹帛而已。"[1]他认为不论帝王将相还是贫苦百姓，人生在世，都有建功立业成就一番事业以使后人铭记、追忆，从而

---

[1]姚松，朱恒夫.史通全译：下[M].贵阳：贵州人民出版社，1997：2.

实现精神不朽的心理需求;而要想实现不朽,就得将生前的功德事迹录入书册。这揭示了语言的书写行为是实现不朽的重要途径。

与其他流传千古的经典著作一样,《文心雕龙》被实践证明已成为不朽之作,作者刘勰获得后世美誉,成功实现了立言不朽的伦理价值追求。刘勰及其《文心雕龙》的写作立言思想,一方面是对中国古代丰富的立言思想文化资源的借鉴和运用,另一方面也体现了刘勰自觉的理论建构。纪昀认为:"自汉以来,论文者罕能及此。彦和以此发端,所见在六朝文士之上。文以载道,明其当然;文原于道,明其本然,识其本乃不逐其末。"[1] 不同之处在于,《文心雕龙》包含极为丰富的立言思想和内容。总体来看,这方面的研究尚未引起学界重视,对《文心雕龙》立言观点进行研究的著作不是很多。周勋初指出:"他要写作《文心雕龙》,藉以'树德建言',并由此而'立家',可知他的写作《文心雕龙》,是想完成一部子书。"[2] 杨鸿烈说:"在这骈偶猖獗的时代,就暗伏着一位抱文学革新的刘彦和。可惜当时既无人唱和,后人又只以他那部极有价值的《文心雕龙》当做修辞书去读,就把他立言的宗旨失掉了。"[3] 邬国平说:"这些(指《序志》——本书作者注)都是刘勰自道其著《文心雕龙》的大胸襟语,说明立言不朽是刘勰重要的价值观,追求不朽是

---

[1]黄霖.文心雕龙汇评[M].上海:上海古籍出版社,2005:13.

[2]周勋初.文心雕龙解析:上[M].南京:凤凰出版社,2015:103.

[3]杨鸿烈.《文心雕龙》的研究[M]//周兴陆.民国《文心雕龙》研究论文汇编.上海:东方出版中心,2021:91.

他撰写《文心雕龙》最重要的原因。"[1] 魏伯河指出,"就本书的作意即写作动机而言,用我们今天的话来说,他并非要写作一部《文章作法》之类的实用读本(与其抱负不符),也不是要写一部《文学概论》之类的学科专著(因为那时还没有此类观念),而是要写一部通过'论文'来'述道见志'进而'树德建言'的书"[2]。

欧阳艳华对《文心雕龙》的立言思想进行了较为深入的研究,以圣人在《文心雕龙》中的核心位置开篇,研究《文心雕龙》以体道为线索所形成的文论观念。其著作共九章分上下两篇,上篇建构魏晋六朝体道思想的产生与变化进程,下篇分析《文心雕龙》体道征圣精神的文学理论。"从体道观念的角度研究《文心雕龙》征圣立言及道艺并融的文学观,是由于刘勰将体道征圣思想纳入于文学理论,展现一套受时代圣人之学影响的文艺观,此中时代思潮产生着不容忽视的作用。"[3]

由上可知,人们对《文心雕龙》立言思想的研究,大多集中在写作动机方面,而从全书基本思想、主要内容和结构对其立言思想进行研究的著作较少。本书侧重于从《文心雕龙》的著作性质来研究其立言思想,基本同意《文心雕龙》是一部谈论写作的书,但不认为它是一部现代意义上的普通写作学著作。

---

[1] 邬国平.《文心雕龙》是一部子书[J].上海大学学报(社会科学版),2013(5):71.

[2] 魏伯河.论《文心雕龙》为刘勰"树德建言"的子书[J].福建江夏学院学报,2018(2):79.

[3] 欧阳艳华.征圣立言:《文心雕龙》体道思想研究[M].上海:上海古籍出版社,2015:9.

笔者认为,《文心雕龙》的思想内容、全书结构、理论体系等都包含丰富的立言思想和观点,是一部探讨如何写作立言的著作。

刘勰将文章写作活动提升为立言,视文章为不朽之物,此观念在《文心雕龙》一书中表现普遍。比如,《文心雕龙·征圣》:"若征圣立言,则文其庶矣。"[1]文学作品能够超越时空而存在。

在文学史上,大凡优秀作品皆可"独步当时,流声后代"(《文心雕龙·论说》),故必须"雕龙"、"文心",用心为文。《文心雕龙》从立言的高度谈论文章写作,极为重视"为文之用心",该命题具有现代价值。

一、对《文心雕龙》著作性质的五种解释

对《文心雕龙》性质的认识和界定,直接决定着该书的研究对象、研究方法、研究成果及理论体系的构建等。长期以来,人们始终没有放弃对上述问题的探索,几乎每一位"龙学"研究者都会对《文心雕龙》的性质自觉或不自觉地表明态度。关于《文心雕龙》的著作性质是"龙学"中不可回避的核心问题之一,历来有不同的观点。代表性看法有以下几种。

(一)文学理论批评著作

"《文心雕龙》全书五十篇,都是文学理论,只有《指瑕》、

---

[1]范文澜.文心雕龙注:上[M].北京:人民文学出版社,1958:16.(本文所引《文心雕龙》中的文字皆出自范文澜《文心雕龙注》一书,后文不再一一注释。)

《才略》、《程器》、《知音》四篇是文学批评；《指瑕》批评作品，《才略》、《程器》批评作家，《知音》阐明批评原理。"[1] "《文心雕龙》不仅是国内而且是国际上第一部具有完整理论体系的文学理论巨著。"[2] 以上说法均明确指出，《文心雕龙》是一部文学理论批评著作。

此主流观点长期以来受到学界重视，几乎成为不可动摇的定论。在大学中文学科教学活动中，《文心雕龙》被写进文学理论和文学批评教程，是极为重要的教学内容。刘永济、罗根泽、王元化、杨明照、牟世金、张少康、李淼等均有论述。张少康等说："刘勰的《文心雕龙》是中国古代文学理论批评史上一部最杰出的重要著作。"又说："《文心雕龙》和《诗学》相比，显然有更为严密的理论体系，有更为丰富的具体内容。"[3] 张少康等从公元5世纪西方进入中世纪，美学和文艺理论相对停滞不前，而此时中国却出现了《文心雕龙》这样具有世界性意义的著作角度，从七个方面对《文心雕龙》的文学理论体系加以概括。包括：论文学的本质和起源；论文学的构思与创作；论文学的风格与体裁；论文学作品的风骨；论文学作品的写作技巧；论文学的批评与鉴赏；论文学的历史发展及其与时代的关系。

该论点是近代"西学东渐"以来，受西方现代文学理论影

[1]罗根泽.中国文学批评史[M].北京：商务印书馆，2017：294.

[2]贾树新.《文心雕龙》研究的最新进展与发展趋势[J].松辽学刊，1993（4）：35.

[3]张少康，刘三富.中国文学理论批评发展史：上[M].北京大学出版社，1995：221.

响而形成的。学者们一般认为《文心雕龙》以现代意义上的诗赋为重要论述对象,具有丰富的文学创作和文学理论内容,提出的诸多观点颇具现代文学理论内涵与品格。但是该派论点也有明显的缺陷,即《文心雕龙》对大量应用性文章的分析论述不宜归之于文学理论批评,何况《文心雕龙》虽然在"文的自觉"背景下论述了诗赋,但刘勰所秉持的诗赋观念与西方现代诗赋观不可同日而语。老舍曾说:"我们一提到文学理论与批评,似乎便联想到《文心雕龙》了"[1],"这么看,《文心雕龙》并不是真正的文学批评,而是一种文学源流、文学理论、修辞、作文法的混合物。它的好处是把秦汉以前至六朝的文说文体全收集来,作个总结"[2]。老舍作为现代著名作家,不同意将《文心雕龙》界定为文学理论批评著作,认为《文心雕龙》包含文学方面的诸多问题。"有些学者往往拿他和西方所谓之'文学论'、'文学评论'相比较,并袭用西方的名词,向刘勰和《文心雕龙》身上贴标签:说它是中国最具系统的一部'文学评论'专著,刘勰是'中国古代文学评论专家'。这种比较研究的方式固然可嘉,但过程和结果亦不无可议。原因在于东西方是两个不同的文化体系,其意识形态、表达方式,大多如方枘圆凿,难以铢两无差;有时即令勉强帮凑,也会搞得似是而非,有莫所适从之感!尤其像刘勰及其《文心雕龙》这种'陶冶万汇,组织千秋'的巨著,不要说在当代不曾有,即令后世也未之见。所以《文心雕龙》决非'文学评论'或'文学批评'所能范围;刘勰也决不是

---

[1]老舍. 文学概论讲义[M]. 上海:复旦大学出版社,2004:18.

[2]老舍. 文学概论讲义[M]. 上海:复旦大学出版社,2004:20.

'文评家'、'文学理论家'或'文学家'任何一个名号能盖棺论定的!"[1]王更生指出,中西文化分别属于不同的思想文化体系,盲目地挪用西方的名词术语认定《文心雕龙》是文学评论或文学批评著作,会遮蔽其极为丰富的思想文化价值。

有学者提出,刘勰的文学观是杂文学观,其文学理论是泛文论思想,从而认为《文心雕龙》是一部杂文学理论著作。也有学者从《文心雕龙》书名和《文心雕龙·序志》篇有关论述出发,提出《文心雕龙》是论述"文"和"文学"的。这些笼统的说法企图区分古代与现代文学观念,动机用意值得肯定,但实际上最终还是折服于现代文学思想观念。

(二)文章作法著作

由于反对文学理论批评著作的界说,自20世纪80年代以来,深受关注的观点是王运熙提出来的。他认为《文心雕龙》只是一部写作指导或文章作法类书籍[2]。此后,李庆甲、罗宗强、蒋寅、卢永璘等人均持此观点。卢永璘的观点较为新颖,指出《文心雕龙》讲述"美文的写作原理","'美文'一词倒是很适于指代中国古代多数文论家所说的'文'或'文章',特别是刘勰的《文心雕龙》之'文'"[3]。提出"美文"概念的用意在于试图运用现代概念呼应中国古代文章学传统,以解决古今文学文

[1]王更生.刘勰是个什么家?[J].北京大学学报(哲学社会科学版),1996(2):85.

[2]王运熙.文心雕龙探索:增补本[M].上海:上海古籍出版社,2005:7.

[3]卢永璘.美文的写作原理[M]//中国《文心雕龙》学会.文心雕龙研究:第四辑.北京:北京大学出版社,2000:56.

章观念的隔阂。但是,什么是"美文"?"美文"概念的内涵和外延如何准确界定?这类问题很难完全恰当解决,导致此论点在学界认同度不高。

　　黄霖将写作学的观点进一步深化,提出《文心雕龙》是"中国第一部写作心理学论著"[1]。在论文《〈文心雕龙〉——中国第一部写作心理学论著》第一部分,作者梳理了人们关于《文心雕龙》性质的具体观点,揭示了这些观点的分歧"源于一个多世纪以来人们对'文学'认识的变迁"。这是颇有见地的,但是他在这部分论述结束时,说了下面一席话:"尽管目前对《文心雕龙》有倾向于'写作学'与倾向于'文学理论'这两种不同的认识,但由于刘勰所论的'文'本身包容着现代通常所认识的'纯文学',这就决定了他在总结当时'杂文学'写作法的同时,也包容了从现代意义上所理解的'文学'理论。从本质上说,这两种提法并不是排斥而是相互通融的。假如从刘勰的原意和当时的实际情况来看,《文心雕龙》是一部写作学著作;而假如从当前旨在借鉴和研究中国古代文学或美学理论的立足点出发,也不妨将它看作是中国古代一部最伟大的文学理论专著。"在此,黄霖"通融"了倾向于写作学与倾向于文学理论这两种认识,看不出来他到底反对哪一个,其实两者都赞成。文章第二部分,作者主要依据书名的分析,得出《文心雕龙》是一部用美文来细致、系统论述写作心理活动的著作的结论。这是第三种观点,是新观点,也是本书用较大篇幅论述的论点。文

---

[1]黄霖.《文心雕龙》:中国第一部写作心理学论著[J].河北学刊,2009(1):93.

章第二部分、第三部分以及结尾都在阐述《文心雕龙》是中国第一部写作心理学论著这个观点。文章标题是:《〈文心雕龙〉——中国第一部写作心理学论著》,可是全文对"中国第一部"这个问题没有作出任何论证,哪怕是片言只语也没有。作者似乎觉得这个问题是不言自明的。笔者以为,从写作论证的角度看,这是不严密的,《文心雕龙》并不是中国第一部写作心理学论著。黄霖用中国第一部写作心理学论著对《文心雕龙》的性质作出界定,夸大了写作心理学在《文心雕龙》整部著作中所占有的比重,无助于对"体大虑周"的《文心雕龙》内容、价值等作出公正合理的评价。

20 世纪 80 年代以来,在《文心雕龙》著作性质上持文章写作论点的学者较多,尽管各自提出的理由和论证方法不完全相同,但观点大同小异,都企图运用"文章"概念解释《文心雕龙》所论之"文",从而囊括"论文叙笔"部分所有文体。立足于中国文章学传统,部分学者不赞成《文心雕龙》是一部文学理论批评著作,而是讲述中国古代文章学和文章写作的著作。此派论点的劣势主要在于对《文心雕龙》"割情析采"部分有关文学创作理论的价值重视不足。刘勰对之前历代大量著名作家作品的分析很难完全归入文章学领域,《文心雕龙》著作所表现出的文学性质等成果亦未被充分揭示。

(三)美学理论著作

在探讨《文心雕龙》性质的过程中,其美学理论思想的定位往往被忽视。20 世纪 80 年代以来,对《文心雕龙》美学思想的研究成为热点,涌现出了大量研究成果。马白说:"产生于一千五百年前的刘勰《文心雕龙》,是我国古代美学的一部划时代巨著。它上起先秦、两汉的美学思想,下开千余年来封建社会美学的先河,就体系之完整、论述之精当、思想之深刻、影响之深远而论,说它是我国古代美学的巍巍高峰,并不过份。"[1]在将刘勰与同时代的神学家、美学家奥古斯丁作了三方面的比较后,马白进一步指出:"可以毫不夸大地说:《文心雕龙》是照耀世界中世纪美学的一盏闪闪发光的明灯。"[2]认为《文心雕龙》和西方《诗学》相比,毫不逊色;在某些思想观点方面,早于黑格尔《美学》。

李泽厚、刘纲纪指出:"《文心雕龙》是齐梁美学思想中第一部最为重要的著作,在中国古代美学的发展史上也占有重要地位。"[3]他们用了较大篇幅从十个方面分别对《文心雕龙》美学思想作了全面剖析,指出"《文心雕龙》也是一部具有丰富的美学内容的著作,并且在理论的系统性和深刻性上是古代所以罕见的"[4]。同时,肯定了《文心雕龙》的理论体系,强调其在中国古代美学史上的重要性。

缪俊杰指出:"刘勰不仅是中国古典文艺理论的集大成者,而且也是中国古代美学思想的主要奠基人之一。""把刘勰

---

[1]马白.《文心雕龙》在世界美学史上的地位[M]//中国《文心雕龙》学会.文心雕龙学刊:第一辑.济南:齐鲁书社,1983:1.

[2]马白.《文心雕龙》在世界美学史上的地位[M]//中国《文心雕龙》学会.文心雕龙学刊:第一辑.济南:齐鲁书社,1983:6.

[3]李泽厚,刘纲纪.中国美学史:第二卷(下)[M].北京:中国社会科学出版社,1987:579.

[4]李泽厚,刘纲纪.中国美学史:第二卷(下)[M].北京:中国社会科学出版社,1987:767.

看做是东方的亚里斯多德,是不为过分的。"[1]他运用中西比较的方法,对《文心雕龙》产生的社会历史背景、枢纽论、创作论及批评论中独特的美学内涵进行了分析。

《文心雕龙》不只涉及美学,它还是中国古代美学思想的武库。在中国古代美学史和中国美学原理研究及相关著作中,《文心雕龙》文本经常被作为重要的研究对象,并占据极为重要的地位。美学作为一门科学产生于近代西方,刘勰的美学思想和观念与现代所谓美学有较大区别,《文心雕龙》主要以论"文"为主,因而从整体上将《文心雕龙》界定为美学著作有牵强之处。

(四)文化史著作

杨明照曾指出:"仅就'体大而虑周'的《文心雕龙》而言,其理论体系之系统与完整,不比亚里士多德《诗学》差,其理论之深度与广度,完全可以和世界上任何一部杰出的文论名著媲美!"[2]杨明照把古代文论包括《文心雕龙》当作中国传统文化的重要组成部分,认为它们有自身的优势,应该运用比较的研究方法,揭示其理论价值和民族特色,为当代文学理论建设服务。

张少康等认为:"《文心雕龙》是一部文学理论著作,但又不仅仅是一部文学理论著作,它同时又是一部文化史的著作,它对我国从上古一直到齐梁时期的文化发展作了全面的总

---

[1]缪俊杰.文心雕龙美学[M].北京:文化艺术出版社,1987:代序 3.

[2]杨明照.运用比较的方法研究中国古代文论[J].社会科学战线,1986(1):118.

结。《文心雕龙》包含的内容非常广泛,经、史、子、集都在他的论述范围之中。""刘勰不仅是文学理论家,而且也是一位非常杰出的文化思想家。"[1]张少康等学者还指出,刘勰早在1500年前就从文化的角度来研究文学艺术了,他很重视文学艺术的文化品格,这种研究具有很大的理论优势。

朱思信说:"《文心雕龙》的文化史价值不仅在于它所论述的作家作品之多,而且由于从《汉书》以后到《隋书》以前的官私史书,如《后汉书》、《三国志》、《晋书》、《宋书》等均没有《艺文志》,这就更使《文心雕龙》具有《艺文志》的价值,可以说在一定程度上填补了魏晋南北朝史书艺文志的空白。"[2]又说:"在《文心雕龙》全书中除了文学以外,刘勰论述最多、包含史料也最多的一个文化领域就是音乐歌舞。这是因为文学尤其是诗歌与音乐、歌舞是姊妹艺术,原本是'三位一体'密不可分的。这部分内容也最能显示本书的文化史价值……"[3]朱思信主要从《文心雕龙》对作家作品的全面论述中蕴含古代有关制度、习俗、仪式等丰富的文化因素,同时刘勰对上古以来音乐歌舞文化也作出了较为详细的考察,保留了珍贵的文化史料,从而认为《文心雕龙》具有丰富的文化史价值。他进一步分析了《文心雕龙》具有文化史价值的两方面原因:一是《文心雕

[1]张少康,汪春泓,陈允锋,等.文心雕龙研究史[M].北京:北京大学出版社,2001:590.

[2]朱思信.《文心雕龙》的文化史价值[M]//中国《文心雕龙》学会.文心雕龙研究:第四辑.北京:北京大学出版社,2000:16.

[3]朱思信.《文心雕龙》的文化史价值[M]//中国《文心雕龙》学会.文心雕龙研究:第四辑.北京:北京大学出版社,2000:20.

龙》在撰写体例、方法上追求系统性和逻辑性,因而搜集了极为全面的材料;二是刘勰具有强烈的"成一家之言"的写作抱负。

有关《文心雕龙》文化研究方面的专著有戚良德的《文论巨典——〈文心雕龙〉与中国文化》(河南大学出版社 2005 年版),单篇论文主要有张少康《再论〈文心雕龙〉和中国文化传统》(《求索》1997 年第 5 期)、吴调公《〈文心雕龙〉中儒家传统与魏晋思潮的交融及其条件》(《文艺理论研究》1985 年第 1 期)、朱良志《〈文心雕龙·原道〉的文化学意义》(《中国文学研究》1990 年第 2 期)和胡经之《〈文心雕龙〉——文化融合的结晶》〔《北京大学学报》(哲学社会科学版)1989 年第 5 期〕等。该派论者提出的理由一般是:《文心雕龙》论述的范围涉及面很宽泛,包括经、史、子、集。刘勰的"人文"范畴远大于现代的"人文"概念,也不同于现代的"文学"观念,他是将"文学"置于文化的框架中加以把握的。

(五)子书著作

《文心雕龙》在古代目录学著作中多被放入集部,比如在纪昀主编的《四库全书总目》中被列入"诗文评类"。古人的这个认识与现代西方"文学批评"概念较为接近,因此,主流观点认为《文心雕龙》是一部文学理论批评著作。近年来,随着研究的深入,《文心雕龙》的子书性质愈来愈受到人们的重视,很多学者开始介入研究。其实,在古代也有把《文心雕龙》当作子书的论点,比如刘知幾在《史通·自叙》中就将《文心雕龙》当作子书,与刘安《淮南子》、扬雄《法言》、王充《论衡》、应劭《风俗通》、刘劭《人物志》、陆景《典语》等相提并论。杨明照较为系统地梳理了《文心雕龙》的历代归类情况,总共分为十三种,其中归入"子类"和"子杂类"的就有七种书目。[1] 曹学佺指出,"彦和以子自居,末《序志》内见之"[2]。刘永济说:"历代目录学家皆将其书(指《文心雕龙》——本书作者注)列入诗文评类。但彦和《序志》,则其自许将羽翼经典,于经注家外,别立一帜,专论文章,其意义殆已超出诗文评之上而成为一家之言,与诸子著书之意相同矣。其二,彦和之作此书,既以子书自许,凡子书皆有其对于时政、世风之批评,皆可见作者本人之学术思想(参看《诸子》篇),故彦和此书亦有匡救时弊之意……按其实质,名为一子,允无愧色。"[3] 刘永济以《序志》篇所叙内容为依据,指出刘勰撰写《文心雕龙》欲成一家之言,明确地认为该书是一部子书。

当然还有将《文心雕龙》界定为文体学、风格学、古代文艺心理学著作等论点,这些说法有一定的道理,有利于挖掘文本多方面的理论价值,但没有从全书来看问题,有以局部代替整体之弊端。

有学者认为:"刘勰论'文'的范围广、杂、泛,而我们研究的是在这广、杂、泛之中的刘勰的文学观,而不是广、杂、泛之类的所谓'文学观'。而笔者也无意反对用'杂文学观'这种看问题的角度去研究问题,因为实质上,许多主张这种观点的专

[1]杨明照.文心雕龙校注拾遗[M].上海:上海古籍出版社,1982:420-421.

[2]黄霖.文心雕龙汇评[M].上海:上海古籍出版社,2005:63.

[3]刘永济.文心雕龙校释:上[M].北京:中华书局,2007:前言 1-2.

家学者,本与我们要阐明的意见,并无本质的区别,对此一问题,我们同样也大不必流于'概念'的争执的。"[1] "可见《文心雕龙》是一部文学理论批评著作!"[2] 如果我们以刘勰的文学观的广、杂、泛特点为理由,自然地将《文心雕龙》著作性质笼统地界定为中国古代文学理论批评著作,也未尝不可,但这样的定义意义不大。现代人研究《文心雕龙》的目的无非两点:一是通过研读文本,了解作者的写作意图、著作的主要内容和结构,包括作者的文学观念等,客观地展现历史原貌;二是继承《文心雕龙》的优秀文化遗产,探究其给现代学术所带来的智慧启迪和思想方法指导。但是,这两个目的的实现都需要建立在以"概念"之争为基础的现代学术研究上。学术研究需要发表个人独特见解,如果觉得大家说的都有道理,也无须争论,那么《文心雕龙》的著作性质将会成为历史之谜而难以得到有效解决。

总体上看,学者们都以现代学术视野与学科划分为依据来确定《文心雕龙》的著作性质。任何对古典理论著作的阐释都具有当代性,这个矛盾不可避免。对《文心雕龙》这部"体大虑周"、"笼罩群言"的著作而言,要研究界定其性质,在学界达成共识,客观上存在诸多困难。可喜的是,众多学者介入研究,取得了系列研究成果,有助于对此问题的深入理解和把握。尽

[1]陶礼天.文化传统与《文心雕龙》之性质略论[M]//首都师范大学文学院.文学前沿:第13辑.北京:学苑出版社,2008:30.

[2]陶礼天.文化传统与《文心雕龙》之性质略论[M]//首都师范大学文学院.文学前沿:第13辑.北京:学苑出版社,2008:31.

管各种论点之间分歧和争议较大，但研究其性质是为了更准确地阐释和理解《文心雕龙》，以发挥其当代理论价值。

二、《文心雕龙》著作研究方法

（一）王元化与童庆炳《文心雕龙》研究的方法论启示

王元化解放前在国立北平铁道管理学院、20 世纪 60 年代在上海作协文研所讲授《文心雕龙》课程。1979 年他的《文心雕龙创作论》问世，被誉为新时期"龙学"和比较文学方面的代表作，他也成为当代最具声望的"龙学"专家之一。童庆炳的《文心雕龙》研究起步较晚，学者关注目前还不多见。《童庆炳谈文心雕龙》（2008 年）与《〈文心雕龙〉三十说》（2016 年）凝结了其"龙学"研究的毕生心血。王元化与童庆炳的《文心雕龙》研究具有诸多相似性，即由文论范畴切入"龙学"整体，以跨文化的视野观照古代文论的价值和意义，都表现出自觉的方法论意识和现代性诉求。但由于出版于不同的历史时期，两位先生对龙学范畴的提取各有侧重，理论阐释的方法和角度有所不同；此外，与意识形态的联系也有明显差异，这些都是时代选择的结果。

王元化与童庆炳以范畴作为研究的切入点，拓展了《文心雕龙》文学理论研究的深度。王元化指出："文学的范畴、概念以至法则，不是永恒的，而是变化的。但是作为文学最普遍、最根本的规律和方法，却并没有随着时间的流逝而消亡。不过某些这类范畴和概念本身也在发展，并非停滞不变。"[1]《文心雕

---

[1]王元化. 读文心雕龙[M]. 北京：新星出版社，2007：262.

龙》文本由众多范畴构成,对这些范畴进行专门研究,在王元化之前是不多见的。他针对《文心雕龙》中的 8 篇文章,用高度概括的 8 个范畴来阐明,比如,释《物色篇》心物交融说、释《神思篇》杼轴献功说、释《体性篇》才性说等。在具体研究中,他提倡"三结合"的方法,反对将古今中外的范畴简单比附。童庆炳在《文心雕龙》文学理论研究中亦采用范畴来切入文本。他在研读文本的基础上提炼出 29 个范畴,比如《原道篇》的"道心神理"说、《风骨篇》的"风清骨峻"说、《情采篇》的"情经辞纬"说等。《文心雕龙》文本中的许多范畴并不局限于我们今天所谓的文学领域,对《文心雕龙》进行范畴研究需要哲学、艺术、宗教、思想、文化等众多领域的知识储备和理论视野。王元化和童庆炳擅长逻辑思维,治学贯通中西、镕今铸古,因而他们的范畴研究及关于范畴体系的建构和完善将会深化《文心雕龙》文学理论研究,并有助于"龙学"学科建设。王、童二先生的"龙学"研究前后相继,个人风格和时代特征都有所不同。

王元化和童庆炳在《文心雕龙》文学理论范畴研究中,都具有十分自觉的方法论意识,都明确表述了各自从事《文心雕龙》研究的具体方法。王元化曾在《文心雕龙创作论》第二版跋中写道:"我首先想到的是三个结合,即古今结合、中外结合、文史哲结合。尤其是最后一个结合,我觉得不仅对我国古代文论的研究, 就是对于更广阔的文艺理论研究也是很重要的。"[1]他提出并自觉运用的新方法对当时的学术研究具有重大意义,受到诸多赞誉。童庆炳多年来一直致力于文艺学学科

---

[1]王元化.读文心雕龙[M].北京:新星出版社,2007:260.

建设,其研究先后涉及审美诗学、心理诗学、文体诗学、比较诗学和文化诗学。文化诗学标志着他的文艺学思想的成熟。他说,用"文化诗学"的方法从事《文心雕龙》研究,这对古代文论包括《文心雕龙》研究是非常有益的。两位先生提出方法的时代不同、动机不同,但是他们面临共同的任务和难题,即:在《文心雕龙》研究中如何做到中西融汇、古今贯通以及实现跨学科研究。

王元化和童庆炳的《文心雕龙》研究都关注现实,积极实现《文心雕龙》文学理论价值的现代转换。在王元化从事《文心雕龙》研究的时代,学术界尚未提出中国古代文论的现代转换的理论命题,但是他以现代创作论来建构《文心雕龙》文学理论体系就已经说明了研究意图:要实现《文心雕龙》文学理论价值的现代转换。童庆炳的《文心雕龙》范畴研究更是始终把现代转换作为其理论研究的指归。他说:"我的'龙学'研究特点是专攻'范畴',在古今中西比较上用力,力求揭示这些'范畴'的现代意义。"[1]童庆炳的现代转换思想表述得更为明确——《文心雕龙》研究就是要服务于当下的现实。王元化的"龙学"研究是在20世纪40年代到60年代之间展开的,当时主流文论的哲学基础是反映论。他试图通过黑格尔来补救机械的反映论,而当时文学理论的主流是现实主义。此外,他的《文心雕龙》研究处于"以阶级斗争为纲"的时代,所以,现代转换的研究带有浓郁的政治色彩。比如他对创作主体精神世界

---

[1]童庆炳.童庆炳谈文心雕龙[M].开封:河南大学出版社,2008:小引1.

的研究和重视要冒当时所反对的唯心主义的大忌。王元化的现代转换研究试图将古代文论服务于现实创作，因而其大力倡导"古今结合、中外结合、文史哲结合"的研究方法，目的就是要从《文心雕龙》中探讨中外相通，带有最根本、最普遍意义的艺术规律和艺术方法。

（二）本书研究方法

王元化与童庆炳在《文心雕龙》研究中都具有极为自觉的方法论意识，他们总结的各自所使用的具体方法对我们具有指导意义。回归"龙学"史，传统校勘、考证、注释、翻译、理论研究的方法自有其重要价值，但是要推动"龙学"进一步发展，方法的更新有着非同寻常的意义。笔者在借鉴他人研究的基础上，尝试在如下方法指导下，拓展课题的广度和深度。

1. 材料与观点相结合

《文心雕龙》全书共 50 篇文章，计 37000 多字，在古代同类著作中可谓大部头。内容方面涉及学科门类遍及经、史、子、集，引用文献众多。据罗宗强统计，"《文心雕龙》引及作者 322人"，"引及作品 436 部、篇，引用原文 223 处"。[1] 由此看来，《文心雕龙》原文加上引文和论述的作家作品，组成了一个庞大的文献群。因此，在《文心雕龙》研究中，对文献材料的阅读极为重要。同时，对文献材料的阅读需要在问题导向下进行，力争做到材料与观点相结合。本书在写作中尽可能地占有文献，使得结论建立在可靠的文献材料基础上；在组织和引用材

---

[1] 罗宗强.《文心雕龙》的成书和刘勰的知识积累：读《文心雕龙》续记[J]. 社会科学战线,2009(4):227;228.

料时,以某问题为核心和导引。

2.回归历史语境

现代学者往往囿于狭隘的学科阈限,给《文心雕龙》著作性质作出界定,其实难以符合刘勰撰写《文心雕龙》著作的意图。长期以来,《文心雕龙》主要被定义为文学理论批评著作,而且深受现代学术视野中"纯文学"观念定位的制约,以致《文心雕龙》被当作现代文学原理或艺术原理来解读。

为了弄清楚《文心雕龙》以至于中国古代文论的本来面目,党圣元指出:"这就要求我们必须以一种务实求真的态度,重建国学视野下的文化通观意识,充分尊重中国思想文化史上文史哲合一的学术大传统,在还原的基础上阐释和建构中国传统的'大文论'话语体系。"[1]党圣元提倡的"大文论"话语体系与童庆炳所说的历史语境主义具有内在相通之处。本书结合刘勰所处的时代、著作内容等,试图回归当时的历史语境,还原刘勰的撰写意图和著作理论体系。

3.注重现代价值

《文心雕龙》的现代价值是近年来"龙学"研究的热点问题之一,许多学者介入这方面的研究。他们把《文心雕龙》同中国当代社会和文论实际联系起来考察,无疑是良好的开端。这种研究有利于把《文心雕龙》文本置于现代价值学的视域之中,实现现实的社会功用,而不是禁锢在大学或高等研究机构,成为封闭的实体;有利于把《文心雕龙》文本当作教材,以此提升

---

[1]党圣元.返本与开新:中国传统文论的当代阐释[M].开封:河南大学出版社,2011:自序2.

当代人的审美、伦理人文、文学、文化等方面的素养,推动精神文明建设。本书把《文心雕龙》当作讲述写作立言的著作,试图挖掘它对现代人写作的启发作用。对作者来说,应当视写作为立言的大事,需要"用心为文";对作品来说,需要表达正确的思想观点,适度讲究文采之美。

三、本书结构及主要内容

本书依照《文心雕龙·序志》篇将《文心雕龙》全书分为"文之枢纽"、"论文叙笔"和"割情析采"三部分的基本理路,把《文心雕龙》立言思想整体上分解为与之相对应的三个组成部分,即立言必然性、立言方法之一、立言方法之二。此外,置于《文心雕龙》著作末尾的《序志》篇具有前言作用,对《文心雕龙》全书写作意图、结构、主要内容等作了说明,笔者认为该部分以及渗透于全书的相关内容主要论述了立言缘由。由此,笔者将本书分为四章:第一章"立言缘由:树德建言,岂好辩哉",第二章"立言必然性:言之文也,天地之心哉",第三章"立言方法之一:论文叙笔",第四章"立言方法之二:割情析采"。

具体而言,以《序志》篇为代表的《文心雕龙》全书较为明显地显示出刘勰研究立言问题的企图。在"文学自觉"的魏晋时期,通过写作立言实现生命不朽是文士们的普遍精神诉求,身处其中的刘勰具有更为强烈的立言情结。从《序志》篇,我们可以看到刘勰撰写《文心雕龙》的动力由来——大凡杰出之人都有"树德建言",即立德、立言以求不朽的强烈要求,企图通过德、言的社会实践解决生命的有限性问题。刘勰之所以研究立言问题,也是因为当时的文章写作存在严重的追求形式主义的弊病,他提出的"正末归本"理论策略,从立言的高度对文章写作提出了新要求。刘勰在《文心雕龙》一书中自觉而且频繁地使用"作"一词,体现了他的立言诉求。这种立言不朽思想也贯穿全书。就刘勰本人而言,他是在强烈的立言情结的驱动下才完成《文心雕龙》这部不朽之作的。

《原道》、《征圣》、《宗经》、《正纬》、《辨骚》共 5 篇,刘勰自称为"文之枢纽",这是全书的总纲。在这一部分,刘勰充分论证了立言的基本原理,为立言的合法性作辩护,概括为"立言必然性"。刘勰从以下四个方面展开论证:第一,刘勰论文原道,把写作立言阐释为"原道心以敷章",借助于"道"提升立言形而上的精神价值。刘勰借"天地之心"构建理论体系,揭示了"文"的独特内涵和意义建构的宏伟目标,绝非现代意义上的文章和文学。第二,"道之文"范畴的创设,体现了"道"、"文"的内在逻辑关联。刘勰打通"自然之文"与"人文",是因为"人为五行之秀"。人本身是大自然的一部分,自然与人之间具有同构性。属于人文范畴的文章,体现了"文"与"道"的高度统一。第三,"心生而言立,言立而文明"。此命题体现了"心"、"言"、"文"三者的对立统一,是写作立言得以实现的前提。该命题强调了文贵自然的写作立言根本原则:由思想而产生语言(立言),语言(立言)要求文"明",即有文采之文。该命题也强调写作立言主体的精神凸显,暗含着圣人在写作立言活动中的示范作用。第四,《宗经》把形而上的"文"转换为具体的"经",又具体落实到儒家的五部经书中,这样一来,原道之"文"由抽象的概念衍变为对具体的"五经"文章的剖析,此时原道之"道"的身份发生了重大变化,即由文的根源转变为文章的内容。借助于"经"的不朽价值,论证文章立言不朽的特征。

　　从《明诗》到《书记》共 20 篇为"论文叙笔"部分,实为立言的类型、样板,从文体角度讲述立言方法。刘勰搜集整理了当时几乎所有文体,进行组合分辨,探究其发展源流、体制特征、写作方法等,为不同文体的写作立言提供了重要借鉴。

　　从《神思》到《程器》共 24 篇为"割情析采"部分,侧重于从文章写作角度讲述立言方法。主要涉及三个方面的问题:一是关于立言的总要求和具体方法;二是关于立言的内外部条件;三是对立言之作的批评与鉴赏。同时,笔者从文章的结构,即练字、章句、谋篇以及作者、读者等方面,对立言之法加以扼要地分析。

　　本书以刘勰《文心雕龙》所论之"文"为线索,从文献与思想史结合的视角探究"文"之内涵与外延,确定《文心雕龙》著作写作立言的性质,并在这样的观念下构建《文心雕龙》的著作体系。《文心雕龙》著作的深层结构表现在以"为文之用心"为核心思想,以写作立言为指归,此思想脉络贯穿于整本书。《文心雕龙》大谈"为文之用心",并非一种纯技术性的经验概括总结,而是由"技"进乎"道"的理论升华。"为文"写作,侧重于形而下的"技"的层面;立言追求,侧重于形而上的对"道"的体认,表现为对生命的感悟和独特理解。两者在《文心雕龙》文本中作为两条线索交织在一起,构成了其论文的理论体系。正是在这样的意义上,笔者认为《文心雕龙》是一部写作立言的著作。本书沿袭《文心雕龙》是一部写作指导或文章作法类图书的观点,但笔者以为《文心雕龙》绝非一般地泛论文章写作,而是把文章写作拔高到立言的层面。小而言之,立言关涉个人荣辱升迁甚至身家性命;大而言之,立言关涉国家、民族前途命运。立言之事,绝非等闲。刘勰秉承的立言文章观,对现代文章写作和文学创作具有多方面的借鉴意义,对现代伦理人文精神的建构具有启迪价值。

第一章　立言缘由：树德建言，岂好辩哉

从出身、经历及其所处的特殊时代和文化背景来分析，刘勰有着非常强烈的立言情结，这也是刘勰立言及探讨立言问题的精神动力。"树德建言，岂好辩哉"(《文心雕龙·序志》)也就是立言缘由。

第一节　"文的自觉"背景下的立言诉求

一、魏晋时期"文的自觉"与立言的时代潮流

从汉末建安开始，中国文学跨入了一个新的发展时期——"文学自觉"时代。鲁迅在《魏晋风度及文章与药及酒的关系》一文中指出："曹丕的一个时代可说是'文学的自觉时代'。"[1]日本学者铃木虎雄说："通观自孔子以来直至汉末，基

[1]鲁迅.鲁迅文集·杂文卷：上[M].武汉：华中科技大学出版社，2014：365.

本上没有离开道德论的文学观，并且在这一段时期内进而形成只以对道德思想的鼓吹为手段来看文学的存在价值的倾向。如果照此自然发展，那么到魏代以后，并不一定能够产生从文学自身看其存在价值的思想。因此，我认为，魏的时代是中国文学的自觉时代。"[1]

汉末建安以来，政治黑暗，社会动荡不堪，时有自然灾害发生。董卓之乱造成了严重的社会危害，"二百里内，室屋荡尽，无复鸡犬"（《资治通鉴》卷五十九），"旧土人民，死丧略尽，国中终日行，不见所识"（《三国志·魏书·武帝纪》），"家家思乱，人人自危……百姓死亡，暴骨如莽"（《典论·自叙》）[2]。曹植《说疫气》："建安二十二年，疠气流行。家家有僵尸之痛，室室有号泣之哀。或阖门而殪，或覆族而丧。或以为疫者，鬼神所作。夫罹此者，悉被褐茹藿之子，荆室蓬户之人耳！若夫殿处鼎食之家，重貂累蓐之门，若是者鲜焉！此乃阴阳失位，寒暑错时，是故生疫。而愚民悬符厌之，亦可笑也。"（《曹植集校注》上）建安二十二年（217年）发生的这场瘟疫，给百姓带来灭顶之灾。"建安七子"中有五位死于这场流行疫病。个体生命遭到严重摧残和威胁，文人士大夫上升无门，感时伤逝、哀叹生命之作油然而生。"浩浩阴阳移，年命如朝露。人生忽如寄，寿无金石固。"（两汉佚名的《驱车上东门》）诗人对生命的体验细腻

---

[1]铃木虎雄.中国诗论史[M].许总，译.南宁：广西人民出版社，1989：37.

[2]郁沅，张明高.魏晋南北朝文论选[M].北京：人民文学出版社，1999：11.

真切，宇宙自然的永恒与人生的短暂无常形成鲜明的对比。就连身居高位的曹操也慨叹："天地何长久，人道居之短。"（曹操《秋胡行其二》）[1]曹丕吟诵："人生如寄，多忧何为，今我不乐，岁月如驰。"（《善哉行·其一》）[2]曹植："天地无穷极，阴阳转相因。人居一世间，忽若风吹尘。"（《薤露行》）[3]阮籍在《咏怀诗》中重复着同样的主题。"朝阳不再盛，白日忽西幽。去此若俯仰，如何似九秋。人生若晨露，天道邈悠悠。"（《咏怀诗》三十二）[4]"鸣鸠嬉庭树，焦明游浮云。焉见孤翔鸟，翩翩无匹群。死生自然理，消散何缤纷。"（《咏怀诗》二十八）[5]尽管明知"死生自然理"，但阮籍仍然难以释然。

　　晋代张华《轻薄篇》："人生若浮寄，年时忽蹉跎。促促朝露期，荣乐遽几何？念此肠中悲，涕下自滂沱。"[6]《游猎篇》："四气运不停，年时何翯翯。人生忽如寄，居世遽能几？"[7]张华体悟到生命短促而无以寄托，顿时悲从中来。

　　陆机《顺东西门行》："出西门，望天庭，阳谷既虚崦嵫盈。感朝露，悲人生，逝者若斯安得停。桑枢戒，蟋蟀鸣，我今不乐岁聿征。迨未暮，及时平，置酒高堂宴友生。激朗笛，弹哀筝，取

[1]逯钦立.先秦汉魏晋南北朝诗：上[M].北京：中华书局，1983：350.

[2]逯钦立.先秦汉魏晋南北朝诗：上[M].北京：中华书局，1983：391.

[3]逯钦立.先秦汉魏晋南北朝诗：上[M].北京：中华书局，1983：422.

[4]逯钦立.先秦汉魏晋南北朝诗：上[M].北京：中华书局，1983：503.

[5]逯钦立.先秦汉魏晋南北朝诗：上[M].北京：中华书局，1983：505.

[6]逯钦立.先秦汉魏晋南北朝诗：上[M].北京：中华书局，1983：611.

[7]逯钦立.先秦汉魏晋南北朝诗：上[M].北京：中华书局，1983：613.

乐今日尽欢情。"[1]悲伤笼罩心头，无以排遣，筝笛饮酒聊以自慰。陆机《庶人挽歌辞》："死生各异方，昭非神色袭。贵贱礼有差，外相盛已集。魂衣何盈盈，旐旟何习习。父母拊棺号，兄弟扶筵泣。"[2]体悟生死境况，给人以凄惨苍凉之感。

陶渊明《饮酒》（十五）："贫居乏人工，灌木荒余宅。班班有翔鸟，寂寂无行迹。宇宙一何悠，人生少至百。岁月相催逼，鬓边早已白。若不委穷达，素抱深可惜。"[3]面对苍茫宇宙，流露出人生苦短、寂寞孤独之感慨。

由汉末到魏晋六朝所蔓延的这种文士对生命的忧伤咏叹成为普遍的文学现象和文学主题，其根源在于社会的黑暗动荡和自然灾害频发。生活在这样恶劣的环境中，对作家来讲是一种苦痛和不幸；但对文学发展来说却是契机，推动了"文的自觉"的发展进程。叶舒宪在《文学与治疗——关于文学功能的人类学研究》一文中提到："文学是人类独有的符号创造的世界，它作为文化动物——人的精神生存的特殊家园，对于调节情感、意志和理性之间的冲突和张力，消解内心生活的障碍，维持身与心、个人与社会之间的健康均衡关系，培育和滋养健全完满的人性，均具有不可替代的作用。"[4]文学艺术的治疗功能在中西文学艺术史中较为普遍。西方尼采在极端孤独痛苦之时，往往通过聆听瓦格纳的音乐得到宣泄。中国文学

———————

[1]逯钦立.先秦汉魏晋南北朝诗:上[M].北京:中华书局,1983:667.

[2]逯钦立.先秦汉魏晋南北朝诗:上[M].北京:中华书局,1983:654–655.

[3]逯钦立.先秦汉魏晋南北朝诗:中[M].北京:中华书局,1983:1000.

[4]叶舒宪.文学与治疗[M].北京:社会科学文献出版社,1999:273.

史上比较典型的有司马迁的"发愤著书"说、韩愈的"不平则鸣"说和欧阳修的"诗穷而后工"说等。建安以来的文人们面对生活的苦难,通过文学创作疗治内心的痛苦,调整与社会、自然的关系,并在此过程中解决生命的有限性问题。虽然文人们的肉体可能会枯朽,生命如朝露般短暂,但其诗赋等作品可以长久流传下去,在这个意义上是延长了精神生命。此时文人的创作,实际上成为一种延续有限生命的精神依托,通过写作立言达到生命不朽的意图。曹丕较早从理论上作了总结。

曹丕《典论·论文》:"盖文章经国之大业,不朽之盛事。年寿有时而尽,荣乐止乎其身,二者必至之常期,未若文章之无穷。是以古之作者,寄身于翰墨,见意于篇籍,不假良史之辞,不托飞驰之势,而声名自传于后。故西伯幽而演易,周旦显而制礼,不以隐约而弗务,不以康乐而加思。夫然,则古人贱尺璧而重寸阴,惧乎时之过已。而人多不强力,贫贱则慑于饥寒,富贵则流于逸乐,遂营目前之务,而遗千载之功。日月逝于上,体貌衰于下,忽然与万物迁化,斯志士之大痛也。"[1]这无疑是一篇通过文章写作以获得声誉从而立言不朽的宣言,对文章写作给予了前所未有的充分肯定。曹丕郑重地劝告文士们,寿命和荣乐是有限的个人享受,无论身处贫贱还是富贵、饥寒还是逸乐,文章写作都是千古事,具有"千载之功",于是成为文士的不二选择和历史责任。关于文章的作用,存在两个方面:经国和不朽。前者对社会而言具有重大意义,后者关涉文士人生

---

[1]郁沅,张明高.魏晋南北朝文论选[M].北京:人民文学出版社,1999:14.

价值的实现。就《典论·论文》所论述的内容和观点而言,它论及文学的价值、作家的才性、文体风格以及批评态度等,是中国文学批评史上第一篇文学论文。其实,曹丕《典论·论文》偏于研究写作立言问题,以此解决文士们人生价值的实现问题。他在《与吴质书》中说,徐幹"著《中论》二十余篇,成一家之言,辞义典雅,足传于后,此子为不朽矣"。曹丕以文士是否立言传世作为评价标准,因此他在《与王朗书》中说:"人生有七尺之形,死为一棺之土。唯立德扬名,可以不朽;其次莫如著篇籍。"曹丕虽然极为重视文章的社会价值,但在德与言之间,他坚持儒家传统观念,认为立德和立言都可以成就大业而传名后世,但立德应置于立言之上。曹丕提出了"四科八体"说,认为"夫文本同而末异,盖奏议宜雅,书论宜理,铭诔尚实,诗赋欲丽"。其中,奏议、书论、铭诔属于现代文体范畴的应用文,而诗赋两种文体归于现代文学类文体。曹丕的文章观包括应用文和文学,优秀的文章能够立言不朽。《与王朗书》:"疫疠数起,士人凋落,余独何人,能全其寿? 故论所撰著《典论》、诗赋,盖百余篇,集诸儒于肃成门,讲论大义,侃侃无倦。"建安以来的天灾人祸蔓延不息,文士们的生命屡遭戕害,在这样的境况下曹丕提出通过著述立言,以解决生命的有限、无常,因而具有现实意义。

葛洪《抱朴子》外篇《自叙》:"他人文成,便呼快意,余才钝思迟,实不能尔。作文章每一更字,辄自转胜,但患懒,又所作多,不能数省之耳。洪年二十余,乃计作细碎小文,妨弃功日,未若立一家之言,乃草创子书。"尽管葛洪在写作方面取得了很大成就,但仍自责文采不足、文思缓慢,遂把著述立言作为目标。"循涂虽坦，而足无骐骥；六虚虽旷，而翼非大鹏。上不能鹰扬匡国，下无以显亲垂名。美不寄于良史，声不附乎钟鼎。故因著述之余，而为《自叙》之篇，虽无补于穷达，亦赖将来之有述焉。"葛洪一生著述丰富，他反思身后之事，写作《自叙》，以表明文章能够立言不朽。

陆机《文赋》："伊兹文之为用，固众理之所因……济文武于将坠，宣风声于不泯。"陆机赞美文章的作用，将之概括得更为具体。"伊兹事之可乐，固圣贤之所钦。"写作立言可以给人带来快乐，连圣贤之人都很重视，已经暗含"征圣立言"之意。

二、刘勰的立言情结与"文的自觉"

站在现代西方的"文学"观念立场上，讲究文章审美属性的为文标准，会被认为是进步的文章观念；反之，则被评价为落后的思想观念。兴膳宏说："现在日文、中文中日常所用的'文学'这个词，如前所述，是与英语的 literature 大致相当。但是对中国近代以前的文学，直接使用英语或是其他欧洲诸语中的概念，严格说起来，是比较勉强的。"[1] 日本学者兴膳宏明确指出，中国现代所使用的"文学"概念，是近代以后形成的，用它来解释古代的作品显得勉为其难。美国学者卡勒说："如今我们称之为 literature（著述）的是二十五个世纪以来人们撰写的著作。而 literature 的现代含义：文学，才不过二百年。1800年之前，literature 这个词和它在其他欧洲语言中相似的词指的

---

[1]兴膳宏."文学"与"文章"[M]//中国《文心雕龙》学会.文心雕龙研究荟萃.上海：上海书店，1992：115.

是'著作',或者'书本知识'。"[1]卡勒所说的现代纯文学观念的"二百年",是从18世纪末的德国浪漫主义理论开始的。西方现代文学观念经历了数千年的文学艺术发展演变才逐渐形成,纯粹用现代文学的观念去衡量古代文学现象势必会产生古今的历史错位。钱锺书指出:"叙述古人文学之时而加以今日文学之界说,强作解事,妄为别裁,即令界说而是,已不忠于古人矣,况其未耶?"[2]罗根泽说:"学术没有国界,所以不惟取本国的学说互相比较,且可与他国的学说互相比较。不过要比较,不要揉合,更不要以他国学术作判官,以中国学术作因犯。揉合势必流于附会,止足以混乱学术,不足以清理学术。以他国学术作判官,以中国学术作因犯,则不止是自夷于奴婢,而且是率已死的列祖列妣的洁白高贵之身,使其亦作人奴婢。皇皇华胄,弈弈青年,不会作这种勾当吧!"[3]由此看来,在"以西释中"的时候,需要充分尊重中国的历史事实。铃木虎雄、鲁迅等提出魏晋是"文学的自觉时代"自有其时代学术背景、文学观念的变迁等缘由,该命题给我们提供了审视理解文学史的一种独特视角,有其重要的学术史价值;但如果将其作为唯一的标准去规范文学现象和文学发展历史,则有其局限性。研究《文心雕龙》,在为现代学术提供历史资源、挖掘其现代理论价值的同时,还要注意其历史原貌,以避免过度阐释的倾向。

---

　　[1]乔纳森·卡勒.当代学术入门:文学理论[M].李平,译.沈阳:辽宁教育出版社,1998:21—22.

　　[2]钱锺书.中国文学小史序论[J].国风半月刊,1933,3(8):11.

　　[3]罗根泽.学艺史的叙解方法:下[J].读书通讯,1942(36):3.

"这里还应该指出,刘勰对天地鬼神圣贤良知过去未来的敬畏,也从人文彼岸或道德底线方面,给文学误区竖起了一块块警戒碑。在某种意义上,这些反文学的信证也是促成文学的事物,重要的是相反相成、相生相克的悖论在'暗渡陈仓'。刘勰此举是对魏晋以来'文学自觉'的反拨。在'采丽竞繁'病入膏肓的晋宋齐梁时代,其擘画文学的胆略和拆解文学疆域的深沉,远在三曹、七贤、陆机、沈约、萧统、徐陵、锺嵘等人之上。"[1]栾栋运用辟文学原理对《文心雕龙》的主要内容和理论特色作了深入的分析。在"文学自觉"的时代潮流中,刘勰处于一种历史的困境当中。一方面他需要适应时代潮流,助力文学审美化发展趋势,另一方面他也需要救济晋宋齐梁的华丽文风,采用的方法是"原道—征圣—宗经"的基本策略。这种看似抵挡"文学自觉"的举措,正好维护了文学的颜面和健康发展。

刘勰看到了建安以来文学创作的繁荣景象,因此在《文心雕龙·时序》篇说:"自献帝播迁,文学蓬转,建安之末,区宇方辑。"建安时期有意识地从事文学创作的人越来越多,文学创作已经呈现出"彬彬之盛,大备于时"(钟嵘《诗品序》)的空前繁荣景象。时至南朝,文学创作之风更盛。《南史·文学传》记载:"自中原沸腾,五马南渡,缀文之士,无乏于时,降及梁朝,其流弥盛。盖由时主儒雅,笃好文章,故才秀之士,焕乎俱集。"南朝不少帝王爱好并提倡文学,从而使文学创作成为一项具有广泛意义的群众性活动。《宋书·宗愨传》:"时天下无事,士

[1]栾栋.《文心雕龙》辟文学之美学思想刍议:兼论文学的"自觉"与"非自觉"[J].哲学研究,2004(12):64.

人并以文义为业。"钟嵘《诗品序》:"今之士俗,斯风炽矣。才能胜衣,甫就小学,必甘心而驰骛焉。"由此可见,自刘宋以来,文学创作空前活跃。

文学创作的活跃,也促进了文学理论的产生。文学创作的繁荣与理论批评的繁荣往往是同步的。陆机的《文赋》是中国文学批评史上第一部系统而完整的创作论专著。从创作的艺术构思到立意遣词,从作家的才性到作品的艺术风格,陆机分别论述了创作过程中各个方面的问题。西晋挚虞的《文章流别论》专门对颂、赋、诗等各种体裁的性质、起源、发展变化进行了论述。东晋李充撰《翰林论》,专门评论各体文章的代表性作家作品。此外,还有桓范的《世要论》,傅玄的《七谟序》《连珠序》,皇甫谧为左思作的《三都赋序》,等等。这些批评论文和论著都充分标志着魏晋南北朝"文学自觉"时代的到来,以及"文学自觉"发展的过程和程度。刘勰撰写《文心雕龙》,是"文"充分自觉的产物。

刘勰选择立言,就是要解决生命的有限性问题,以求传世扬名。他还在《文心雕龙·征圣》篇中进一步概括出文章的三大作用,即"政化贵文"、"事迹贵文"、"修身贵文"。在刘勰看来,如果不写文章以立言传世,就无法实现"摛文必在纬军国"的抱负。

《文心雕龙·序志》:"盖文心之作也,本乎道,师乎圣,体乎经,酌乎纬,变乎骚,文之枢纽,亦云极矣。若乃论文叙笔,则囿别区分,原始以表末,释名以章义,选文以定篇,敷理以举统,上篇以上,纲领明矣。至于割情析采,笼圈条贯,摛神性,图风势,苞会通,阅声字,崇替于时序,褒贬于才略,怊怅于知音,耿介于程器,长怀序志,以驭群篇,下篇以下,毛目显矣。位理定名,彰乎大易之数,其为文用,四十九篇而已。"这段文字主要说明了《文心雕龙》的著作结构问题,学者们理解不同,形成了多种解释,大概有两分法、三分法、四分法、五分法、六分法、七分法。[1]涂光社说:"刘勰在《序志》篇就全书的体系已经作了详细的介绍","看来已无须后人劳神去揣测原意,代刘勰构造'理论体系'了"。[2]涂光社所说不无道理,但是指出刘勰在《序志》篇中所写该段文字其实仅是对全书的组织结构作了简要交代,认为不需要再去研究《文心雕龙》理论体系了。对此,笔者不能苟同。《文心雕龙》著作的理论体系,至今依然是"龙学"中的一个重大问题,人们对于《文心雕龙》主要内容、著作性质等理解不同,便会形成对于理论体系的不同分析。《文心雕龙学综览》作出了较为详尽的梳理。具体来说,一是绝大多数学者肯定《文心雕龙》有完整严密的逻辑体系,但也有极少数学者认为它没有完整的文学理论体系;二是肯定其具有完整的理论体系,但是大家的意见不完全相同。[3]

《文心雕龙》具有完整的逻辑体系,体现了刘勰对于文章的深刻理解和理论建构,对魏晋时期的"文学自觉"有较大的助力。关于《文心雕龙》的理论体系及影响,后人给予了极高评价。王士禛说:"黄山谷云:'论文则《文心雕龙》,评史则《史

[1]李淼. 性质、结构、理论体系[M]//《文心雕龙学综览》编委会. 文心雕龙学综览. 上海:上海书店出版社,1995:87.

[2]涂光社. 文心十论[M]. 沈阳:春风文艺出版社,1986:230.

[3]李淼. 性质、结构、理论体系[M]//《文心雕龙学综览》编委会. 文心雕龙学综览. 上海:上海书店出版社,1995:88-90.

通》,二书不可不观。'明王侍郎损仲(惟俭)作《雕龙》、《史通》
二书训故。以此二训故援据甚博,实二刘之功臣,余访求二十
余年始得之,子孙辈所当宝惜。"[1] 周扬指出,《文心雕龙》"在
古文论中占有首屈一指的地位,它是中国古文论中内容最丰
富、最有系统、最早的一部著作,在中国没有其他的文论著作
可以与之相比","这样的著作在世界上是很稀有的。《文心雕
龙》是一个典型,古代的典型,也可以说是世界各国研究文学、
美学理论最早的一个典型,它是世界水平的,是一部伟大的文
艺、美学理论著作","它确实是一部划时代的书,在文学理论
范围内,它是百科全书式的"。[2] 吴调公说,《文心雕龙》"这部
弘博精深的巨制,以它的体大虑周而笼罩群言。其体系之严
谨、结构之靡密,其建构体系之宏大组织力和逻辑性,都堪称
千年绝响"[3]。人们的评价是客观而公正的,刘勰撰写的《文心
雕龙》为我国乃至世界绚丽多彩的文化宝库留下了一份极其
宝贵的遗产。因此,我们认为,刘勰撰写的立言之作——《文心
雕龙》,是魏晋"文学自觉"充分发展的产物。同时,刘勰撰写
《文心雕龙》的立言活动及取得的成就亦有力地推动了魏晋时
期"文的自觉"的历史发展进程。

---

[1]王士禛.古夫于亭杂录[M].赵伯陶,校.北京:中华书局,1988:9.

[2]周扬.关于建设具有中国民族特点的马克思主义文艺理论问题:
周扬同志答《社会科学战线》记者问[J].社会科学战线,1983(4):1.

[3]石家宜.《文心雕龙》系统观[M].南京:江苏古籍出版社,2001:序1.

第二节 刘勰与立德、立功、立言

一、刘勰与立德、立功

中国很早就有不朽的观念。关于"朽"字的解释，《玉篇》："歺，腐也，或作朽。"《说文解字》："歺或从木。"基本含义为腐朽、衰败。木旁暗示着生命新陈代谢的规律，人和其他自然事物都难以逃脱。《左传·僖公三十三年》记载："孟明稽首曰：'君之惠不以累臣衅鼓，使归就戮于秦，寡君之以为戮，死且不朽。若从君惠而免之，三年将拜君赐。'"[1]孟明提到的"死且不朽"，就是以传统的祭祀和鬼神观念为基础的。《左传·襄公二十四年》："穆叔如晋，范宣子逆之，问焉，曰：古人有言曰：死而不朽，何谓也？穆叔未对。宣子曰：昔匄之祖，自虞以上为陶唐氏，在夏为御龙氏，在商为豕韦氏，在周为唐、杜氏，晋主夏盟为范氏，其是之谓乎？穆叔曰：以豹所闻，此之谓世禄，非不朽也。鲁有先大夫曰臧文仲，既没，其言立。其是之谓乎？豹闻之：大上有立德，其次有立功，其次有立言。虽久不废，此之谓不朽。若夫保姓受氏，以守宗祊，世不绝祀，无国无之。禄之大者，不可谓不朽。"[2]这段对话中提出了两种对"死而不朽"的理

---

[1]胡安顺.春秋左传集解释要[M].西安：陕西人民出版社，2004：114.

[2]胡安顺.春秋左传集解释要[M].西安：陕西人民出版社，2004：340.

解:一是指"保姓受氏,以守宗祊,世不绝祀",强调世卿世禄、血脉相传;二是指立德、立功、立言的人生价值观。从孟明的"死且不朽"到叔孙豹的"三不朽"说,发生了很大变化。陈来解释说:"这就把一个祭祀文化——宗教中的'不朽'观念转变成为一个完全人本主义的'不朽'观念。这是文化发展中的创造性转化的实例。"[1]叔孙豹的"三不朽"说,为世人获得不朽提供了现实的有效途径,即立德、立功、立言。这促使人们发愤图强,在有生之年尽最大努力去完善道德、建功立业或著书立说,使声名传之于后世,从而获得精神的永生和不朽。叔孙豹的"三不朽"说,有着极其强烈的现实意义和可操作性。刘勰的不朽观深受叔孙豹的"三不朽"说影响。

叔孙豹提出的"三不朽"说,即立德、立功、立言三者有轻重主次之分,由立德到立功再到立言这个严格的顺序对后世影响很大。《论语·先进》篇记载:"德行:颜渊,闵子骞,冉伯牛,仲弓。言语:宰我,子贡。政事:冉有,季路。文学:子游,子夏。"《论语·学而》:"行有余力,则学以文。"孔门四科中将"德行"排在第一位,"文学"置于最后。《礼记·曲礼》:"大上贵德,其次务施报。"《周礼·冬官·考工记》:"坐而论道,谓之王公;作而行之,谓之士大夫。"比较而言,立德是文士们伦理道德价值观形而上的追求,具有精神超越性特征;立功则是社会生活中个人价值的具体实现,立功大小直接决定个人社会地位、生活条件等,现实功利性较强。"正像达尔文发现有机界的发展规律一

---

[1]陈来.古代思想文化的世界:春秋时代的宗教、伦理与社会思想[M].北京:生活·读书·新知三联书店,2002:125.

样,马克思发现了人类历史的发展规律,即历来为繁芜丛杂的意识形态所掩盖着的一个简单事实:人们首先必须吃、喝、住、穿,然后才能从事政治、科学、艺术、宗教等等。"(恩格斯《在马克思墓前的讲话》)马克思主义揭示了物质生活条件对于人类的重要性。立功可以使人不朽,扬名后世,但更直接的功利则是解决人的现实物质需要,提升生活水平。因此,除过立德,立功也是人生不可或缺的价值追求。

　　建安时代的文人虽然感时伤事,将文学创作作为情感宣泄的主要通道,极为重视立言写作,但相比较而言,在他们的思想观念和人生理想中,立德、立功还是优先于立言的。《三国志·魏志·王粲传》:"方今袁绍起河北,仗大众,志兼天下,然好贤而不能用,故奇士去之。刘表雍容荆楚,坐观时变,自以为西伯可规。士之避乱荆州者,皆海内之俊杰也;表不知所任,故国危而无辅。明公定冀州之日,下车即缮其甲卒,收其豪杰而用之,以横行天下;及平江、汉,引其贤俊而置之列位,使海内回心,望风而愿治,文武并用,英雄毕力,此三王之举也。"王粲归曹后对曹操的这段赞词,流露出文人们希冀在现实社会政治、军事中建功立业的强烈愿望。《陈琳·游览》其二:"骋哉日月逝,年命将西倾。建功不及时,钟鼎何所铭?收念还寝房,慷慨咏坟经。庶几及若在,立德垂功名。"王粲《从军行五首》其三:"身服干戈事,岂得念所私。即戎有授命,兹理不可违。"孔融《杂诗二首》其一:"管仲小囚臣,独能建功祚。人生有何常,但患年岁暮。"其《六言诗三首》二:"郭李分争为非,迁都长安思归。瞻望关东可哀,梦想曹公归来。"其三:"从洛到许巍巍,曹公忧国无私。减去厨膳甘肥,群僚率从祁祁。"

曹植《白马篇》:"父母且不顾,何言子与妻! 名在壮士籍,不得中顾私。捐躯赴国难,视死忽如归。"在《又求自试表》云:"无功而爵厚,无德而禄重,或人以为荣,而壮夫以为耻。故太上立德,其次立功,盖功德者所以垂名也。"刘桢《赠五官中郎将》其二:"勉哉修令德,北面自宠珍。"徐干《西征赋》:"奉明辟之渥德,与游珍而西伐。过京邑以释驾,观帝居之旧制。伊吾侪之挺力,获载笔而从师。无嘉谋以云补,徒荷禄而蒙私。非小人之所幸,虽身安而心危。庶区宇之今定,入告成乎后皇。登明堂而饮至,铭功烈乎帝裳。"建安文人身系国家安危,立志高远,有着极为强烈的建功夙愿。比较而言,立言的位置排在后列。

曹植《与杨德祖书》:"吾虽薄德,位为藩侯,犹庶几勠力上国,流惠下民,建永世之业,流金石之功,岂徒以翰墨为勋绩,辞赋为君子哉!"曹丕《与王朗书》:"人生有七尺之形,死为一棺之土。唯立德扬名,可以不朽;其次莫如著篇籍。"徐干《中论·夭寿》:"古人有言,死而不朽。谓'太上有立德,其次有立功,其次有立言;其身殁矣,其道犹存,故谓之不朽'。"上述诗句说得很清楚,文士们在思考人生意义时,首先想到的依然是德行修养,希冀依靠高贵的品德得到世人赞赏,以获得不朽。其次是立功,或者"勠力上国,流惠下民,建永世之业",或者"捐躯赴国难,视死忽如归",或者"登明堂而饮至,铭功烈乎帝裳"。文士们虽然身份、地位、才能不同,但都希望在有限的生命中建功立业,为国家作出贡献。他们才华横溢,却将写作立言置于立德、立功之后,甚至发出"岂徒以翰墨为勋绩、辞赋为君子哉"的呼声。

刘勰宗主儒学,明显地继承了《左传》"三不朽"思想,同时也受到建安以来文士们"三不朽"人生观、价值观的影响。《文心雕龙·诸子》:"太上立德,其次立言。百姓之群居,苦纷杂而莫显;君子之处世,疾名德之不章。"刘勰极其重视人的道德品质修养,无论是君子还是普通百姓,立德在他看来都是首要的人生目标。《文心雕龙·诸子》赞曰:"大夫处世,怀宝挺秀。辨雕万物,智周宇宙。立德何隐,含道必授。条流殊述,若有区囿。"刘勰所立之德主要指仁、孝、忠等方面。《文心雕龙·原道》:"光采玄圣,炳耀仁孝。"《文心雕龙·诸子》:"至如商韩,六虱五蠹,弃孝废仁,辕药之祸,非虚至也。"《文心雕龙·指瑕》:"左思七讽,说孝而不从,反道若斯,馀不足观矣。"《文心雕龙·程器》:"黄香之淳孝,徐幹之沈默,岂曰文士,必其玷欤?"刘勰对主张仁、孝观点和具有这些优秀品质之人持肯定和赞扬的态度,反之则成为他极力批评的对象。在《文心雕龙》中,刘勰将孔子作为圣人的代表高度褒扬,他的道德观点较多受到《论语》影响。《论语·颜渊》:"樊迟问仁。子曰:'爱人。'"类似的观点在《国语·周语下》也有表述,如"爱人能仁"。《论语·学而》载有子说:"君子务本,本立而道生。孝弟也者,其为仁之本与!"《孝经》:"夫孝,德之本也,教之所由生也。"作为封建时代的文人,刘勰提倡对君王和国家的忠心。《文心雕龙·祝盟》:"夫盟之大体,必序危机,奖忠孝……"《文心雕龙·比兴》:"楚襄信谗,而三闾忠烈,依诗制骚,讽兼比兴。"《文心雕龙·奏启》:"晋氏多难,灾屯流移。刘颂殷勤于时务,温峤恳恻于费役,并体国之忠规矣。"

《文心雕龙》作为论文之作,刘勰非常重视文章的道德教化价值,而这种思想受到孔子以"诗教"为核心的文学观影响。

《论语·泰伯》:"子曰:兴于诗,立于礼,成于乐。"何晏《论语集解》引包咸注云:"兴,起也,言修身当先学诗。"《论语·为政》:"子曰:诗三百,一言以蔽之,曰:思无邪。"邢昺《论语注疏》:"诗之为体,论功诵德,止僻防邪,大抵皆归于正,故此一句可以当之也。"《论语·阳货》:"子曰:小子何莫学夫诗?诗,可以兴,可以观,可以群,可以怨。迩之事父,远之事君,多识于鸟兽草木之名。"孔子的文学思想以"诗教"为中心,强调文学要为政治教化服务,认为文学是礼乐教化的最好手段。刘勰在《文心雕龙》中多次论述文章与道德的关系,分析不同文体的文章各自所具有的道德价值。《文心雕龙·宗经》云:"经也者,恒久之至道,不刊之鸿教也。故象天地,效鬼神,参物序,制人纪,洞性灵之奥区,极文章之骨髓者也。……自夫子删述,而大宝咸耀。……义既极乎性情,辞亦匠于文理,故能开学养正,昭明有融。""经"这种文体讲述的是最高深的道理,给予人不可磨灭的大教化。刘勰指出,诗赋等在抒发情感的同时,亦有道德教化的价值。

《文心雕龙·史传》:"诸侯建邦,各有国史,彰善瘅恶,树之风声。"《文心雕龙·史传》赞曰:"史肇轩黄,体备周孔。世历斯编,善恶偕总。腾褒裁贬,万古魂动。"刘勰强调立德不朽,认为这一目标赋予人生以真正意义和人格理想,具有高尚性,有助于培养和增强人们的社会责任心和义务感,激发人们高尚的道德情操,促进人的自我完善,也有利于社会、国家和民族的发展与繁荣。《文心雕龙·宗经》:"励德树声,莫不师圣。"《文心雕龙·征圣》:"陶铸性情,功在上哲。"刘勰认为,圣人是最完备之人,有着美好的文和德,所以,人们要进行道德修养,就应当向圣人学习。同时,刘勰还从反面论述道德的重要性。比如,《文心雕龙·明诗》:"太康败德,五子咸怨。"就是说,当社会道德风尚败坏时,文学会表现出愤慨和哀伤。

刘勰在一个相对比较贫寒的家庭里长大成人,所以,从政治上追求仕进,就很自然地成为他青年时代思想的主流。青年时代的刘勰可谓壮志凌云,渴望从政,立功心切。可是,在当时"上品无寒门,下品无世族"的门阀社会里,像刘勰这样的寒士,要想在仕途上有所发展是很困难的。为了谋求发展,"刘勰在青年时代就进入定林寺依沙门僧祐,正是要借助和僧祐的关系,利用僧祐在当时的地位,以便结交上层名流、权贵,为自己仕进寻找出路"[1]。而直接促使其走上仕途的则是《文心雕龙》的撰写。清代刘毓崧《通谊堂文集·书文心雕龙后》一文认为,《文心雕龙》的写作当在南齐末年,大约在公元 501 至 502 年,这个说法是可信的。《梁书·刘勰传》:"既成,未为时流所称。勰自重其文,欲取定于沈约。约时贵盛,无由自达,乃负其书候约出,干之于车前,状若货鬻者。约便命取读,大重之,谓为深得文理,常陈诸几案。"[2] 由于沈约的欣赏、美言,刘勰于梁武帝天监元年或二年(502 或 503 年),"起家奉朝请",终于走上从政的道路。踏上仕途后,刘勰为官清廉,"政有清绩",受到称赞,在某种意义上实现了立功不朽。

　　[1]张少康,刘三富.中国文学理论批评发展史:上[M].北京大学出版社,1995:222.

　　[2]祖保全.文心雕龙解说[M].合肥:安徽教育出版社,1993:1033.

二、刘勰与立言

刘勰的生卒年代难以确考,关于其身世,通过《梁书·刘勰传》简略的记载和近人的一些推测,可以看出大致的轮廓。《梁书·刘勰传》:"刘勰字彦和,东莞莒人。祖灵真,宋司空秀之弟也。父尚,越骑校尉。勰早孤,笃志好学,家贫,不婚娶,依沙门僧祐,与之居处,积十余年,遂博通经论。……天监初,起家奉朝请。中军临川王宏引兼记室,迁车骑仓曹参军。出为太末令,政有清绩。除仁威南康王记室,兼东宫通事舍人。……迁步兵校尉,兼舍人如故。昭明太子好文学,深爱接之。……然勰为文长于佛理,京师寺塔及名僧碑志,必请勰制文。有敕与慧震沙门于定林寺撰经。证功毕,遂启求出家,先燔鬓发以自誓。敕许之,乃于寺变服,改名慧地。未期而卒。"[1]刘勰自幼家境贫寒,是一个没落的士族子弟。

胡大雷指出,古代立言不朽要经过三个阶段。第一阶段,侧重于口语立言传世,主要在于延续个体生命意义上的不朽。第二阶段,随着社会的发展,普及化的"笔书"使所书写的内容永久保存。第三阶段,曹魏时期,立言不朽有了两大走向:一是政治化,即为国家文化建设服务;二是普及化,即所有的文人,凡是写出来的文字皆为立言,以文字形式使思想、名字得以流传,皆能不朽。文士的身份也由此二者定位。[2]此说对曹魏以

---

[1]祖保全.文心雕龙解说[M].合肥:安徽教育出版社,1993:1029–1034.

[2]胡大雷."立言不朽":从个人到朝廷文化建设——兼论文士身份的定位[J].学术月刊,2016(1):149.

前立言不朽的命题进行了较为深入系统的研究。刘勰的立言不朽思想是对他之前立言历史的继承和发展，与胡大雷所总结的立言三个阶段的特征具有某种对应性。

《文心雕龙·序志》："岁月飘忽，性灵不居，腾声飞实，制作而已。夫有肖貌天地，禀性五才，拟耳目于日月，方声气乎风雷，其超出万物，亦已灵矣。形同草木之脆，名逾金石之坚，是以君子处世，树德建言，岂好辩哉？不得已也！"刘勰的这段话是发自肺腑的真实思想的流露，充分表明了他撰写《文心雕龙》的动力由来。"岂好辩哉？不得已也"一句出自《孟子·滕文公》："我亦欲正人心，息邪说，距诐行，放淫辞，以承三圣者，岂好辩哉？予不得已也。"[1]孟子效法孔子，对当时的异端邪说进行了激烈批判，认为是不得已之举；而刘勰认为"树德建言"的人生追求亦属不得已之人生选择。刘勰认为，人有超出万物的智慧和灵性，但是人的形体像草木一样脆弱，人想要出类拔萃，生命远扬，只有依靠"树德"、"建言"，即立德、立言，以求不朽。

上面这段话虽然受儒家传统思想影响，把立德置于立言之上，但实质上强调"腾声飞实，制作而已"的立言活动。与立德相比，立言更为具体，更易于实现。法国汉学家勒内·艾田伯的夫人说："谁也不会像中国人期望的那样，活到一万岁。"[2]勒内·艾田伯的夫人的话，指出了中国传统文化中对生命的向

[1]赵岐，孙奭.孟子注疏[M].北京：北京大学出版社，2000：211.

[2]艾田伯.比较文学之道：艾田伯文论选集[M].胡玉龙，译.北京：生活·读书·新知三联书店，2006：序言3.

往和珍惜。建安以来，文士们由于天灾人祸深感生命的脆弱和无助，希望通过写作立言来延续有限的肉体生命。《左传·文公六年》载君子曰："古之王者知命之不长，是以并建圣哲，树之风声，分之采物，著之话言，为之律度，陈之艺极，引之表仪，予之法制，告之训典，教之防利，委之常秩，道之礼则，使毋失其土宜，众隶赖之而后即命。圣王同之。"[1] 这种类型的立言不朽，主要是因为"知命之不长"，企图通过"言"的传播，得到后人肯定以延续"命"。刘勰的立言不朽首先是对此种思想的继承，不同之处在于，刘勰的时代已经是有意识的文章写作了，并非以口语传世。

《文心雕龙》全书 50 篇，合计 37000 余字，在古代可谓规模宏大的"笔书"。阮元《文言》："古人无笔砚纸墨之便，往往铸金刻石，始传久远；其著之简策者，亦有漆书刀削之劳；非如今人下笔千言，言事甚易也。许氏《说文》：'直言曰言，论难曰语。'《左传》曰：'言之无文，行之不远。'此何也？古人以简策传事者少，以口舌传事者多；以目治事者少，以口耳治事者多。故同为一言，转相告语，必有愆误。是必寡其词，协其音，以文其言，使人易于记诵，无能增改，且无方言俗语杂于其间，始能达意，始能行远。此孔子于《易》所以著《文言》之篇也。"[2] 阮元借助孔子《文言》表达自己提倡骈文的文论主张，在具体分析中指出古人"铸金刻石，始传久远"，其根本原因在于"寡其词，

---

[1] 胡安顺.春秋左传集解释要[M].西安:陕西人民出版社,2004:131.

[2] 舒芜,陈迩冬,周绍良,等.近代文论选:上[M].北京:人民文学出版社,1999:100.

协其音"，就是极为讲究文辞之修饰，以达到"行远"，即立言不朽的写作效果。孙少华说："口耳相传的文献之所以被书于竹帛，大概还是为了'行远'。"[1] 口语写成文章，为的是保存传世；而要想传世愈远，必须富有文采。这些看法与《文心雕龙》的立言思想不谋而合。《文心雕龙·原道》："庖牺画其始，仲尼翼其终。而乾坤两位，独制文言。言之文也，天地之心哉！"《文心雕龙·情采》赞曰："言以文远，诚哉斯验。心术既形，英华乃赡。"古之圣贤之士，锻造言语，多以文辞立言。孔颖达对《左传·襄公二十四年》提出的"三不朽"说注疏曰："立德，谓创制垂法……老、庄、荀、孟、管、晏、杨、墨、孙、吴之徒，制作子书，屈原、宋玉、贾谊、扬雄、马迁、班固以后，撰集《史传》及制作文章，使后世学习，皆是立言者也。此三者虽经世代，当不腐杇，故穆子历言之。"[2] 在孔颖达看来，无论是大上贤者，还是诸子之徒或普通文士，共性在于都极为重视文章的功能，都依靠文章写作来立言传世。

《文心雕龙·序志》："自生人以来，未有如夫子者也。敷赞圣旨，莫若注经；而马郑诸儒，弘之已精，就有深解，未足立家。"在刘勰看来，孔子是自有人类以来的一位最伟大的人物，刘勰立言首先想到的还是注释经典，因为它最能阐明圣人的旨意，也最能博得声誉；但是遗憾的是，马融、郑玄等大师对此已经做得相当精到，即使再有精湛的见解也难以超越他们，而

---

[1]孙少华.论"言之无文，行而不远"的文学实践功能[J].上海大学学报(社会科学版)，2012(1)：78.

[2]胡安顺.春秋左传集解释要[M].西安：陕西人民出版社，2004：341.

自成一家之说。刘勰并不想步马、郑诸儒后尘,而是想另辟蹊径,"于是搦笔和墨,乃始论文"(《文心雕龙·序志》)。由此可知,为了实现人生价值和理想,刘勰首先选择立言,但是立言的范围非常广阔。最终,刘勰把立言目标锁定在论文方面,即撰写学术性著作——《文心雕龙》。这是他深思熟虑的结果,是一种慎重的选择,是有自觉意识的。《文心雕龙·序志》:"详观近代之论文者多矣:至于魏文述典,陈思序书,应场文论,陆机文赋,仲洽流别,宏范翰林,各照隅隙,鲜观衢路……"意思是说,"近代"论文之人很多,但是,他们都只是见到事物的一角一缝,泛泛而谈,很少看到康庄大道,都有优点和缺点。"夫铨序一文为易,弥纶群言为难……"意即所论不仅是单篇文章,还应概括各类文章的总体,使之合成一个完整的体系。实际上,《文心雕龙》就是这样一部"体大思精"、"体大虑周",有着严密思想体系的文论专著。

魏晋时期,通过写作立言活动,不仅文士身份得到认同,而且文士也有一定的社会地位。"是时征役草创,制度多所兴复,或尝言于太祖曰:'昔舜分命禹、稷、契、皋陶以揆庶绩,教化征伐,并时而用。……今公外定武功,内兴文学,使干戈戢睦,大道流行,国难方弭,六礼俱治,此姬旦宰周之所以速平也。既立德立功,而又兼立言,诚仲尼述作之意;显制度于当时,扬名于后世,岂不盛哉!若须武事毕而后制作,以稽治化,于事未敏。宜集天下大才通儒,考论六经,刊定传记,存古今之学,除其烦重,以一圣真,并隆礼学,渐敦教化,则王道两济。'"[1] 曹魏以来统治阶级指定并执行了"外定武功，内兴文学"的治国方针，对于写作立言从政治上给予高度肯定。胡大雷指出，"与臧文仲'立言不朽'是'其身既没'后社会对其价值的认定不同，曹操、曹丕倡导'立言''文章'的'内兴文学'意义，是当代政权、朝廷在文化建设的前提下对'立言''文章'价值的认定。至此，'文章'实现'成一家之言'的个体行为向朝廷话语政治的转换，'声名自传于后'也是由此而生的，这样便使'立言不朽'有着现实政治的意义"[2]。正是由于统治阶级的大力提倡，社会上的"贵文"、"重文"现象愈演愈烈，文章、文学的价值被空前拔高。在这样的背景下，《文心雕龙》立言思想的形成就是历史的必然选择。

从时间跨度上看，刘勰做官长达二十年之久，权势、声名都很显赫，但是没有多少实权，只不过是皇帝、太子的文学侍从、门客。刘勰出仕后，先后两次去定林寺编撰佛经。当时，刘勰文名显赫，《梁书·刘勰传》："京师寺塔及名僧碑志，必请勰制文。"[3] 由此看来，即便是在做官期间，刘勰还是以立言活动为主。刘勰精心撰写的《文心雕龙》被称为我国问世最早、最有系统，诗文兼论也最为全面的文学理论著作、文章学著作和写作学著作。《文心雕龙》是一部杰出的立言之作，立言不朽的思想贯穿于整部著作。《文心雕龙·指瑕》："丹青初炳而后渝，文

[1]陈寿，裴松之. 三国志[M]. 武汉：崇文书局，2010：146.

[2]胡大雷. "立言不朽"：从个人到朝廷文化建设——兼论文士身份的定位[J]. 学术月刊，2016（1）：154.

[3]姚思廉. 梁书：第三册[M]. 北京：中华书局，1973：712.

章岁久而弥光,若能櫽括于一朝,可以无惭于千载也。"文章应
该力求精妙,使年代长久而更加光辉。作者若能于一朝之内从
事文章之修炼,则虽千载之后,仍然光华,终无所愧也。《文心
雕龙·诔碑》:"诔者,累也;累其德行,旌之不朽也。""赞曰:写
实追虚,碑诔以立。""诔"就是"累",它汇集、叙述死者生前的
德行,从而加以表彰,以至于永垂不朽。"诔"这种文体的性质
和目的就是要通过立言的形式,使其叙写的对象永垂不朽,这
样一来,诔文本身也就成为不朽之物、立言之作。《文心雕龙·
才略》赞曰:"才难然乎,性各异禀。一朝综文,千年凝锦。余采
徘徊,遗风籍甚。无曰纷杂,皎然可品。"一旦创造了文章,锦绣
般的辞藻便会长久地保存、盛行,便可以立言不朽。

　　刘勰极力主张"君子处世,树德建言"(《文心雕龙·序
志》),作家创作要"计武功,述文德"(《文心雕龙·封禅》)。"树
德"、"建言"、"武功",实际上反映了儒家"三不朽"的世界观,
这是促使他论文的动力。立德、立功和立言,三者各有所指,含
义不同。立德着重于做人,立功要旨在军政,立言主要在为文。

　　《文心雕龙·诸子》:"太上立德,其次立言。百姓之群居,苦
纷杂而莫显;君子之处世,疾名德之不章。"这里,刘勰引用并
改造了《左传》叔孙豹的话,仍然将立德置于立言之首,而且还
从百姓、君子立身处世的角度进行论证,进一步阐明立德的重
要性。

　　总之,在立德、立功和立言三者当中,刘勰认为立德应当
处于绝对的首要的地位,其次是立功,再次是立言。但是,纵观
刘勰一生,其主要活动是立言,主要贡献也在立言。而且,如果
没有精心撰写《文心雕龙》这部书,刘勰也没有机会从政。所以

说，立言不但可以不朽，而且可以成为立功的必经之路和敲门砖，是关系到个人生前和身后的大事。《文心雕龙·事类》："至于崔班张蔡，遂捃摭经史，华实布濩，因书立功，皆后人之范式也。"此句意思是说，崔骃、班固、张衡、蔡邕四位作家，他们大量拾取经典、史传的成语、故事，散布于作品的形式和内容方面，凭借书籍立下功绩。所以，在刘勰看来，立言不但有助于立功，而且从某种意义上讲，立言就是立功。

第三节　写作立言中的正末归本

"正末归本"一语出自《文心雕龙·宗经》篇。《文心雕龙·宗经》："是以楚艳汉侈，流弊不还，正末归本，不其懿欤！"一般来说，"本"指儒家"五经"及所体现的正确文风，"末"指当时时文及所代表的不良写作倾向。《说文解字》："木下曰本"，"木上曰末"。本，则本根也；末，意为末枝也。儒家经典是已经过历史考验、被证明过了的立言之物，具有典范性。而刘勰时代的时文具有严重的追求形式主义弊病，因此，他提出"正末归本"的理论策略，从立言的高度对文章写作提出了新要求，企图挽救齐、梁颓废文风。综观全书，"正末归本"的写作立言思想贯穿于《文心雕龙》整个文本，处于核心理论地位，是他关于文章写作的基本观念，也是他论文的首要原则与基本纲领。

一、学界对《文心雕龙》"本末"问题研究

《文心雕龙》"本末"概念以及《宗经》篇所提出的"正末归本"思想,在全书中占据极为重要的地位,人们的分歧不是很大,基本达成了共识,因此这方面的文献和相关研究成果相对较少。

在范文澜《文心雕龙注》、刘永济《文心雕龙校释》、詹锳《文心雕龙义证》等重要的注释本中,均未对《文心雕龙》"本末"概念作注,仅有少数著作对《宗经》篇"本末"概念作注。比如郭晋稀指出:"末,指当时文风,《通变》:'宋初讹而新';《定势》:'近代辞人,率好诡巧'。此即当时文风。本,指五经文风。"[1] 吴林伯认为:"本篇(指《宗经》——本书作者注)以本喻经,以末比文。今文既侈、艳,正之之道无他,宗经而已矣。故文归于经,斯可谓之懿。"[2] 陆侃如、牟世金指出,"本"指经书的正路,"末"指后代作家在写作上的错误[3]。林杉认为,"本"指"五经"的雅正文风,"末"指舍本逐末的淫丽文风[4]。韩泉欣认为,"本"指"五经"的传统,"末"指后世文风之弊[5]。由此可见,人们对《文心雕龙·宗经》篇"本末"概念的理解大体一致,只是

[1]郭晋稀.文心雕龙注译[M].兰州:甘肃人民出版社,1982:32.

[2]吴林伯.《文心雕龙》义疏[M].武汉:武汉大学出版社,2002:50.

[3]陆侃如,牟世金.文心雕龙译注[M].济南:齐鲁书社,1995:116-117.

[4]林杉.文心雕龙批评论新诠[M].呼和浩特:内蒙古教育出版社,2002:53.

[5]韩泉欣.文心雕龙直解[M].杭州:浙江文艺出版社,1997:14.

语言表述方面有所侧重。"本"指"五经"的正确方向，是刘勰特别推崇的写作立言体式、原则等；"末"则指违背"五经"的写作方法、体式等，是刘勰所批评和希望改变的文风。当然，在《文心雕龙》其他篇章中出现的"本末"概念内涵虽稍有差异，但整体上还是以《宗经》篇为参照的。

　　《文心雕龙·宗经》篇所提出的"正末归本"思想，学者们比较重视。周振甫在《文心雕龙辞典》中解释道："以当时浮靡的文风流弊为末，要求改正文弊，归于宗经为美。"[1] 王运熙从《文心雕龙·序志》篇提出的"先哲之诰"的角度分析，把"正末归本"之"正"提到理解《文心雕龙》全书的高度，揭示了"正末归本"在《文心雕龙》中的理论价值。他对"正末归本"句中"正"一语特别重视，认为"正言"与"体要"是立文的两大原则。《文心雕龙·风骨》："若能确乎正式，使文明以健，则风清骨峻，篇体光华。"《文心雕龙·征圣》："故知正言所以立辩，体要所以成辞；辞成无好异之尤，辩立有断辞之义。虽精义曲隐，无伤其正言；微辞婉晦，不害其体要。体要与微辞偕通，正言共精义并用；圣人之文章，亦可见也。"王运熙指出："《文心》中'正'这个形容文风的概念，其内涵比六义要更广一些。六义是雅正文风的主要内容。其他如《定势》篇提出的颠倒字句、逐奇失正之病，《练字》提出的由于好奇而采用诡谬的字，都属于不正，但超出了六义的范围了。"[2] 他特别强调"正言"，凡是不符合刘

　　[1]周振甫.文心雕龙辞典[M].北京：中华书局,1996:201.
　　[2]王运熙.《文心雕龙·序志》"先哲之诰"解[J].复旦学报（社会科学版）,1985（1）:47.

勰所提倡的以"五经"为文原则的做法,都是"末",需要"正末归本"。"刘勰引证《系辞》、《周书》、《论语》的话作为先哲之诰,提出正言、体要两大原则,以提倡雅正精约的文风,企图纠正当时文学浮诡不正的弊病。这两个原则,具体体现为六义,合起来又可以归结为执正弃邪一个总纲。两个原则、六项标准、一个总纲是互相沟通的,都体现了贯穿《文心》全书的指导思想。因此,把先哲之诰的涵义弄清楚,是理解《文心雕龙》的一个重要环节。"[1]

石家宜从《文心雕龙》全书理论体系建构的高度指出:"我是把'正末归本'当作《文心雕龙》的根本宗旨来理解的,如果说上篇头五篇是刘勰'正末归本'的总纲,那么下篇头五篇就是刘勰揭示'正末归本'之道的一个完整的思考过程和救弊方案,也就是刘勰在下篇'商榷文术'的纲领。这样,我们才能大致理清下篇的结构脉络和找到它的理论支撑点。"[2]为什么刘勰提出"正末归本"的思想?他解释说:"刘勰在不同篇章,从不同角度反复指出了,日甚一日的文学讹滥之风的表现和根源,就在于'失体',即使各种性能稳定的'文体'渐渐失去了自身的规定性,'失体'之后创作就无所依循,就会与正轨脱节,就会以反为正,就会以颠倒文句为创新。"[3]这种重视文体的观点与徐复观不谋而合。徐复观指出:"所以我说《文心雕龙》一

---

[1]王运熙.《文心雕龙·序志》"先哲之诰"解[J].复旦学报(社会科学版),1985(1):47.

[2]石家宜.《文心雕龙》系统观[M].南京:江苏古籍出版社,2001:3.

[3]石家宜.《文心雕龙》系统观[M].南京:江苏古籍出版社,2001:251.

书,实际便是一部文体论,并无牵强附会之处。《齐春秋》谓:
'彦和撰《文心雕龙》五十篇,论古今文体。'可知古人早以全书
为文体论。"[1] 石家宜从《文心雕龙》全书的理论体系建构出
发,认为"正末归本"是《文心雕龙》的根本宗旨,这是颇有见地
的主张。的确,"正末归本"在《文心雕龙》一书当中占据非常突
出的理论地位,是刘勰撰写《文心雕龙》的理论追求和理论
指导。

　　李金秋撰写的《〈文心雕龙·宗经〉篇"正末归本"新释——
兼释〈文心雕龙〉中的"本"与"末"》[2] 一文,对《文心雕龙·宗
经》篇"正末归本"思想进行了较为全面的分析。他首先回顾了
"龙学"史上《文心雕龙·宗经》篇关于"本末"概念的六种解释,
由此发端对《文心雕龙》全书中的"本末"概念作出分析,认为
"本"有时指根本、本源、根源。例如,《文心雕龙·宗经》:"赋颂
歌赞,则诗立其本。"《文心雕龙·序志》:"盖文心之作也,本乎
道。《文心雕龙·明诗》:"若夫四言正体,则雅润为本。"《文心
雕龙·论说》:"披肝胆以献主,飞文敏以济辞,此说之本也。"
《文心雕龙·章表》:"循名课实,以章为本者也。"还认为"本"有
时指思想内容或情理、情志,如《文心雕龙·诠赋》:"文虽新而
有质,色虽糅而有本,此立赋之大体也。然逐末之俦,蔑弃其
本,虽读千赋,愈惑体要,遂使繁华损枝,膏腴害骨,无贵风轨,
莫益劝戒:此扬子所以追悔于雕虫,贻诮于雾縠者也。"《文心

[1]徐复观.中国文学精神[M].上海:上海书店出版社,2004:120.

[2]李金秋.《文心雕龙·宗经》篇"正末归本"新释:兼释《文心雕龙》中
的"本"与"末"[J].语文学刊,2020(6):25-29.

雕龙·情采》:"夫以草木之微,依情待实;况乎文章,述志为本,
言与志反,文岂足征!"《文心雕龙·谐隐》:"但本体不雅,其流
易弊。"认为"'本'除了以上几种含义外,还有原本的、固有的、
依据之意。在《文心雕龙》中,'末'还有末代、末尾、最后、后面、
末流、衰弱、卑微等含义"。他还将"正"与"末"作对比,强调
"正"的重要性。最后,他得出全文的结论:"联系《文心雕龙》的
思想体系,'正末归本'合理的解释是:纠正淫丽诡滥的文风,
回到经书所指引的雅丽结合、华实相扶的正路上来。"在文章
的余论部分,他又分别从"本末"字源角度、对前代文论的继承
和发展以及受先秦以来"本末"思想的影响等三个方面分析刘
勰"正末归本"说的理论来源。

其实关于《文心雕龙》"本末"概念以及《文心雕龙·宗经》
篇所提出的"正末归本"思想研究,尚有可以进一步拓展的空
间。比如"正末归本"思想的理论来源,它在《文心雕龙》全书中
的核心理论地位,以及对后世儒家文章和文学观念的影响等。

二、《文心雕龙》"正末归本"的基本含义

曹丕《典论·论文》:"夫文本同而末异。盖奏议宜雅,书论
宜理,铭诔尚实,诗赋欲丽。"[1]此处"本"指所有文章的本质,
"末"指不同文体的特性。挚虞《文章流别论》:"古诗之赋,以情
义为主,以事类为佐;今之赋,以事形为本,以义正为助。情义

---

[1]郁沅,张明高.魏晋南北朝文论选[M].北京:人民文学出版社,
1999:13.

为主,则言省而文有例矣;事形为本,则言当而辞无常矣。"[1]
挚虞认为古代的辞赋成功地处理了情义与事类的关系,今之
赋本末倒置,以事形为本,以义正为助,言语华丽但表达力不
强。曹丕和挚虞将哲学概念的"本"、"末"用来论文,对刘勰《文
心雕龙》产生了一定影响。

刘勰写作《文心雕龙》的直接原因是针对当时文坛流弊,
在文章写作上存在"文体讹滥"的现象。《南齐书·王僧虔传》:
"僧虔好文史,解音律,以朝廷礼乐多违正与,民间竞造新声杂
曲……自顷家竞新哇,人尚谣俗,务在噍杀,不顾音纪,流宕无
崖,未知所极,排斥正曲,崇长烦淫。"裴子野《雕虫论》:"自是
闾阎少年,贵游总角,罔不摈落六艺,吟咏情性。学者以博依为
急务,谓章句为专鲁,淫文破典,斐尔为功。无被于管弦,非止
乎礼义。"[2] 由此可知,南朝宋末之时,新声艳曲已经广为流
传,连朝廷也无法控制。就文学而言,魏晋以来文坛已经发生
了新变:骈体文学日益发达,产生了骈赋、骈文,诗歌也多用骈
偶句,崇尚辞藻、对偶、声调等语言之美。刘勰认为这种文风继
承了楚辞、汉赋的艳丽,但是它走向了极端,存在很大缺点,即
所谓"楚艳汉侈,流弊不还"(《文心雕龙·宗经》)。当时形式主
义文风大盛,竞艳争奇,"俪采百字之偶,争价一句之奇"(《文
心雕龙·明诗》),文人"各竞新丽,多欲练辞,莫肯研术"(《文心

[1]郁沅,张明高.魏晋南北朝文论选[M].北京:人民文学出版社,
1999:179–180.

[2]郁沅,张明高.魏晋南北朝文论选[M].北京:人民文学出版社,
1999:325.

雕龙·总术》)。也就是说,魏晋骈体文学文辞过于浮靡华艳,同时内容不真实,缺乏美刺讽喻的良好作用。刘勰认为,"近代"以来的作者由于放弃了圣人写作立言的精神追求,经书的文体被遗弃,遭到破坏;再加上辞人追求语言奇异,在写作上造成不良影响,离儒家的写作正道愈来愈远。这种"效奇之法"、"离本弥甚"的做法,刘勰在《文心雕龙·定势》篇作了具体分析:"自近代辞人,率好诡巧,原其为体,讹势所变,厌黩旧式,故穿凿取新,察其讹意,似难而实无他术也,反正而已。故文反正为乏,辞反正为奇。效奇之法,必颠倒文句,上字而抑下,中辞而出外,回互不常,则新色耳。"周明指出,"上字而抑下"的例子如,鲍照《石帆铭》把"想彼君子"写成"君子彼想",庾信《梁东宫行两山铭》把"衫同草绿,面似花红"写作"草绿衫同,花红面似"。"中辞而出外"的例子如,江淹《恨赋》把"孤臣坠涕,孽子危心"写成"孤臣危涕,孽子坠心"。"回互不常"的例子如,《世说新语·排调》记载,孙楚把"枕石漱流"说成"漱石枕流",江淹《别赋》把"心惊骨折"写成"心折骨惊"。[1]针对这种不良文风,刘勰的用意就是要"正末归本"。

刘宋以来文坛弊端的另一个表现是文章评论方面。如《文心雕龙·序志》:"详观近代之论文者多矣:至于魏文述典,陈思序书,应玚文论,陆机文赋,仲洽流别,宏范翰林,各照隅隙,鲜观衢路;或臧否当时之才,或铨品前修之文,或泛举雅俗之旨,或撮题篇章之意。魏典密而不周,陈书辩而无当,应论华而疏略,陆赋巧而碎乱,流别精而少巧,翰林浅而寡要。又君山公干

---

[1]周明. 文心雕龙校释译评[M]. 南京:南京大学出版社,2007:284.

之徒,吉甫士龙之辈,泛议文意,往往间出,并未能振叶以寻根,观澜而索源。不述先哲之诰,无益后生之虑。"其中,"未能振叶以寻根,观澜而索源"以比喻的说法指出,当时的诸家文论未能找到问题的根本,原因在于"不述先哲之诰,无益后生之虑",即表明刘勰提倡原道、征圣、宗经之意。而魏晋以来诸家文论都未能"寻根"、"索源",所以谓之"各照隅隙,鲜观衢路",而"无益后生之虑"。但是,"辞约而旨丰,事近而喻远"(《文心雕龙·宗经》)的儒家经典是立言的完美之作。后世作家必须"原道","还宗经诰",因为圣人的"道"和"文"都包括在经书里,必须"征圣","若征圣立言,则文其庶矣"(《文心雕龙·征圣》),必须"望今制奇,参古定法"(《文心雕龙·通变》),必须"秉经以制式,酌雅以富言"(《文心雕龙·宗经》),即"正末归本",以便扭转当时的形式主义文风。关于这一点,罗立乾解释说:"刘勰在《序志》中说他著《文心雕龙》的起因和目的,一是自晋宋以来,一些作家片面追求言词的华美新奇,败坏了文章的标准体裁风格,使文章写作和文学创作越来越远地背离正道,所以要著此书来'正末归本'。二是前代的文论著作都是'各照隅隙,鲜观衢路'……在刘勰看来,不追寻到在'叶'和'澜'背后的文章和文学问题的根本原理,不阐明这些根本原理,就不能纠正不良文风而达到'正末归本'。"[1] 所以刘勰说:"盖周书论辞,贵乎体要;尼父陈训,恶乎异端:辞训之异,宜体于要。于是搦笔和墨,乃始论文。"(《文心雕龙·序志》)由此可见,"正末归本"就是他论文的首要原则与基本纲领。

---

[1]罗立乾.《文心雕龙》思维方式论纲[J].临沂师专学报,1996(4):42.

　　刘勰写作《文心雕龙》时，正当南朝儒学开始复兴而玄学仍然流行的时代。萧齐时儒学已经有较大的恢复，至武帝永明年间，定礼乐，兴学校，尊儒生，儒学大盛。这种时代的风气必然会对刘勰的思想以及《文心雕龙》的写作产生重大影响。在《文心雕龙》中，刘勰对儒家经典中的理想社会是非常推崇的。如他称赞黄帝时代是"官治民察"（《文心雕龙·练字》），称赞禹舜时代是"德盛化钧"，"政阜民暇"（《文心雕龙·时序》），称赞夏后世是"业峻鸿绩"（《文心雕龙·原道》），周公时代是"周世盛德"（《文心雕龙·诔碑》）。与其对理想时代的向往有关，刘勰非常推崇创造出这些理想时代的圣人。除经常称赞上古时期的尧舜、汤武外，他在《文心雕龙·序志》篇中又写道："大哉圣人之难见哉，乃小子之垂梦欤！自生人以来，未有如夫子者也。"崇敬之情是很深切的，要求后世之人通过学习圣人来"励德树声"（《文心雕龙·宗经》），圣人为后世"炳耀仁孝"（《文心雕龙·原道》），当"民胥以效"（《文心雕龙·原道》）。通观全书，可以说刘勰对于圣人的仰慕之情是溢于言表的。在这个基础上，刘勰所关心的还是远古时代及圣人能给当今社会带来什么影响。因此，他主张后世应从经书中汲取养分。经书是"恒久之至道，不刊之鸿教"，能"象天地，效鬼神，参物序，制人纪"，可以"洞性灵之奥区，极文章之骨髓"（《文心雕龙·宗经》）。圣人言论文辞为"正言"，写作中要远离"邪辞"，表达和保持正确的思想。《周易·系辞下》："开而当名辨物，正言断辞，则备矣。"韩康伯注："开释爻卦，使各当其名也，理类辨明，故曰断辞也。"干宝云："'辨物'，辨物类也。'正言'，言正义也。"（《周易集解》卷六十六引）孔颖达云："正言者，谓辨天下之物，各以类正定言之。"《文心雕龙·练字》:"史之阙文,圣人所慎,若依义弃奇,则可与正文字矣。"此处是说,订正史书中缺失的文字时, 不能追求新奇而不顾上下文的原意, 需要索取内容之"正"。《文心雕龙·辨骚》:"酌奇而不失其真, 玩华而不坠其实。"此处"真"为"正"之义,强调写作中的"真"、"实",不可过分追求"奇"、"华"风格。

《文心雕龙·宗经》:"故论说辞序,则易统其首;诏策章奏,则书发其源;赋颂歌赞,则诗立其本;铭诔箴祝,则礼总其端;纪传铭檄,则春秋为根:并穷高以树表,极远以启疆,所以百家腾跃,终入环内者也。"刘勰在说明后世各种文体起源于"五经"时,分别用了"首"、"源"、"本"、"端"、"根"等词语,这些概念的共同含义就是根本、始源。王弼在《老子注》四十章曰:"天下之物,皆以有为生。有之所始,以无为本。"[1]他认为"无"是天地万物产生的根本,与"有"比较,"无"为本体。王弼曰:"母,本也。子,末也。得本以知末,不舍本以逐末也。"[2]在本末关系上,他提出了"崇本息末"和"崇本举末"的论点。在《老子指略》中王弼指出:"《老子》之书,其几乎可一言而蔽之。噫!崇本息末而已矣。"[3]"崇本息末"就是指"崇无弃有",主张"无为"、"好静"、"无事"、"无欲望"。同时又提出"崇本举末"。在《老子注》三十八章曰:"载之以道,统之以母,故显之而无所尚,彰之而无所竞。用夫无名,故名以笃焉;用夫无形,故形以成焉。守

---

[1]楼宇烈. 王弼集校释:上[M]. 北京:中华书局,1980:110.

[2]楼宇烈. 王弼集校释:上[M]. 北京:中华书局,1980:139.

[3]楼宇烈. 王弼集校释:上[M]. 北京:中华书局,1980:198.

母以存其子,崇本以举其末,则形名俱有而邪不生,大美配天而华不作。故母不可远,本不可失。"[1]"崇本举末"是指在"崇本"的基础上"举末",如此才能"守母以存子",本末俱在。王弼的本末关系是要解决"自然"与"明教"的关系,但其本末方法论对《文心雕龙》产生了较大影响。刘勰受王弼本末思想的影响,以母子比喻本末关系,意味着始源之义。同时,强调"崇本",但是不弃绝"末",承认"末"的客观存在。因此,刘勰认为文体之本就是"五经",各种不同文体文章的写作要归之于"五经",即所谓"百家腾跃,终入环内者也"(《文心雕龙·宗经》)。

第四节　刘勰对传统"述而不作"立言观的继承和突破

"述而不作"一语是孔子对其一生学术的概括,它具有丰富而深刻的学术内涵,对后世儒学产生了深远影响。作为孔子的崇拜者,刘勰在构筑《文心雕龙》理论体系时,充分继承和挖掘"述而不作"的理论价值,在文章的思想内容和作者观等方面创建了独特的理论观点,对写作立言活动具有重要指导意义。

---

[1]楼宇烈. 王弼集校释:上[M]. 北京:中华书局,1980:95.

一、古代"述而不作"命题的基本内涵

"述而不作"一语出自《论语·述而》："述而不作，信而好古，窃比于我老彭。"孔子提出"述而不作，信而好古"的理论学说，这与孔子生活的时代和作"五经"的目的是分不开的。章学诚《文史通义·诗教》载："古未尝有著述之事也，官师守其典章，史臣录其职载，文字之道，百官以之治，而万民以之察，而其用已备矣。是故圣王书同文以平天下，未有不用之于政教典章，而以文字为一人之著述者也。"[1] 这段文字反映了古代史官文化背景下，著述尚未独立，史官专职记录的历史。在这种情况下，孔子作为一名修养很高的史官认识到自己的工作职责具有"述而不作"的特征。而孔子在《论语·述而》中提及的"述而不作"则指在孔子时代，周王朝衰败，文化方面出现了礼崩乐坏的现状。"周室微而礼乐废，《诗》《书》缺。"（《史记·孔子世家》）为了维护和加强周礼，孔子对前代文献进行整理，这就是所谓"六经"的形成。孔子认为他整理古籍的行为是"述"而非"作"。

关于"述"和"作"两个概念，人们的看法不完全统一。对于"述"，大致有两种意思：一是"循旧"、"传旧"，学习继承旧礼、旧制。《说文解字》："述，循也。从辵，术声。"朱熹《论语集注》："述，传旧而已……述则贤者可及。"刘宝楠《论语正义》："述是循旧。"皇侃《论语义疏》："述者，传于旧章也。"二是对古代圣

---

[1]王镇远，邬国平.清代文论选：下[M].北京：人民文学出版社，1999:609.

人典籍的阐释,以明白圣人之意。郑玄注:"述谓训其义也。"颜师古注《汉书·礼乐志》:"述谓明辨其义而循行也。"

对于"作",一是创造新的礼乐制度。皇侃《论语义疏》:"作者,新制作礼乐也。"二是创造之意。《说文解字》:"作,起也。从人从乍。"王充《论衡·对作》:"造端更为,前始未有,若仓颉作书……易言伏羲作八卦,前是未有八卦;伏羲造之,故曰作也。"颜师古注《汉书·礼乐志》:"作谓有所兴造也。"朱熹《论语集注》:"作,则创始也。故作非圣人不能。"杨伯峻《论语译注》将"作"译作"创制"。

《礼记·乐记》侧重从主体角度对"述"和"作"作比较,"故知礼乐之情者能作,识礼乐之文者能述。作者之谓圣,述者之谓明。明圣者,述作之谓也"。由此可见,所谓"述",指贤者对圣人之"作"的研习和对圣人之"道"的领悟,进而继承和传述。在古代,"作"是有特定含义的,不能将其简单地理解为现代汉语的"写作"或"创作"。所谓"作",指圣人制礼作乐的创造性活动,也包括创造文字、八卦此类意义重大的社会实践活动。

关于"好古",孔子曰:"我非生而知之者,好古,敏以求之者也。"[1]又曰:"十室之邑,必有忠信如丘者焉,不如丘之好学也。"[2]李泽厚解释说:"所谓'好古'者,即重视、珍贵历史经验之积累、学习也。"[3]孔子所说的"古",具体讲是周代礼制。孔子"敏以求之"、"好学"的对象就是周礼。因为"周监于二代,郁

[1]刘宝楠. 论语正义:上[M]. 北京:中华书局,1990:271.

[2]刘宝楠. 论语正义:上[M]. 北京:中华书局,1990:206.

[3]李泽厚. 论语今读[M]. 合肥:安徽文艺出版社,1998:184.

郁乎文哉"，所以政治上孔子主张"吾从周"。所谓"好古"，就是学习周代的礼乐制度，以之为效法的榜样。

关于"述而不作"中"不作"的问题，李泽厚作出了较为辩证的解释，他说："但任何'述'中都有'作'，孔子以'仁'解'礼'便是'作'。实际上孔子是'述而又作'。'述'者'礼'也；'作'者'仁'也。'作'是为了'述'，结果却超出了'述'。自孔子后，'仁''礼'两范畴便常处于关键处。"[1]

按照现代阐释学的观点，理解都是特定历史的产物，因此，孔子继承和整理古代的文化遗产，必然会带有自己的理解。在学术上，作为儒家学说的奠基者，孔子"以仁释礼"，创建的"仁学"对后世影响很大。从这个意义上讲，李泽厚认为孔子是"述而又作"的。"孔子的'述'无疑也是'作'，只是这种'作'不是从无到有的创造，而是深深植根于传统的'作'。也就是说，他是通过'述'而'作'的。尽管孔子没有创立一整套理论，但是他在恢复、重释、展现古代智慧上做了全新而又重要的推进。对于孔子而言，'作'只有建立在对先贤智慧深刻理解的基础上才能进行，同时，创新意味着对传统基本原则的内涵建构和扩展深化。"[2]余纪元表达了与李泽厚大致相同的观点，认为孔子是"述"中有"作"的。任何创造都是要建立在巨人肩膀上的，创造绝非闭门造车的臆断。对历史久远、博大精深的中国传统文化来讲，只有在全面细致地把握历史面貌、准确理解

---

[1]李泽厚.论语今读[M].合肥：安徽文艺出版社，1998：169.

[2]余纪元."述而不作"何以成就孔子？[J].金小燕，韩燕丽，译.孔子研究，2018（2）：17.

前代哲人思想观点的基础上,才有可能创新。清代焦循《雕菰集》:"已有知之觉之者,自我而损益之;或其意久而不明,有明之者,用以教人,而作者之意复明,是之谓'述'。"焦循的解释具有代表性和普遍性。孔子以后儒家文化继承者大都以注经和注释者自居,但在此过程中也有新的体会,形成新的观点和学说,这其实是有"述",有"作"。

春秋战国时代的知识阶层都纷纷著书立说,将提供恰当的救世方略作为最高追求。当时虽是百家争鸣,却不以有所著述为目的;虽有"文学之士"(《韩非子·六反》)的称谓,却是指那些精通礼乐制度的儒家士人,他们都是"述而不作"的。孟子在不得志的处境下,"退而与万章之徒序《诗》、《书》,述仲尼之意,作《孟子》七篇"(《史记·孟子荀卿列传》)。荀子晚年著书,也非常重视先王之言。他在《劝学》篇说:"故《书》者,政事之纪也;《诗》者,中声之所止也;《礼》者,法之大分类之纲纪也。故学至乎《礼》而止矣。夫是之谓道德之极。《礼》之敬文也,《乐》之中和也,《诗》《书》之博也,《春秋》之微也,在天地之间者毕矣。……《礼》《乐》法而不说,《诗》《书》故而不切,《春秋》约而不速。方其人之习君子之说,则尊以遍矣,周于世矣。故曰:学莫便乎近其人。"[1] 荀子认识到儒家"五经"所蕴含的深刻道理,看到了"述"的学术价值,因此提倡"宗经"。在两汉经学话语权力下,甚至连创作了伟大《史记》的司马迁也不敢言"作"。当辞赋大家扬雄效仿儒家经典写《法言》、《太玄》时,更受到强

---

[1]张少康,卢永璘.先秦两汉文论选[M].北京:人民文学出版社,1996:173.

烈谴责。有儒者责问他:"述而不作,玄何以作?"(《法言·问神》)同样,面对别人的责问,王充在《论衡·对作》篇辩解道:"非曰作也,亦非述也,论也。论者,述之次也。"王充也只能将《论衡》定位为"论"。古人一般不敢直言自己的写作是"作",因为古代"作者"具有很高的地位,甚至有帝王头衔。《礼记·中庸第三十一》:"非天子,不议礼,不制度,不考文。今天下车同轨,书同文,行同伦。虽有其位,苟无其德,不敢作礼乐焉;虽有其德,苟无其位,亦不敢作礼乐焉。"《周易·乾·文言》:"圣人作而万物睹。本乎天者亲上,本乎地者亲人,则各从其类也。"古之"作者"社会地位很高的原因在于当时"官师一体"的学术制度。"从思想渊源分析,'述而不作'的思想与中华学术的官方'出身'有关,是上古时期学术与官职不分的产物,拖着一条官师一体的尾巴。……商、周时期,学在宫廷,官师一体,治教合途,无私家著述之风,自然也无个人'立言'的可能,也绝对产生不了'究天人之际,通古今之变,成一家之言'(司马迁语)这样的思想。"[1]

二、传统"述而不作"观念对刘勰立言思想的影响

孔子"述而不作"的义章观对《义心雕龙》的影响,首先表现在文章写作立言中对真实性的要求。正如何柯所言:"由于受到史官文化'述而不作'职能观念的影响,刘勰在其文论体系又贯穿了强调真实的文学观念。史官文化由于其'录其职

---

[1]刘畅.述而不作:从官方职能到学术思想[J].中国典籍与文化,2001(1):11.

载'的职能要求,其文体在现在看来大部是实用文体,出于实用的原因,要求所'录'应准确、真实、严谨。因此,史官文化便培养出一种求真尚实的作'文'的观念,这一个观念后来继续保持在以著史为宗的史家那里,但与此同时,在史传以外的其他文体中也潜在地保留了这种求真、求实的观念。"[1]《文心雕龙·征圣》篇提出"志足而言文,情信而辞巧"的原则,将之作为写作的"含章之玉牒,秉文之金科"。《文心雕龙·宗经》篇提出"情深而不诡"、"事信而不诞"的写作标准,都是以文章的真实观为原则。

有一种观点认为,中国古代的文章(文学)的产生与祭祀活动的实用要求有关。《礼记·祭统》:"夫祭者,非物自外至者也,自中出,生于心也,心怵而奉之以礼。""敬尽然后可以事神明","斋者,精明之至也,然后可以交于神明也"。《论语·八佾》:"祭神如神在。"这说明古人认识到在祭祀活动中,真诚地与神交流,才能起到祭祀的目的。"当时所谓的'诗',是在宗教性、政治性的祭祀和庆功的仪式中祷告上天、颂扬祖先,记叙重大历史事件和功绩的唱词。它的作者是巫祝之官,而不是后世所谓的'诗人'。这些唱词,虽已含有文艺的因素(如注意节奏、押韵和词句的力量),但并非后世所谓的文艺作品,而是一种宗教性、政治性的历史文献。"[2]李泽厚、刘纲纪的观点说明

---

[1]何柯. 史官文化与《文心雕龙》[J]. 四川师范学院学报(哲学社会科学版),2003(3):15.

[2]李泽厚,刘纲纪. 中国美学史:第一卷[M]. 北京:中国社会科学出版社,1987:111-112.

文章、文学与古代祭祀活动具有密切关系。因此，古代祭祀中对神灵的虔诚态度反映到文章、文学活动中，对写作立言来说，就是要重视立言主体内在思想感情的诚挚和在文章作品中表现的情感的真实性。《文心雕龙·情采》："昔诗人什篇，为情而造文"，"故为情者要约而写真"。《文心雕龙·辨骚》："酌奇而不失其真，玩华而不坠其实。"

其次，传统"述而不作"观念对刘勰的"通变"观产生影响。《文心雕龙·征圣》开篇就引用《礼记》中的话"作者之谓圣，述者之谓明"，说明刘勰深知孔子"述而不作"的蕴含。孔子注重对传统文化的继承，认识到历史根源对文化的重要性，表现出在继承基础上方能创新的见解。成中英解释说："孔子自称述而不作，这就表明他对历史根源性具有相当的自觉。他的创造是继承传统的创造，代表了更上一层楼的价值诠释，因而也表现了更高层次的人性自觉。这也是他后来能够发生巨大影响的原因所在。"[1] 成中英的认识很深刻，以儒家为代表的中国传统文化之所以源远流长，与孔子所提出的注重文化根基的"述而不作"的文化观念有很大关系。作为孔子的崇拜者和研究者，刘勰深知继承传统的重要性。将孔子的"述作"关系创造性地转变为"常变"关系，提出"设文之体有常，变文之数无方"的文章"通变"观。

刘勰的文章"通变"观贯穿于《文心雕龙》全书，而在《文心雕龙·通变》篇进行集中论述。《文心雕龙·通变》："夫设文之体

---

[1]成中英.世纪之交的抉择：论中西哲学的会通与融合[M].上海：知识出版社，1991：341.

有常,变文之数无方,何以明其然耶？凡诗赋书记,名理相因,此有常之体也;文辞气力,通变则久,此无方之数也。名理有常,体必资于故实;通变无方,数必酌于新声;故能骋无穷之路,饮不竭之源。"

古人已经认识到,变化是客观存在的,但"变"中有"常",两者是对立统一的。《周易·系辞上》:"在天成象,在地成形,变化见矣。""爻者言乎变者也。"《老子》第十六章:"知常曰明。不知常,妄作凶。"张岱年解释说:"变化的不易之则,即所谓常。常即变中之不变之义,而变自身也是一常。"[1]这一"常变"思想被刘勰用来论文。当然,《文心雕龙》文章"通变"观所涉及的问题很多,就《文心雕龙·通变》篇而言,主要解决的是文体和文辞问题。"凡诗赋书记,名理相因,此有常之体也。"(《文心雕龙·通变》)从刘勰对"有常之体"的解说来看,他所谓的"常"主要指文体之常。联系《文心雕龙·宗经》篇"论说辞序,则易统其首;诏策章奏,则书发其源;赋颂歌赞,则诗立其本;铭诔箴祝,则礼总其端;纪传铭檄,则春秋为根",所以"有常之体"当指"五经"文体及由"五经"所生发形成的诸种文体。每种文体之常在《文心雕龙·宗经》篇和"论文叙笔"部分集中论述。由"文辞气力,通变则久,此无方之数也"(《文心雕龙·通变》)一句可知,刘勰所谓"变文之数"指"文辞"方面。《文心雕龙·通变》篇使用的"通变"一词,由"凭情以会通,负气以适变"缩合而成。用今天的话来说,"通"指继承,"变"指创新,《文心雕龙·通变》

---

[1]张岱年.中国哲学大纲:中国哲学问题史[M].北京:商务印书馆,2017:186.

篇旨在说明文学发展中文体、文辞继承与革新的辩证关系。

　　黄侃说:"文有可变革者,有不可变革者。可变革者,遣辞捶字,宅句安章,随手之变,人各不同。不可变革者,规矩法律是也,虽历千载,而粲然如新,由之则成文。"[1]黄侃所说的"可变革者"为"遣辞捶字,宅句安章",侧重于语言文辞运用,比较贴近《文心雕龙·通变》本义;但把"不可变者"释为"规矩法律",这就将不变的内涵和范围扩大化了。刘永济的解释比较吻合刘勰原意,他说:"盖此篇本旨,在明穷变通久之理。所谓变者,非一切舍旧,亦非一切从古之谓也,其中必有可变与不可变者焉;变其可变者,而后不可变者得通。可变者何?舍人所谓文辞气力无方者是也。不可变者者何?舍人所谓诗赋书记有常者是也。"[2]他准确地指出了《文心雕龙·通变》所谓变与变的内容,也分析了变"非一切舍旧,亦非一切从古"的通变原理。严格地说,孔子提出的"述而不作"和刘勰所讲的"通变"在思想和精神上具有一脉相承的关系。孔子为了恢复周礼传统而整理"五经",企图挽救当时社会斯文不振的现实;而刘勰"论文"原道,通过树立孔子和儒家"五经"的至高地位,来改变齐、梁文坛颓势。"作"与"变"大体可以对应起来,而"述"与"通"亦可以对照起来加以理解。孔了和刘勰面临的共同问题是如何充分运用古代经典,在这个问题上,孔子的"述而不作"思想和方法对刘勰的"通变"观产生了较大影响。任何变化和创新都要在充分研究前代经验的基础上方可顺利进行,所以

　　[1]黄侃.文心雕龙札记[M].北京:中国人民大学出版社,2004:101.
　　[2]刘永济.文心雕龙校释:上[M].北京:中华书局,2007:100.

从某种意义上讲,《文心雕龙》全书都在探讨"有常之体",并通过它来指导人们的写作立言活动。

"述而不作"与"通变"讨论的虽然不是同一个层次上的问题,但是它们在精神气质上却有内在的一脉相承关系,即这两者都可以从广义方面被理解为对待古代优秀文化遗产的态度和方法。"诸如此类,莫不相循,参伍因革,通变之数也。"(《文心雕龙·通变》)"文律运周,日新其业。变则其久,通则不乏。"(《文心雕龙·通变》)刘勰既强调"通",又突出"变",在坚持创作的基本原则和方法的基础上,注重革新与创造。同样,学术与文章的发展需要"述",没有"述","作"的优良传统就得不到积累、继承,新的"作"就没有更高的起点。但是,只有"述",没有新"作",则没有发展,没有成长性,生命力也就终止了。这就是它们须臾不可分离的辩证关系。

三、刘勰对传统"述而不作"观念的突破

被鲁迅誉为"文学的自觉时代"的魏晋,"作"一语的使用极其广泛,其内涵也逐渐发生了变化。"作者"的称谓已经被普遍使用,其实际所指已非先秦"作者曰圣"之作者观,而是把善于文辞的普通文人也归之于作者之列。吴质《答东阿王书》说:"讽采所著,观省英玮,实赋颂之宗,作者之师也。"[1]萧统《文选序》说:"至于今之作者,异乎古昔。"[2]曹丕曰:"余观贾谊

---

[1]郁沅,张明高.魏晋南北朝文论选[M].北京:人民文学出版社,1999:37.

[2]郁沅,张明高.魏晋南北朝文论选[M].北京:人民文学出版社,1999:328.

《过秦论》,发周、秦之得失,通古今之滞义,洽以三代之风,润以圣人之化,斯可谓作者矣。"[1] "赋者,言事类之所附也;颂者,美盛德之形容也。故作者不虚其辞,受者必当其实。"[2]李春青指出:"曹丕虽然出身王侯之家,后来还做了皇帝,但他却常常能够站在文人士大夫立场上言说,他所代表的作者观是对文人士大夫言说权利的肯定,也是对经学和史学以外的具有审美功能的文章形式的肯定。这在中国文学史上无疑具有极为重要的意义。"[3]曹丕的"作者"观在魏晋时期具有代表性,他以帝王的身份给普通文人的写作立言活动以合法化的地位。他注重作家个性才能的表现,提出"文以气为主"说,体现了对文士的评价标准由先秦两汉的政教说转化为魏晋的才性说。从先秦两汉到魏晋时期,"作者"观的演进与变化,深刻地影响到刘勰创作《文心雕龙》,促使他在《文心雕龙》中自觉地进行"作者"观的理论建构。

首先,刘勰认为孔子的主要贡献在于"作"而非"述",这就拔高了孔子"制作"对于写作立言的典范意义。

孔子一生仕途坎坷、屡遭挫折,但他的道德学识却受到高度赞扬。孔子自己不以圣人自居,但他的弟子和孟子、荀子对他评价很高,有时称其为"圣人"。到了汉代,孔子地位空前提

[1]郁沅,张明高.魏晋南北朝文论选[M].北京:人民文学出版社,1999:15.

[2]郁沅,张明高.魏晋南北朝文论选[M].北京:人民文学出版社,1999:15.

[3]李春青.中国古代"作者"观的生成演变及其文化意味[J].文艺理论研究,2013(5):94.

高。董仲舒从国家意识形态高度给孔子之学以绝对权威的评价："《春秋》大一统者，天地之常经，古今之通谊也。今师异道，人异论，百家殊方，指意不同，是以上亡以持一统；法制数变，下不知所守。臣愚以为诸不在六艺之科孔子之术者，皆绝其道，勿使并进。邪辟之说灭息，然后统纪可一而法度可明，民知所从矣。"（《汉书·董仲舒传》）董仲舒提出的重用儒家"六经"的提议被汉武帝采纳，这就是著名的"罢黜百家，表章《六经》"（《汉书·武帝纪》）。司马迁则第一次将孔子称为"至圣"。他说："孔子布衣，传十余世，学者宗之。自天子王侯，中国言'六艺'者折中于夫子，可谓至圣矣！"（《史记·孔子世家》）孔子"圣人"的称号在汉代已经确立，魏晋南北朝时期玄学兴盛、儒学衰落，但居于统治地位的还是儒家之学。因此，刘勰认为孔子是圣人，乃为确论。

《文心雕龙·征圣》篇首就引用《礼记》的话说："作者之谓圣，述者之谓明。"孔子既为圣人，那么在刘勰看来，孔子就是作者。少数情况下，刘勰依然遵循孔子"述"的说法，比如"玄圣创典，素王述训"（《文心雕龙·原道》）。与孔子自谦的"述而不作"不同，刘勰突出了圣人孔子"制作"的功绩和影响。关于孔子"制作"的实质和影响，邓国光指出"'足食'、'足兵'的潜在意向"，"宣述立言的圣功"，"圣人文辞表见天地之道，以立人极，以厚民德，生生的事业，归向'道沿圣以垂文，圣因文以明道'的结论"[1]。由此可见，圣人作为作者，写作立言绝非舞文弄

---

[1]邓国光.《文心雕龙》文理研究：以孔子、屈原为枢纽轴心的要义[M].上海：上海古籍出版社，2012:54.

墨,是为了实现"修齐治平"的社会理想和人生目标,秉承"为人生"的写作观。

其次,重视帝王侯门的写作才能和他们在写作立言活动中的重要影响。

刘勰在《文心雕龙·时序》开篇提出"时运交移,质文代变"的文章发展现象,而出现这种现象的原因是"知歌谣文理,与世推移,风动于上,而波震于下者"。刘勰认为社会的政治教化对文章写作具有重要影响,在具体论述中,他凸显了历代帝王侯门在文章发展中的重要作用。比如,"孝武崇儒,润色鸿业,礼乐争辉,辞藻竞骛"(《文心雕龙·时序》)。汉武帝时代重视辞采,文章比较兴盛,与之相反,"高祖尚武,戏儒简学"(《文心雕龙·时序》)。汉高祖崇尚武功、戏弄儒士,当时有影响的作品极少。"自献帝播迁,文学蓬转,建安之末,区宇方辑。魏武以相王之尊,雅爱诗章;文帝以副君之重,妙善辞赋;陈思以公子之豪,下笔琳琅;并体貌英逸,故俊才云蒸。"(《文心雕龙·时序》)而自汉末建安之际,"三曹"身居要位,颇有文才,礼遇文士,文章(文学)才蓬勃发展起来。

具有文章天赋的帝王侯门成为特殊的作家群体,由于他们在社会地位上的优势,对于文章写作具有引领作用。"中国是一个文化大国,历代统治集团中不乏舞文弄墨的统治者,但像六朝时期几代统治者都醉心于翰墨、寄身于篇什,而且世代相因、代不乏人这样的现象却非常少见。据《隋书·经籍志》记载南朝帝王从东晋到梁陈,尤其是宋齐梁陈,四朝帝王尽管不是称职的统治者,却大多是杰出的义人。其中有文集者有宋武帝、宋文帝、宋孝武帝、梁武帝、简文帝、梁元帝、陈后主等。"[1]
南朝文章(文学)出现的繁盛局面,与居于上位的统治者对于
文章的态度和政策有很大关系。

最后,对普通文人的写作活动给予肯定,谈论"文心之
作",强调"为文之用心"的重要性。

刘勰在《文心雕龙》一书中多次使用"作"一词,兹扼要列
举如下:

"岁月飘忽,性灵不居,腾声飞实,制作而已。"(《文心雕
龙·序志》)

"盖文心之作也,本乎道,师乎圣……文之枢纽,亦云极
矣。"(《文心雕龙·序志》)

"作者曰圣,述者曰明。"(《文心雕龙·征圣》)

"昔汉武爱骚,而淮南作传……若离骚者,可谓兼之。"
(《文心雕龙·辨骚》)

"又古诗佳丽,或称枚叔,其孤竹一篇,则傅毅之词,比采
而推,两汉之作乎? "(《文心雕龙·明诗》)

"至如郑庄之赋大隧……词自己作,虽合赋体,明而未融。
及灵均唱骚,始广声貌。"(《文心雕龙·诠赋》)

"汉初词人,顺流而作……讨其源流,信兴楚而盛汉矣。"
(《文心雕龙·诠赋》)

"至于秦政刻文,爰颂其德……沿世并作,相继于时矣。"

---

[1] 王文才.六朝文学家族繁盛原因初探 [J].唐山师范学院学报,
2006(6):30.

（《文心雕龙·颂赞》）

"若乃礼之祭祀,事止告飨……祭而兼赞,盖引神而作也。"（《文心雕龙·祝盟》）

"逮尼父卒,哀公作诔……虽非睿作,古式存焉。"（《文心雕龙·诔碑》）

"暨乎汉世,承流而作。"（《文心雕龙·诔碑》）

"暨汉武封禅,而霍子侯暴亡,帝伤而作诗,亦哀辞之类矣。"（《文心雕龙·哀吊》）

"及潘岳继作,实踵其美。"（《文心雕龙·哀吊》）

"自贾谊浮湘,发愤吊屈,体同而事核,辞清而理哀,盖首出之作也。"（《文心雕龙·哀吊》）

"自七发以下,作者继踵。"（《文心雕龙·杂文》）

"薛谢之作,疏谬少信。"（《文心雕龙·史传》）

"至于晋代之书,繁乎著作。"（《文心雕龙·史传》）

"原夫载籍之作也,必贯乎百氏。"（《文心雕龙·史传》）

"然后诠评昭整,苛滥不作矣。"（《文心雕龙·史传》）

"迄至魏晋,作者间出……亦充箱照轸矣。"（《文心雕龙·诸子》）

"杜钦之对,略而指事,辞以治宣,不为文作。"（《文心雕龙·议对》）

"若骨采未圆……驰骛新作,虽获巧意,危败亦多。"（《文心雕龙·风骨》）

"而后之作者,采滥忽真……逐文之篇愈盛。"（《文心雕龙·情采》）

"属笔易巧,选和至难；缀文难精,而作韵甚易。"（《文心雕

龙·声律》)

　　"讹音之作,甚于枘方。"(《文心雕龙·声律》)

　　"夫文象列而结绳移,鸟迹明而书契作,斯乃言语之体貌,而文章之宅宇也。"(《文心雕龙·练字》)

　　从以上例句可以看出,刘勰在《文心雕龙》一书中大量使用"作"一词,大致有两种意思:一是当作名词来使用,可以理解为"作品"或"作者";二是用作动词,可理解为"制作"。

　　刘勰在《文心雕龙·序志》篇说到"盖文心之作也",是对自己写作《文心雕龙》的指称,这与先秦两汉时期文人不敢轻言自己作品为"作"迥然有别。邓国光指出,"据上下文理,此'文心'不是书名,'作'亦非独指撰写。《序志》以'文心'出场照面,刘勰提笔,说明其义涵:'言为文之用心也。'"[1]。他进一步对此处"作"作解释,"作之而'造美',则至善为可致;道义之极可立,则天地之义可张"[2]。邓国光的解释可谓深得刘勰之本意。笔者以为,对《文心雕龙》这部"体大虑周"的著作而言,不能仅从现代普通写作学或一般创作论层面去理解。《文心雕龙》"本乎道,师乎圣,体乎经"的理论建构就是对孔子"述而不作"的继承和创造性运用。写作不是一般的思想情感传达,而是蕴含"道"的立言活动,这也正是刘勰受魏晋时期"文的自觉"时

　　[1]邓国光.《文心雕龙》文理研究:以孔子、屈原为枢纽轴心的要义[M].上海:上海古籍出版社,2012:25.
　　[2]邓国光.《文心雕龙》文理研究:以孔子、屈原为枢纽轴心的要义[M].上海:上海古籍出版社,2012:26.

代潮流影响所在，同时也是他超越于其他理论家论文的独特之处。

关于"文心"之作的目的，在于完成立言不朽的伦理价值追求。这正如他在《文心雕龙·序志》篇所述："夫宇宙绵邈，黎献纷杂，拔萃出类，智术而已。岁月飘忽，性灵不居，腾声飞实，制作而已。"他从宇宙论的高度思考人生问题，强调写作立言体现人的"智术"、"制作"的本质。在人的生命无常的魏晋之际，如何使人的生命过得更有意义，"树德建言"的写作立言活动是不二选择。唯独这样，才能"文果载心，余心有寄"，感受生命的价值和人生的意义。

刘勰在强烈的立言情结驱使下写作《文心雕龙》，堪称当时理论著作的杰出代表。孔子首倡"述而不作"，是代"圣贤立言"；刘勰撰写《文心雕龙》，是自己立言。所谓立言，就是要成一家之言，不人云亦云，言之有物，言之有理，言之有情，所以"作"乃立言的本质特征。不过，刘勰提倡"作"，并不忽视"述"。要成功地立言，还需征圣、宗经，还需对圣人之"作"进行学习，以之为遵循的标准。因此，刘勰在强调立言时，有述有作，述作并举，不可偏废。

第二章 立言必然性：言之文也，天地之心哉

"道"乃《文心雕龙》的核心概念，长期以来，对"道"的理解繁复纷杂、争讼不已。对此，牟世金先生大致归纳出以下几种：儒道、佛道、老庄之道、自然之道、绝对精神、宇宙本体、自然规律等[1]。学界尚有更多解释，此不一一枚举。诚然，各有所由，见仁见智，如若从纯哲学角度去阐释，并且把问题复杂化，应不属刘勰本意。何况，"道"、"太极"、"两仪"此类概念在先秦时代已经被普遍使用而不为某家所专有。所以，刘勰言说领域为论文而非论道；或者说，不是为论道而论道，而是为论文而原道。"道"乃刘勰形而上学文学观的论证逻辑假设，是其论文的前提和基础，也的确提升了刘勰的文学地位，有力地论证了立言的必然性。

具体而言，笔者从以下四个方面展开论证。"道心—天地之心—文心"，侧重于从宇宙论角度分析写作立言的主体精神秉承"道心"、"天地之心"，从而形成自身的内在规定；"道之文—自然之文—人文"，侧重于从文道融通的外在层面分析刘

---

[1]牟世金.文心雕龙研究[M].北京：人民文学出版社，1995：145.

勰文章的生成观念；"心生而言立，言立而文明"，侧重于从内在心理机制揭示刘勰文道融通的文章观念；宗经则树立了立言不朽的理想文章之范型。这一切以"言之文也，天地之心"来总括，彰显了刘勰文采与功用并重的立言文章观的独特内涵。

第一节　道心—天地之心—文心

"心"是中国传统哲学体系的核心概念之一，其意蕴丰富，演变错综复杂。古人以"心"为感觉、思维的器官。孟子最先注重"心"的作用，"心之官则思，思则得之，不思则不得也"（《孟子·告子上》），"尽其心者，知其性也。知其性，则知天矣"（《孟子·尽心上》）。性根系于人性，尽心者则能知性。性有物性与人性，因而知性就是知天知人也。换言之，通过"心"这一思维器官可以知天知人。"心"是思维器官之主宰的"大本"。"权，然后知轻重；度，然后知长短。物皆然，心为甚。"（《孟子·梁惠王上》）孟子认为"心"有先验的道德本性。"恻隐之心，仁也。羞恶之心，义也。恭敬之心，礼也。是非之心，智也。""仁，人心也。"（《孟子·告子上》）

《文心雕龙》中多次使用"心"字，正是在对古代丰富的"心"学历史资源借鉴的基础上，刘勰提出了自己的"心"学理论：道心—天地之心—文心。

一、道 心

心有道心、人心之说。"道心"范畴最早见于《荀子·解蔽》："故道经曰:人心之危,道心之微。"此说进一步被《尚书·大禹谟》引用发挥,"人心惟危,道心惟微,惟精惟一,允执厥中",阎若璩、惠栋、戴震等学者认为是晋人伪作。荀子之所以援引《道经》"人心"、"道心"的说法,是为了消除认识上的弊端和局限,以避免对现实行为活动产生不利影响。《荀子·解蔽》:"曲知之人,观于道之一隅而未之能识也,故以为足而饰之,内以自乱,外以惑人,上以蔽下,下以蔽上;此蔽塞之祸也。"认识观念上的偏执,造成了很大危害,这样的情形古今都难以避免,因此荀子提出"解弊"问题。关于"弊",杨倞注:"蔽者,言不能通明,滞于一隅,如有物壅蔽之者。"[1]杨倞注:"此其所知、所好滞于一隅,故皆为蔽也","所好异则相为弊"。[2]他进一步分析了"弊"产生的原因,为"所好异"。无独有偶,刘勰认为当时论述文章的学者很多,但大都"各照隅隙,鲜观衢路"(《文心雕龙·序志》),从某一局部出发立论,缺少对文章的整体把握而陷于蒙蔽。同时,刘勰坚决反对在文辞运用方面标新立异,提倡"故知正言所以立辩,体要所以成辞;辞成无好异之尤"(《文心雕龙·征圣》)。因此,《文心雕龙》"道心"说的思想渊源可以说与《荀子·解蔽》最为相近。

我们不能武断地认为刘勰的"道心"范畴是对荀子"道心"

---

[1]王天海. 荀子校释:下[M]. 上海:上海古籍出版社,2005:833.

[2]王天海. 荀子校释:下[M]. 上海:上海古籍出版社,2005:836-837.

观的继承和发展,但至少荀子的"道心"思想对于理解刘勰《文心雕龙》"道心"范畴给予了一个分析理解的视角和方法。

"道心"范畴在《文心雕龙》中共出现三次。《文心雕龙·原道》曰:"莫不原道心以敷章,研神理而设教。""赞曰:道心惟微,神理设教。光采玄圣,炳耀仁孝。龙图献体,龟书呈貌。天文斯观,民胥以效。"《文心雕龙·宗经》:"然而道心惟微,圣谟卓绝,墙宇重峻,而吐纳自深。"在"龙学"研究中,"道"成为热点,但对"道心"的关注和思考不足。祖保泉指出,"道心:指自然之道的基本精神。按下文赞辞有'道心惟微……炳耀仁孝'句,透漏了'道心'的真意所在"[1]。而在后文对"光采玄圣,炳耀仁孝"句的解说中认为,"这两句便点破了'道'的实质是'仁孝'——儒家社会道德观的核心"[2]。祖保泉一方面指出"道心"是自然之道的基本精神,另一方面又认为它的"真意"是儒家社会道德观的核心,这就出现了矛盾。陆侃如、牟世金指出,"道心:指自然之道的基本精神。'道心'二字全书用到三次,意全同"[3]。张国庆、涂光社将"道心"翻译为"道"的精神[4]。张利群对"道心"作出了较为系统的研究,认为"道心"指"'道'的精神。这既可将'道心'作为一个词汇来看待,指'道'之'心',亦可将'道心'作为两个词的组合来看待,指'道'与'心',这都应

[1]祖保泉.文心雕龙解说[M].合肥:安徽教育出版社,1993:9.

[2]祖保泉.文心雕龙解说[M].合肥:安徽教育出版社,1993:19.

[3]陆侃如,牟世金.文心雕龙译注[M].济南:齐鲁书社,1995:101.

[4]张国庆,涂光社.《文心雕龙》集校、集释、直译:上[M].北京:中国社会科学出版社,2015:15.

是吻合'道心'所指称的'道'的精神的涵义"[1]。周明指出,"原道心:推求道的本心"[2]。由此看来,周明将"道心"解释为道的本心。吴林伯说:"'原道心',西汉刘安《淮南子·要略》'原道之心'也,是说'玄圣'、'素王'的'述'、'作',其心都以'儒道'为根本。"[3]吴林伯将"道心"解作"道之心",指儒家之道。"道心惟微"显然来源于《荀子》、《尚书》,是说道义之心微而难明。《文心雕龙·原道》:"文之为德也大矣,与天地并生者何哉?""文之为德"应为"文之作为(万物)之德",理解为万物以"文"的形式存在和呈现出来。这是对文德的定位,将之与天地并称。那么这种"写天地之辉光,晓生民之耳目"(《文心雕龙·原道》)的文章怎样产生的呢?刘勰将之概括为"原道心以敷章"。意思是说,圣人("玄圣"、"素王")能够探微稽隐,以"道心"发布文采,著书立说。"道心"和"章"是创作活动中的两个指向,创作活动的完成是靠主体在创作状态中,将"道心"敷而为章。"敷"是写作活动的实体。"道"在先秦各家普遍被认为是化生万物的实体,"原道心以敷章"是刘勰的文学生成论。"道心"是什么,刘勰尚未给出明确界定,但是他引用前说提出"道心惟微",即"道心"以神秘莫测为其特征。毕万忱、李淼说:"'道心'即'道'。"[4]"道心"乃道之核心,道之精要,是形而上的存在,但主体可以充分发挥主观能动性去靠拢"道心",最大可能地

[1]张利群.《原道》"道心"说的文论内涵及其意义[J].汕头大学学报,2008(6):32.

[2]周明.文心雕龙校释译评[M].南京:南京大学出版社,2007:5.

[3]吴林伯.《文心雕龙》义疏[M].武汉:武汉大学出版社,2002:21.

[4]毕万忱,李淼.文心雕龙论稿[M].济南:齐鲁书社,1985:16.

拥有"道心",此乃"敷章"之前提。简良如以"原道"一词只出现在"原道心以敷章"句为由,认为"原道"是"原道心"的缩写。他进一步指出:"对刘勰来说,历述人文、称颂文德与道之文的目的,也只为致力明道的'道心'而已,欲为文者用心于道而已……道心,始为刘勰论道真正关切之处;也因为道心别于客体道之规范性、外在性,使《文心雕龙》之道亦当由心自身之境界、胸襟及必然的发展和深化而成就,无有既定的框架足以局限……主体地原道心而为道,因而为《原道》面对文与道时,最终之宗旨。"[1]

在对《文心雕龙》"道"的问题研究中,受西方本质主义思维方式影响,人们希望能够发现一个概括和统摄整个文本的所谓"道"的本质界说,这是一厢情愿的、不现实的。"道"范畴在《文心雕龙》中多次出现于不同语境,含义不完全相同,加之中国古代理论范畴和概念具有不确定性特点,故对"道"的理解要注意其使用的具体语境极其复杂。

笔者基本同意《文心雕龙》所原之道为自然之道的论点,这里的"自然"不等同于作为专门术语的道家所谓的"自然"。在魏晋南北朝民族文化大融合的时代,魏晋玄学融合儒道学术思想而自成一家,在这样的时代背景下,很难说刘勰在独创一家之道的同时会拒绝其他诸家之道。刘勰并非仅仅继承了某一家的思想,而是在分析批判的基础上融会了各家思想资源,充分利用各家思想之优点,从事知识综合与创新。因此,武

---

[1]简良如.《文心雕龙》之作为思想体系[M].北京:中国社会科学出版社,2011:68—69.

断地将刘勰及其《文心雕龙》所论之"道"归属于儒家、道家或佛家，纠缠于其思想归属，会造成对刘勰及其《文心雕龙》所论之"道"含义的客观疏远。刘勰《灭惑论》："至道宗极，理归乎一。妙法真境，本固无二。"刘勰针对《三破论》撰写《灭惑论》，就是想融合儒道佛。《老子》第一章："道可道，非常道；名可名，非常名。无，名天地之始；有，名万物之母。"《老子》第四章："湛兮，似或存。吾不知谁之子，象帝之先。"《老子》第六章："谷神不死，是谓玄牝。玄牝之门，是谓天地根。绵绵若存，用之不勤。"由此可见，"道"非常物，难以命名。《老子》第十六章："天乃道，道乃久，没身不殆。""道"先于天地而生，不生不灭，而寻常之物是有生命的。由于体道和掌握道的能量，生命之火就可以永生不熄。儒家之道主要以仁、孝、忠等伦理道德规范为内容，书写形式为经，刘勰称之为"恒久之至道，不刊之鸿教"（《文心雕龙·宗经》），同样具有恒久性。刘勰在《灭惑论》中指出："夫泥洹妙果，道惟常住，学死之谈，岂析理哉？"又曰："夫塔寺之兴，阐扬灵教，功立一时，而道被千载。"又曰："双树晦迹，形像代兴，固已理精无始，而道被无穷者矣。"认为佛道具有"常住"、"被千载"、"被无穷"等特点，由此看来，超越时空恒久永存的特征是诸家之道的显著共性之一。刘勰论文首先原道，试图论证文的恒久性特征，这为写作立言可以不朽作出了形而上的理论论证。

关于"道"和"心"的逻辑关系，王璇指出："'道心'的哲学意义是：'道'和'心'互相在对方中实现自身，离开对方则不能完成自我。道离开心，意义就无法得到表征；心离开道，自身也无法充足显现。——这也是道与心的关系。"[1]王璇对荀子"道"、"心"既对立又统一关系的论证给我们以启示。在中国古代思想文化中，"道"是居于最高等级的形而上的逻辑假设，是万物的总根源。一切事物、现象及背后的规律，都可以通过"道"得到完美的阐释；而如此万能之"道"何以能发生现实作用，那就是落实于"心"。"道"和"心"的关系在荀子的著作中多有论述。《荀子·正名》："心也者，道之工宰也。"说明主宰"道"意义上的"心"并非"人心"，而是"圣人"之心。《荀子·礼论》："圣人者，道之极也。"《荀子·解蔽》："天下无二道，圣人无两心。"《荀子·儒效》："圣人也者，道之管也。天下之道管是矣，百王之道一是矣；故诗书礼乐之归是矣。"出于"道"和"心"的内在统一，荀子提出了原道、征圣、宗经的思想，用于社会政治伦理道德建设；而《文心雕龙》原道、征圣、宗经的思想，目的在于论文。

二、天地之心

严复曾质疑董仲舒"天不变道亦不变"说，"天不变，地不变，道亦不变。此观化不审似是实非之言也。夫始于涅菩，今成椭轨；天枢渐徙，斗分岁增；今日逊古日之热，古暑较今暑为短，天果不变乎"（《严复集》第一册）。严复此处所说的"天"是西方自然科学意义上的概念，与董仲舒讲的天不是一回事。孔子说"巍巍乎！唯天为大，唯尧则之"（《论语·泰伯》），孟子说"此天之所与我者"（《孟子·告子上》），这些说法都不是纯粹宇

---

[1]王璇.荀子"道心"思想初探[J].邯郸学院学报，2020(3):41.

宙自然意义上"天"的含义。"天"在中国传统文化中占据最高统治地位,具有丰富的文化内涵。

早在《论语》中,已有"帝心"的说法。《论语·尧曰》:"予小子履敢用玄牡,敢昭告于皇皇后帝:有罪不敢赦。帝臣不蔽,简在帝心。"此句是商汤祷告时对天帝说的话,意思是有罪的人,不敢擅自赦免,由天帝的心来选择、决定。孔颖达疏引《论语》郑玄注:"简阅在天心,言天简阅其善恶也。"(《尚书正义·汤诰》)郑玄注用天心来解释帝心,说明天心知道一切,夏桀的罪行由天心来决断吧。这里的天帝具有人格神的意味。而天心相较于帝心来说,偏于自然。《文子·道原》:"怀天道,包天心,嘘吸阴阳,吐故纳新。"《说苑·反质》:"圣王承天心,制礼分也。"这里的"天心"指"天地运行之道,其中亦包含人类的性命家国之道,故修身养性、齐家治国,无不需要对天心的敬重、体会与分参"[1]。因此,在先秦典籍中,"天心"一语意谓天地自然本身的规律,同时这种规律也关涉社会人事。

而"天地之心"的说法出自《周易·复·彖传》:"反复其道,七日来复,天行也。利有攸往,刚长也。复,其见天地之心乎。""复"系六十四卦之一,其卦象喻示事物正气回复、生机更发的情状。荀爽谓:"复者,冬至之卦。阳起初九,为天地心。万物所始,吉凶之先,故曰'见天地之心'矣。"(《周易集解》卷六)王弼注:"寂然至无,是其本矣。故动息地中,乃天地之心见也。"《文心雕龙·原道》:"人文之元,肇自太极,幽赞神明,易象惟先。庖

---

[1]吴飞.何谓"天地之心":与唐文明先生商榷[J].哲学动态,2022(8):45.

牺画其始，仲尼翼其终。而乾坤两位，独制文言。言之文也，天地之心哉！"黄侃《文心雕龙札记》："《周易音义》曰：文言，文饰卦下之言也。《正义》引庄氏曰：文谓文饰，以乾坤德大，故皆文饰以为文言。案此二说与彦和意正同。"[1]黄侃意谓"言之文"指语言的文饰。吴林伯解释说："是以孔子作《易传》，《乾》《坤》不同于余卦者，卦、彖、象、爻之辞外，另作《文言》以详说之，且语言最富于文采。故于《文言》曰'独'，曰'言之文也'。本书《总术》亦曰：'《易》之《文言》，言之文也。'《易》以为体现天地之道的纲领，用为'天地之心也'。"[2]詹锳则引用《周易·复》象辞"复其见天地之心乎"的解释说："这里说《乾》《坤》两卦所以独制《文言》，是因为言语之文饰，是天地之本心，意思是说人之有言语，而言语又有文饰，是自然本有的特点。"[3]结合上述几种有代表性的说法，我们认为"言之文"本指孔子用富于文采的语言写作《文言》以阐释《乾》《坤》两卦，刘勰以之为参照并将其泛化为人的言辞文章需要修饰，这完全符合"天地之心"的精神。

《礼记·礼运》篇也有"天地之心"的说法："故人者，天地之心也，五行之端也，食味、别声、被色而生者也。"孔颖达疏："天地高远在上，临下四方，人居其中央，动静应天地，天地有人，如人腹内有心，动静应人也，故云'天地之心也'。王肃云：'人于天地之间，如五藏之有心矣。'人乃生之最灵，其心五藏之最

[1]黄侃.文心雕龙札记[M].北京：中国人民大学出版社，2004：4.
[2]吴林伯.《文心雕龙》义疏[M].武汉：武汉大学出版社，2002：17.
[3]詹锳.文心雕龙义证：上[M].上海：上海古籍出版社，1989：14.

圣也。"(《礼记正义》卷二十二)《礼记》中人为"天地之心"的说法被刘勰所采纳,《文心雕龙·原道》:"仰观吐曜,俯察含章,高卑定位,故两仪既生矣。惟人参之,性灵所钟,是谓三才;为五行之秀,实天地之心。心生而言立,言立而文明,自然之道也。"人为天地的中心,是人"参"天地的结果。"夫人之一身,法天象地,与天地同一阴阳也。"(《周易参同契发挥》)《黄帝四经·经法》:"王天下者之道,有天焉,有人焉,有地焉。参者参而用之,而有天下矣。"《荀子·天论篇》:"天有其时,地有其财,人有其治,夫是之谓能参。"杨倞注:"人能治天时地财而用之,则是参于天地。"《淮南子·精神训》:"天有风雨寒暑,人亦有取与喜怒。故胆为云,肺为气,肝为风,肾为雨,脾为雷,以与天地相参也,而心为之主。"夏静指出,"在我们看来,所谓'参',是一种状态,也是一种态度,既是指天地人的存在状态与相互关系,也表达了人对天地的敬畏之情。从经世治国的大处看,在古人的政教理念中,圣人效仿天地之道,以天道推衍人道,创造了与天地相应的人界秩序(经),然后用经义教化芸芸众生,所谓参天地赞化育,与天地合德,乃圣人的职责,按照郑康成的说法就是'助天地之化生,谓圣人受命在王位致太平'(《礼记·中庸》郑注)"[1]。

《文心雕龙·原道》篇两处使用的"天地之心"虽具体含义有所不同,一是强调天地所蕴含的自然规律,二是人居天地之

---

[1]夏静.关于《文心雕龙·原道》的"惟人参之"[M]//中国《文心雕龙》学会.《文心雕龙》与21世纪文论研究国际学术研讨会论文集.北京:学苑出版社,2009:444.

间中央位置,犹心居人身之中一样,但殊途同归,其内在精神是一致的,目的都是为人的写作立言活动进行理论论证。刘勰的基本方法是借助天地自然以说人事,认为人与天地互相感应,融合为一。"天地之心"是天地相合、物我相感、充满活力和极富生机的,意味着生命的孕育,包括人在内的万物的化生。《荀子·礼论》的"三本"提出"天地者,生之本也",这和《易传》"天地之大德曰生"相通。"人之成为'天地之心',就在于其能参赞化育。'天地之心'的关键,是化育万物的生生之德,人若能成为'天地之心',当然正在于人能贡献于万物的生生。"[1]天地以静为心,以生为本,心也就是万物之始、生命之源。天地万品"郁然有采",呈现美丽的外貌,是天地化生的结果,是天地本然的属性。参育天地之间的人,亦具备化育的本能和智慧,因而"心生而言立,言立而文明"。人类的文明、文化、文章的产生就成为自然而然的必然。正像邓国光所言:"《易传》复卦《象辞》'复,其见天地之心'的'天地之心',把客观的'天地'和主体的'心'相结合,成为刘勰论述'文章'的义理启示。于是《原道》所说的'明道',目的是为现实的世界构建意义,彰显主体的价值,生活于义理场中,不断上达,自我鞭策与更新,进一步成就修己治人的大业。"[2]又说:"'文'融摄'生',是刘勰以

---

　　[1]吴飞.何谓"天地之心":与唐文明先生商榷[J].哲学动态,2022(8):45.

　　[2]邓国光.《文心雕龙》文理研究:以孔子、屈原为枢纽轴心的要义[M].上海:上海古籍出版社,2012:35.

实在的生命体会,进行义理重构,不影响其超越性。"[1]邓国光的分析很深入,揭示了刘勰借"天地之心"构建理论体系的本旨,揭示了刘勰心目中的"文"的独特内涵和意义建构的宏伟目标,绝非现代意义上的文章和文学能够等同。既然天地万品"郁然有采",那么人类的文明、文化、文章必然为"言之文"。正像《文心雕龙·原道》篇所言:"有心之器,其无文欤!"圣人的文章表现为"言之文",是人文的典范,是后世一切文章文体的源头,因此刘勰在"本乎道"的基础上提倡"师乎圣"、"体乎经"。

三、文　心

"文心"一词在《文心雕龙》中出现频次很低,仅在书名中出现。按常理论,一部著作的名称当为其主要内容或是作者观点的高度凝练概括,《文心雕龙》也不例外。关于书名,刘勰在《文心雕龙·序志》篇作了说明:"夫文心者,言为文之用心也。昔涓子琴心,王孙巧心,心哉美矣,故用之焉。古来文章,以雕缛成体,岂取驺奭之群言雕龙也。"按照刘勰的说法,"文心"就是讲"为文之用心"的。出于尊重文本的常识,学人们在这点上达成了共识。但是,由于对《文心雕龙》所论之"文"内涵的理解出现差异,对《文心雕龙》主要内容和著作性质等产生分歧,"文心"概念便成为"龙学"研究的一个热点问题(谈论"文心"时同时分析"雕龙"概念),主要观点有以下几种。

第一,认为"文心"之"文",包含文章和文学。"文心"之

---

[1]邓国光.《文心雕龙》文理研究:以孔子、屈原为枢纽轴心的要义[M].上海:上海古籍出版社,2012:31.

"心"指的是"关于文章的写作和批评实践的甘苦之谈","'领其会宗''以为要解'之意在"。整合起来,"文心"包括"阐述作文的纲领性问题,文章的功用,以及文体论、创作论、批评论等博大精深的内容"。[1]在滕福海看来,"文心"主要指全书的内容,"雕龙"指全书形式的特点。他把"文心"范畴拆分为"文"和"心",分别作解释,比较细致入微。从全书主要内容来把握"文心",很全面。但把"雕龙"解释为"标明了该书形式的特点",进而把"文心雕龙"解释为"就是以雕镂龙文般华丽的文句和精美的结构,去论说文章理论的根本性问题"[2],此说值得商榷。从《文心雕龙》的撰写意图和主要内容来看,无疑是告诫时人要"用心为文",因此书名中的"雕龙"二字并非本书的撰写技巧问题。

第二,认为"文心"之"文"意思是"为文","文心"之"心"指"用心","文"、"心"两个字都是名词用作动词,合在一起就是"为文之用心"。[3]周绍恒把文心解释为"写文章的用心",此处"文章"为广义,包括文学作品和应用文。此种观点把"文心"界定在文章写作方面,较有代表性。

第三,从作者和著作两个方面来解释"文心"。栾栋指出,"'文心'含二义,一是从作者言,指为文之用心;二是从著作

[1]滕福海.《文心雕龙》这个书名是什么意思?[J].文史知识,1983(6):122.

[2]滕福海.《文心雕龙》这个书名是什么意思?[J].文史知识,1983(6):122.

[3]周绍恒.《文心雕龙》书名与"文之枢纽"的关系初探[J].贵州文史丛刊,2006(2):38.

讲,即所传之精神。此二义在论文处合一,通解为文之神。'雕龙'也有二用,一是比喻本著如雕龙,旨在琢磨为文之巨型叙述;二是指本书自身的作文华采问题。此二义于雕琢中聚集,体悟为文之功德。文心与雕龙并称,是对为文之神用的再一次辞合:文心深藏,隐而虚;文用凸透,显而实"[1]。栾栋此说恳切,但笔者不完全同意。《文心雕龙·序志》篇将"文心"解释为"为文之用心"。从作者方面来讲,需要用心作文;从著作方面来说,成功的作品都体现了作者用心作文的成就。因此,"文心"不仅仅是"隐而虚"的,比如整部《文心雕龙》就是给我们讲如何写作立言,让人们明白和掌握写作之道。至于"雕龙"则是比喻的说法,像雕刻龙纹一样精心为文。也可以从作者和著作两方面去理解:就作者而言,要像雕刻龙纹一样用心作文;在著作上,需要精雕细刻,讲究写作之道。

第四,认为书名四个字的关系是"文心如雕龙"[2]。中心词是"文心","雕龙"为补充语。两者都包括内容方面的文意和形式方面的文辞,由此出发认定《文心雕龙》是一部文艺美学著作,秉持内容和形式统一的基本观点。

笔者以为,对"文心"概念的理解把握需要注意以下几个问题。

首先,对"文心"的理解,不能只局限于文章写作的圈子,而是要将之置于"道心—天地之心—文心"的逻辑链条中分

---

[1]栾栋.《文心雕龙》辟文学之美学思想刍议:兼论文学的"自觉"与"非自觉"[J].哲学研究,2004(12):64.

[2]王少良.《文心雕龙》书名韫义新探[J].学术论坛,2005(12):162.

析，如此才符合刘勰"为文之用心"的本意。从"文原于道"的基本理论来理解"文心"，"盖文心之作也，本乎道"（《文心雕龙·序志》）。孙蓉蓉指出："刘勰探讨'文心'，从'本乎道'出发，意在从哲学本体论的高度来研究文学问题，以'原道'作为理论基石，从而构筑起了自己的理论框架。"[1] 同时，她还提出从"文心"与"人心"融合的角度来理解"文心"。"刘勰的文心与人心融合文学思想核心是在魏晋时期的社会思潮和文学思潮的影响下而形成的，它体现了中国文化的传统，又成为中国传统文化的一个重要组成部分。中国文化对人的认识和研究，有一个漫长而曲折的过程。在这一过程中，由于对人的认识的不同，因而产生了不同的文学思想。"[2] 孙蓉蓉把刘勰提出的"文心"范畴置于中国传统文化与哲学的高度来解读，而这一认识又完全建立在《文心雕龙》文本的基础之上，给我们重新理解"文心"提供了独特视角。宇文所安认为，"'文心'可以理解为'文之心'，或'使心变成文学的／有教养的／有文采的心'，或'从文的角度来思考心'，或根据刘勰本人的解释，直译为'为文之用心'"[3]。此说虽然以西方现代文学观念为参照，但它对"文心"的内涵有所拓展，侧重于从作者的文学艺术才华和文德角度来阐发，也是立足于"人心"来谈论"文心"。

　　而天地之心的特征和功能也对"文心"具有借鉴和生发意

　　[1]孙蓉蓉.刘勰与《文心雕龙》考论[M].北京：中华书局，2008：267.

　　[2]孙蓉蓉.刘勰与《文心雕龙》考论[M].北京：中华书局，2008：276.

　　[3]宇文所安.中国文论：英译与评论[M].王柏华，陶庆梅，译.上海：上海社会科学院出版社，2003：188.

义。明代叶联芳曾说："文生于心者也；文心，用心于文者也；雕，刻镂也；龙，灵变不测而光彩者也；又笼取也。"[1]此说颇具深意，从心生文的关系强调"用心于文"，而非用心"作"文，阐释视野较为开阔。秦德行指出："刘勰提出的自然之道，其要义之一是文学创作以心为根，具体地说，就是自然地用心，真切地写心，力求以文载心，达到千年传心的目的。"[2]只有具备这样的为文观念和思想，才有可能作出雕龙般的精美文章，从而"文果载心，余心有寄"。

其次，"文心"体现在立言主体的写作观念和态度方面。

刘勰撰写皇皇巨著，大谈"为文之用心"，首先就是要警示人们为文非同小可，要小心谨慎。为文就是在立言，作品是不朽之物。柳宗元在《答韦中立论师道书》中自称："故吾每为文章，未尝敢以轻心掉之，惧其剽而不留也；未尝敢以怠心易之，惧其弛而不严也；未尝敢以昏气出之，惧其昧没而杂也；未尝敢以矜气作之，惧其偃蹇而骄也。"[3]这正是"为文之用心"。为文须全身心投入，认真对待，丝毫马虎不得，此合刘勰本意。

最后，"文心"落实于文章写作的基本原理和方法上。

"用心"一词初见于《论语·阳货》。"子曰：'饱食终日，无所用心……'"战国庄周《庄子·天道》称尧曰："此吾所以用心已。"《论语》、《庄子》所谓"用心"，都指处事而言，而以论文，则

---

[1]杨明照.文心雕龙校注拾遗[M].上海：上海古籍出版社,1982:729.

[2]秦德行.刘勰自然之道的意蕴及其理论价值[M]//中国《文心雕龙》学会.文心雕龙研究：第四辑.北京：北京大学出版社,2000:159.

[3]周祖譔.隋唐五代文论选[M].北京：人民文学出版社,1990:252.

始于西晋陆机。陆机《文赋》："余每观才士之所作，窃有以得其用心。"清章学诚《文史通义·文德》："古人论文，惟论文辞而已矣。刘勰氏出，本陆机氏说而昌论文心。"刘勰强调创作务必用心，即开动脑筋，修炼文辞，决不能草率。李唐李延寿《南史·庾肩吾传》亦曰"遣词用心"。范文澜注引释慧远《阿毗昙心序》曰："阿毗昙心者，三藏之要颂，咏歌之微言，管统众经，领其会宗，故作者以心为名焉……是以探其幽致，别撰斯部，始自界品，讫于问论，凡二百五十偈。以为要解，号之曰心。"[1]刘勰谙熟佛教典籍，其"文心"的说法或许受其影响。

　　张少康在《文赋集释》中说："为文之用心可包含两方面的意思：一是写文章所欲达到之目的。此系从内容上解释，如上唐大圆所言。二是文章写作中的甘苦，这是从构思、技巧上说的。北大《魏晋南北朝文学史参考资料》谓'用心'是'指构思、意图、技巧'，则兼包上述两方面。郭绍虞主编《中国历代文论选》谓指'用心之所在，与心之如何用'，亦同。"[2]张少康针对陆机《文赋》，揭示了"为文之用心"的复杂内涵。相比之下，《文心雕龙》有着更为严密的理论体系和丰富内涵，因此刘勰用"雕龙"典故加以阐释。黄侃《文心雕龙札记》："（古来文章，以雕缛成体）此与后章文绣鞶帨离本弥甚之说，似有差违，实则彦和之意，以为文章本贵修饰，特去甚去泰耳。全书皆此旨。"[3]蒋祖怡《文心雕龙论丛》说："以上系刘彦和自述其著作《文心

[1]范文澜. 文心雕龙注：下[M]. 北京：人民文学出版社，1958：728.

[2]张少康. 文赋集释[M]. 北京：人民文学出版社，2002：3.

[3]黄侃. 文心雕龙札记[M]. 北京：中国人民大学出版社，2004：212.

雕龙》命名之由。从中可以看到他两种思想倾向：一是'重文采'……他模仿陆机以'赋'的形式论文，也用骈俪之体论文，即是此种思想理论的实践；且全部《文心》中'重文采'的观点，俯拾即是。"[1] "雕龙"也有庄子"龙，合而成体，散而成章"（《庄子·天运》）的意味。文以"雕缛成体"，指作文要讲究文采，雕绘文采，像工匠雕刻龙纹那样修饰文章。但是要求适可而止，"岂取驺奭之群言雕龙也"，意即"文心雕龙"。

作者的独特"文心"对读者来说，往往难以完全把握，因此《文心雕龙·知音》篇提出："音实难知，知实难逢，逢其知音，千载其一乎！"又指出，理解作者"文心"的中介和依据是文章，"世远莫见其面，觇文辄见其心"（《文心雕龙·知音》）。

"原道心以敷章"，乃以"道心"为文，此为写作立言的最高纲领和基本原则；"言之文也，天地之心哉"，此"天地之心"为文，意在强调写作立言的重要性及创造性特征。除过立言的态度，"文心"亦应包括立言的方法（见本书第三、四章）。此为刘勰形而上学的"心"路历程。

第二节 道之文—自然之文—人文

"文"在古代是一个应用极广的范畴。作为理论范畴的"文"，最初是指天地万物隐藏着内在规律的外部运动形式，包

---

[1]蒋祖怡.文心雕龙论丛[M].上海：上海古籍出版社,1985:215.

括运动过程中瞬间的静止状态。先秦典籍中有所谓"天文"、"地文"、"人文"之说,如《周易·贲卦·彖辞》:"柔来而文刚……天文也。文明以止,人文也。观乎天文以察时变,观乎人文以化成天下。""天文"就是指日月星辰按其固有规律运行所显示出来的形态和现象。"人文"稍微复杂,指人们在社会生活中按照一定的需要,以及传统、习惯、道德规范等所实施的行为方式,如人际形态、伦常秩序、生产方式等。《易经》是把"天文"和"人文"统一起来进行思考的。刘勰《文心雕龙·原道》基本上采纳《周易》此说并加以改造。

《文心雕龙》之"文"可谓品类繁多,戚良德作过统计,在《文心雕龙》中"共有587个'文'字(不包括《隐秀》篇补文),其中用于人名35个,地名2个,篇名10个,出于引文者23个,属于衍文者1个,合计71个;除此之外的'文'字,可以说皆为《文心雕龙》专用术语,共有516个"[1]。本节将从道之文、自然之文和人文三个方面去阐释《文心雕龙》及《原道》之"文"。

一、道之文

"道之文"范畴在《文心雕龙》中总共出现了两次,都在《原道》篇。该范畴虽然出现频次不高,但引起了人们的普遍关注。大致有以下几种论点。

第一,将"道之文"释为天地之文,即自然之文。詹锳《文心雕龙义证》中对"道之文"评注道,刘永济《文心雕龙原道篇释

---

[1]戚良德.《文心雕龙》与当代文艺学[M].北京:中央编译出版社,2012:31–32.

义》："'文'之本训为交错,故凡经纬错综者,皆曰文,而经纬错综之物,必繁缛而可观。故凡华采铺菜者,亦曰文。惟其如此,故大而天地山川,小而禽鱼草木,精而人纪物序,粗而花落鸟啼,各有节文,不相凌乱者,皆自然之文也。然则道也,自然也,文也,皆弥纶万品而无外,条贯群生而靡遗者也。这里所谓'道之文',即天地之文,亦即自然之文。这是说:以上这些现象都是大自然的美丽的文采。"[1]

第二,认为"道之文"就是自然美。陆侃如、牟世金指出:"他认为日月山川、龙凤虎豹、云霞草木,从物到人,都是有其物必有其形,有其形则有其自然形成之美。这种自然美,刘勰叫做道之文。"[2]陆侃如又指出,"所谓'道'就是'自然之道',所谓'道之文'就是'自然之道之文'"[3]。此论点侧重于从物体形体角度来界定自然美,认为作为形式的自然美是自然而然形成的,这就是"道之文"。

第三,认为"'文'即是具体之'道','道'即是抽象之'文'"[4]。顾明栋将"道之文"之"道"与柏拉图的"理念"和黑格尔的"精神"范畴作出划分,认为它们不能等同;"道之文"之"文"也不同于黑格尔所说的"艺术"。文道关系不是黑格尔式二元对立框架中显现和被显现的关系,而是一种"超验内在"的关系。出

---

[1]詹锳.文心雕龙义证:上[M].上海:上海古籍出版社,1989:4.

[2]陆侃如,牟世金.文心雕龙译注[M].济南:齐鲁书社,1995:95.

[3]陆侃如.《文心雕龙》论"道"[M]//甫之,涂光社.《文心雕龙》研究论文选:1949—1982(上).济南:齐鲁书社,1988:290.

[4]顾明栋.何为"道之文"?:古代美学核心范畴的概念性考察[J].文艺理论研究,2019(6):21.

于这样的理解,他将文道关系与中国传统"文以载道"理论相区分,进而得出结论,认为"如果说'道'是天地万物的本根,'道之文'就是大自然在不同领域的现象,在文艺领域就是以视觉、听觉、语言等形式呈现的文艺现象,'道之文'在哲学、心理学、符号学等层面的内在逻辑就是中国美学传统的核心思想"[1]。顾明栋的论证视角独特,企图将文道一体化并将之上升至中国古代美学核心范畴的努力值得肯定。

第四,"道之文"即明道之文。"何谓'道之文'? 简言之,即'明道之文'。"[2]杨清之则从《文心雕龙》写作的缘起,再到全书的理论构架,认为"道之文"是《文心雕龙》文学理论体系的"核心"和"逻辑起点"。

第五,认为"道之文"是"刘勰文艺美学思想的衍生地"。"'道之文'派生'天文','人文'参证'天文','情文'又衍生于'人文',而我们今天所谓的文学最接近于'情文'。反推亦然,文学实近于'情文','情文'可追踪于'人文','人文'效法于'天文',所有这些又都导源于'道之文'。"[3]陈士部、王绍玉分别论述了"道之文"与"天文"、"人文"、"情文"的关系,认为"道之文"是刘勰文艺美学思想的衍生地。

笔者以为,"道之文"范畴包括"道"和"文"两个核心关键

---

[1]顾明栋.何为"道之文"? :古代美学核心范畴的概念性考察[J].文艺理论研究,2019(6):21.

[2]杨清之.以"道之文"为核心的文学理论体系:《文心雕龙》理论体系新论[J].名作欣赏,2009(2):37.

[3]陈士部,王绍玉."道之文":天文·人文·情文——刘勰文艺美学思想论纲[J].古籍研究,2009上·下合卷:104.

词,可以表述理解为"道文"或者"道与文"的统一体,是一体两面。有两层基本含义:一是与《原道》之"道"类似,"道之文"是刘勰论文的一个逻辑假设,用来说明"文"、"道"密不可分的关系。"道"与"文"的关系是对立统一的,类似于"道心"范畴中"道"与"心"的关系。其中"文"不是具体的文类,而是抽象的"文",是现实中各种"文"的高度概括。与西方主客对立思维方式不同,"道之文"体现了中国古老的天人合一观念。二是该范畴体现了刘勰"文原于道"的基本思想。《老子》第四章:"道冲,而用之或不盈。渊兮,似万物之宗。""道之文"之"道"揭示了"文"之所生的根源和"文"的成因。"文"自"道"生,这与朱熹"文"从"道"中流出的命题有类似之处。有人提出,"道之文"是刘勰文艺美学思想的衍生地,认为"道之文"与天文、人文、情文之间形成了"本与末、体与用、源与流的学理关系","前者派生出后者,后者回应、体现前者"[1]。这种观点的论证逻辑是"文生文",与刘勰"文原于道"的基本思想不符合。

　　"文之为德也大矣,与天地并生者何哉?夫玄黄色杂,方圆体分,日月叠璧,以垂丽天之象;山川焕绮,以铺理地之形:此盖道之文也。"

　　"爰自风姓,暨于孔氏,玄圣创典,素王述训:莫不原道心以敷章,研神理而设教,取象乎河洛,问数乎蓍龟,观天文以极变,察人文以成化;然后能经纬区宇,弥纶彝宪,发辉事业,彪

　　[1]陈士部,王绍玉."道之文":天文·人文·情文——刘勰文艺美学思想论纲[J].古籍研究,2009上·下合卷:104;101.

炳辞义。故知道沿圣以垂文,圣因文而明道,旁通而无滞,日用而不匮。易曰:鼓天下之动者存乎辞。辞之所以能鼓天下者,乃道之文也。"

这两段文字出自《文心雕龙·原道》篇,分别提出了"道之文"的概念。前者描述了天地山川之形色,属于"自然之文",后者追溯了从伏羲到孔子所创制的礼乐文章,属于"人文"领域。《文心雕龙》中并未对"道之文"进行概念界定,只是举例描述。从行文来看,"道之文"并非与"自然之文"和"人文"并列的一种"文"的类型。许玫芳指出,"笔者则主一切之文均为道之文,因刘勰文中自云天地日月山川均是道之文(案:刘勰以少总多,故道之文亦应涵盖动植之文及万品之文),其后又云文辞之所以鼓动人心者,盖道之文,故不论自然之文或人文均为道之文"[1]。此说有一定道理。尽管《文心雕龙》所述"文"类繁杂多样,但总的来说无非两类:"自然之文"和"人文"。无论哪种"文",在刘勰看来,都应该是"文"与"道"的统一,即"道之文"。"道何以会直接表现为文?因为道的内容、性格即是文。"[2]

《文心雕龙·原道》篇首句曰:"文之为德也大矣,与天地并生者何哉?"该句话受到历来方家重视,对之解释颇多,众说纷纭。寇效信曾说:"刘勰的'文德'之'文',包括天文、地文、人文

[1]许玫芳.《文心雕龙·原道》篇之文道观及其所呈现之美感形态[M]//中国《文心雕龙》学会. 文心雕龙研究:第二辑. 北京:北京大学出版社,1996:375.

[2]徐复观. 中国文学精神[M].上海:上海书店出版社,2004:176.

以及万物之文。"[1]此说尚待商榷。笔者以为,"文之为德也大矣"之"文"就是"道之文"所言"文"。它不等于自然界或者现实生活中的任何一种文,亦非天文、地文、人文以及万物之文的简单相加,而是天地、万物及人类之文的一种抽象,是本源意义上的文。如果说宇宙天地之文与天地并生尚可理解的话,那么礼乐文章是人类社会发展到特定阶段才得以形成和发展的,说它们与天地并生则显得牵强附会,绝非刘勰本意。"道之文"所言"道"与"文",是刘勰论文时预设的一个逻辑起点,它们无处不在、无时不存,所以理所当然地"与天地并生"。石家宜指出:"为了适应文的自觉的时代需要,必须抬高'文'的独立地位,所以《原道》篇开宗明义首先颂扬了'文之为德也大矣',文德至大,就在于它是'道之文',是'与天地并生'的,刘勰几乎把'文'抬高到与'道'同等的地位。'文'的地位提高了,'文心'的分量自然也就水涨船高。"[2]"道之文"范畴的提出,既回应了"文的自觉"的时代特色,又体现了《文心雕龙》全书"重文"、"贵文"的思想。

　　"道之文"存在于什么地方呢?"文之为德也大矣"与"与天地并生"句对之作了明确回答。关于"德",《广雅·释诂三》:"德,得也。"《释名·释言语》:"德,得也,得事宜也。"周振甫解释说:"德,指功用或属性,如就礼乐教化说,德指功用;就形文、声文说,德指属性……文的属性或功用是这样遍及宇宙,

---

[1]寇效信.文心雕龙美学范畴研究[M].西安:陕西人民出版社,1997:3.

[2]石家宜.《文心雕龙》系统观[M].南京:江苏古籍出版社,2001:102.

所以说'大矣'。"[1]老子曰："孔德之容，惟道是从。"（《老子》第
二十一章）陈鼓应阐发此句说："一、'道'是无形的，它必须作
用于物，透过物的媒介，而得以显现它的功能。'道'所显现于
物的功能，称为'德'。二、一切物都由'道'所形成，内在于万物
的'道'，在一切事物中表现它的属性，亦即表现它的'德'。三、
形而上的'道'落实到人生层面时，称之为'德'。即：'道'本是
幽隐而未形的，它的显现，就是'德'。"[2]"德"可以理解为文的
功用或属性，也可以指"道"的显现。"文之为德也大矣"，指
"文"（"道之文"所言"文"）的功用和属性广大，它表现于影响
天地、万物和人的一切方面，"与天地并生"，永生不灭。"文"就
自然而然地存在于天地万物之中。这样，刘勰就从终极意义
上对"文"的永恒存在作了有力的辩护，唯有如此，方可立言
不朽。

二、自然之文

中国古代关于自然美的认识和欣赏经历了一个漫长的历
史过程，魏晋南北朝是一个"文学自觉"的时代，同时也是自然
美发现和自觉的时代。由于此时文士们逃避战乱和黑暗政治，
将人生乐趣转向大自然界，因此在艺术创作中，山水诗画兴
起。如曹操《观沧海》描绘了海上美丽的景色："东临碣石，以观
沧海。水何澹澹，山岛竦峙。树木丛生，百草丰茂。秋风萧瑟，
洪波涌起。日月之行，若出其中。星汉灿烂，若出其里。幸甚至

[1]周振甫.文心雕龙注释[M].北京:人民文学出版社,1981:3.
[2]陈鼓应.老子注译及评介[M].北京:中华书局,1984:152.

哉,歌以咏志。"陶渊明抒发了对自然的热爱:"少无适俗韵,性本爱丘山。"(《归园田居》其一)秦汉时期中国画以人物画为主,到了东晋、南朝时,山水画才取得独立。南朝王微在《叙画》里记载:"望秋云,神飞扬,临春风,思浩荡。"描述了人们对自然美的审美感受。刘勰有关"自然之文"的基本理论正是在上述背景之下形成的。

"道之文"中"文"是抽象之文,从《文心雕龙》行文来看,它首先体现于"自然之文"中。周振甫解释"德"的一种意思是"属性",指自然事物的形文、声文[1]。《周易·系辞上》:"在天成象,在地成形。""仰以观于天文,俯以察于地理。"自然事物的形、色、声等是自然事物的本来属性,也是构成事物美的形式要素。《说文解字》:"文,错画也。象交文。""文"为"纹"本字,引申指事物的纹理、图样。《释名·释言语》:"文者,会集众采以成锦绣。会集众字以成词谊,如文绣然也。"《周礼·冬官·考工记》:"青与赤谓之文,赤与白谓之章。"王志彬说:"在《文心雕龙》的不同篇章中,'文'具有不同的含义:一是指文字、文学、文章、文采;二是指学术、文化、文明;三是指一切事物的形状、色彩、纹理、声韵、节奏等。"[2] "自然之文"的含义侧重于第三种。戚良德指出,"'文心雕龙'之'文',在很多地方就是'美'的同义语"[3]。因此,"自然之文"类似于我们现代的自然美。这就

---

[1]周振甫.文心雕龙注释[M].北京:人民文学出版社,1981:3.

[2]王志彬.文心雕龙[M].北京:中华书局,2012:3.

[3]戚良德.《文心雕龙》与当代文艺学[M].北京:中央编译出版社,2012:55.

不难理解《文心雕龙》文本中,用尽笔墨多次描摹自然事物之美。"自然之文"之"美"形成的基本原理在于"错画而又有节有序"[1],在于自然事物诸形式因素的有机融合,这与现代形式美的基本原则——多样性统一的和谐规律相通。

从"文"的产生进程来看,"自然之文"先于"人文",刘勰重视并首先分析了"自然之文"。在"自然之文"家族中,他给予天地之文以优先地位。《文心雕龙·原道》篇所述,"日月叠璧,以垂丽天之象","云霞雕色, 有逾画工之妙", 天文也;"山川焕绮,以铺理地之形",地文也。在刘勰看来,天地之文是天地本身所具有的,不以人的意志为转移,这符合自然之道。对天地之文的描述最早见于《周易·系辞上》:"天尊地卑,乾坤定矣。卑高以陈,贵贱位矣。动静有常,刚柔断矣。方以类聚,物以群分,吉凶生矣。在天成象,在地成形,变化见矣。"刘勰显然受其影响。

由天地有文推及万品皆有文。《文心雕龙·原道》:"傍及万品,动植皆文:龙凤以藻绘呈瑞,虎豹以炳蔚凝姿;云霞雕色,有逾画工之妙;草木贲华,无待锦匠之奇;夫岂外饰? 盖自然耳。"此处的"自然"既可理解为天地自然本身,也意味着自然之义的形成是自然而然的。《文心雕龙·原道》篇有"动植皆文"的说法,那么该句是说动物、植物都是文采? 还是说动物、植物都具有文的属性? 显然,应该是后者,作者赋予文采为万物的属性和特征。

---

[1]罗成."错画"的秩序:《文心雕龙·原道》的"自然—历史"阐释及文明论意义[J]. 文艺争鸣,2020(6):115.

在刘勰看来,自然事物之"文",即美是自然事物本身所具有的特征,是客观存在的。同时,他也揭示出自然事物文质统一的复杂性。《文心雕龙·情采》:"夫水性虚而沦漪结,木体实而花萼振,文附质也。虎豹无文,则鞟同犬羊,犀兕有皮,而色资丹漆,质待文也。"一方面,"自然之文"即自然美的形成需要以自然物质实体为基础,另一方面,自然物质实体都是以某种"自然之文"的形式特征存在的,否则将不成其为自身。《文心雕龙·情采》篇对"自然之文"作出分类:"故立文之道,其理有三:一曰形文,五色是也;二曰声文,五音是也;三曰情文,五性是也。五色杂而成黼黻,五音比而成韶夏,五情发而为辞章,神理之数也。"刘勰从自然事物的形式特征角度,将"自然之文"分为"形文"和"声文"两种。这种分类观点在《文心雕龙·原道》篇也有表述,"故形立则章成矣,声发则文生矣"。关于"形文",前文举例很多。对于"声文",《文心雕龙》中有多处描述,比如《文心雕龙·原道》:"至于林籁结响,调如竽瑟;泉石激韵,和若球锽。"《文心雕龙·原道》篇中对于声音之美的描述,可能受到他人的影响,比如宋玉《高唐赋》:"纤条悲鸣,声似竽籁。"刘宋谢庄《月赋》:"风篁成韵。"用音乐描述自然界的声音之美,给人带来听觉方面的美感。《文心雕龙·辨骚》篇有"论山水,则循声而得貌"的说法,《文心雕龙·诠赋》篇有"及灵均唱骚,始广声貌"的表述,这都是从创作角度谈论"声貌"的作用。

《文心雕龙·原道》篇用很大的篇幅来阐述自然之文,比如天文、地文、人文、动植之文等。"龙凤以藻绘呈瑞,虎豹以炳蔚凝姿",动物之文也。"草木贲华,无待锦匠之奇",植物之文也。"万品"皆有"文",刘勰仅举数例而言。在具体论述中,用"自然之文"来描述"道之文"，侧重于说明"道之文"的属性。它类似于"玄黄色杂，方圆体分，日月叠璧"、"山川焕绮"、"龙凤以藻绘"、"虎豹以炳蔚"、"草木贲华"，是宇宙间的客观存在，是宇宙万物的根本属性。

《文心雕龙·原道》："天文斯观，民胥以效。"此处的"天文"，大多被认为指《河图》《洛书》。而张国庆、涂光社指出，"'天文'不仅指《河图》《洛书》，应主要指的是与天地之生而俱来的天地万物之'文'（文彩、文章、文理，即《原道》开篇'日月叠璧'、'山川焕绮'、'龙凤呈瑞'、'虎豹凝姿'……云云），同时也包括神秘呈现而又具有神秘意味的、非'人文'的《河图》《洛书》"[1]。笔者基本同意上述观点，此处的"天文"代指"自然之文"。"天文斯观"与"观天文以极变"意思相同，意谓向自然学习。刘勰打通"自然之文"与"人文"之间的联系，是因为"人为五行之秀"，人本身是大自然的一部分，自然与人之间具有同构性；另一方面这也与魏晋玄学协调"名教"与"自然"的旨趣相通。

三、人　文

"文之为德也大矣"之"文"，除体现于"自然之文"外，还落实于"人文"中。周振甫解释"德"的另一种意思是"功用"，指礼乐教化。[2] 就人文而言，刘勰着重强调人文对社会的功用。

---

[1]张国庆，涂光社.《文心雕龙》集校、集释、直译：上[M]. 北京：中国社会科学出版社，2015：14.

[2]周振甫. 文心雕龙注释[M]. 北京：人民文学出版社，1981：3.

《文心雕龙·原道》:"人文之元,肇自太极。"在总论了"文"与天地并生之后,刘勰追溯"人文"的根源始于"太极",这与人晚于自然界诞生并不矛盾。"太一"出自《周易·系辞上》:"易有太极,是生两仪,两仪生四象,四象生八卦。"《吕氏春秋·仲夏纪·大乐》:"太一出两仪,两仪出阴阳。阴阳变化,一上一下,合而成章。""太一"即"太极"。《周易·序卦》:"有天地然后有万物,有万物然后有男女……"在刘勰看来,"人文"和"自然之文"一样根源于"太极",极其古老。刘勰借助中国古老的宇宙生成模式来论证"人文"存在的合理性与合法性,确立了"人文"的本体存在。

紧接着,刘勰认为神秘的"《易》象"是最早的"人文"。《文心雕龙·原道》:"幽赞神明,易象惟先。庖牺画其始,仲尼翼其终。"《易》象是指《易》以八卦图画万物之象,由模拟自然事物而来。《周易·系辞上》:"圣人立象以尽意,设卦以尽情伪。"因此,由庖牺画八卦,孔子写作《十翼》文章对之诠释,其中蕴含的道理深刻奥妙。《文心雕龙·原道》:"若乃河图孕乎八卦,洛书韫乎九畴,玉版金镂之实,丹文绿牒之华,谁其尸之,亦神理而已。"《河图》《洛书》、玉版、绿牒又是"人文"的例证,这些都是背后的神理在掌握。"神理,即道也。"[1]

文字产生以后,"人文"逐渐发达起来。刘勰遵循历史发展顺序,依此考察分析。首先是三皇时代《三坟》书,依次为"唐虞文章"、"元首载歌"、"益稷陈谟"、"九序惟歌"等。由此看到,刘勰的"人文"概念包含范围极广,不仅包含今天所谓的"文章",

---

[1]刘永济.文心雕龙校释:上[M].北京:中华书局,2007:3.

也包括与言辞相关的人的行为、国家法制等。商周以后的"人文"状况描述比较接近于我们所谓的"文章"和"文学"。比如,"雅颂所被,英华日新"(《文心雕龙·原道》),"文王患忧,繇辞炳曜"(《文心雕龙·原道》),"剬诗缉颂, 斧藻群言"(《文心雕龙·原道》),等等。张国庆认为,《文心雕龙·原道》"为'文'的独立存在寻求或建立一个终极的根基或根据, 以最大限度地提升'文'尤其是'人文'的地位,从而为全书的全力论文,奠下坚实基础"[1]。此说有合理之处,但笔者以为,刘勰更为重视的是从商周以来"雕琢情性,组织辞令"之"人文"。从《文心雕龙》全书来看,作者着力论述的也是此类"人文"。此类文章,从遣词、造句到谋篇等,结构较为完整,内容和文采兼备,孔子编撰的六经可为代表。

《文心雕龙·原道》:"至夫子继圣,独秀前哲,镕钧六经,必金声而玉振;雕琢情性,组织辞令,木铎起而千里应,席珍流而万世响,写天地之辉光,晓生民之耳目矣。"刘勰对孔子的赞美是发自内心的。《文心雕龙·序志》:"予生七龄,乃梦彩云若锦,则攀而采之。齿在逾立,则尝夜梦执丹漆之礼器,随仲尼而南行;旦而寤,乃怡然而喜,大哉圣人之难见哉,乃小子之垂梦欤! 自生人以来,未有如夫子者也。"孔子对于人类文明、文化的影响是巨大的,刘勰无意于对孔子作出全面研究,而是集中谈论孔子在言辞文章方面的贡献。孔子写作了《十翼》,整理编撰了六经。《文心雕龙·征圣》篇说得更为直接,比如"夫子文

---

[1]张国庆.《文心雕龙·原道》的精义与内在逻辑[M]//中国《文心雕龙》学会.文心雕龙研究:第八辑. 保定:河北大学出版社,2009:309.

章,可得而闻","征之周孔,则文有师矣","若征圣立言,则文
其庶矣"。由此看来,刘勰对孔子的崇拜仰慕之情,主要在于孔
子的文章魅力和在写作立言方面给人们树立了榜样,这也符
合刘勰"搦笔和墨,乃始论文"(《文心雕龙·序志》)的写作
意图。

在追述了"人文"的发展历史后,《文心雕龙·原道》篇提出
了关于"人文"的基本结论:"爰自风姓,暨于孔氏,玄圣创典,
素王述训:莫不原道心以敷章,研神理而设教,取象乎河洛,问
数乎蓍龟,观天文以极变,察人文以成化;然后能经纬区宇,弥
纶彝宪,发辉事业,彪炳辞义。故知道沿圣以垂文,圣因文而明
道,旁通而无滞,日用而不匮。易曰:鼓天下之动者存乎辞。辞
之所以能鼓天下者,乃道之文也。"吴林伯指出,此段文字"言
'原道'之文的社会功能"[1]。这段文字实际上是在讲"人文"的
社会功能,尤其强调内容和文采兼备的文章的重要作用。论述
"人文",刘勰主要精力在于论述"言之文",即辞章方面。"辞"
乃"玄圣"、"素王"加工改造过的"至文"。他引用《周易·系辞
上》的话,"鼓天下之动者存乎辞"。《文心雕龙·原道》:"辞之所
以能鼓天下者,乃道之文也。"该句中的"辞"泛指一切辞章。辞
采能鼓动天下的原因,乃是它以道为根本,在于它为"道之
文"。"道之文"的功用是非常强大的,所以《文心雕龙·原道》篇
有言,"道沿圣以垂文,圣因文而明道,旁通而无滞,日用而不
匮","能经纬区宇,弥纶彝宪,发辉事业","写天地之辉光,晓
生民之耳目"。因而"原道"之文、人文的代表——圣人文章,

---

[1]吴林伯.《文心雕龙》义疏[M].武汉:武汉大学出版社,2002:22.

"木铎起而千里应,席珍流而万世响",其影响是深远的。

刘勰对辞采文章社会功能的高度重视,主要受先秦以来儒家工具主义文论观的影响。孔子文论观以"诗教"为核心。《礼记·经解篇》:"孔子曰:入其国,其教可知也。其为人也,温柔敦厚,诗教也。"文学要为政治教化服务,而文学是礼乐教化的最好手段。《论语·泰伯》:"子曰:兴于诗,立于礼,成于乐。"诗歌与礼乐都是对贵族子弟进行教育的手段,通过这些教育,使得他们人格趋于完善。《论语·子路》:"子曰:诵诗三百,授之以政,不达;使于四方,不能专对;虽多,亦奚以为?"把《诗》三百篇背得很熟,目的是在政治外交活动中引诗、用诗,发挥现实的作用。荀子则把儒家"五经"的功能进行了具体化的论述:"圣人也者,道之管也。天下之道管是矣,百王之道一是矣;故诗书礼乐之归是矣。诗言是其志也,书言是其事也,礼言是其行也,乐言是其和也,春秋言是其微也。"(《荀子·儒效》)汉代儒家文论的纲领性文献《毛诗序》把文学的功能作了系统化阐述:"关雎,后妃之德也,风之始也,所以风天下而正夫妇也。故用之乡人焉,用之邦国焉。风,风也,教也;风以动之,教以化之。""故正得失,动天地,感鬼神,莫近于诗。先王以是经夫妇,成孝敬,厚人伦,美教化,移风俗。"《毛诗序》的文学价值观直接服务于封建社会的政治伦理道德。古代杰出的思想家王充极为重视文章的社会道德价值,《论衡·自纪》:"为世用者,百篇无害;不为用者,一章无补。"《论衡·佚文》:"岂徒调墨弄笔,为美丽之观哉?载人之行,传人之名也。善人愿载,思勉为善。邪人恶载,力自禁裁。然则文人之笔,劝善惩恶也。"这是一种典型的文章经世致用的价值观。魏晋时期,在"文学自觉"的背景下,以曹丕为开端,文章、文学的价值受到空前重视。

刘勰在继承前人文章价值论思想的基础上,从"文原于道"的哲学高度对文章价值作出了系统论证。《文心雕龙》全书开篇第一句话"文之为德也大矣",就是从"人文"方面强调其价值和功能。《文心雕龙·原道》赞曰:"道心惟微,神理设教。光采玄圣,炳耀仁孝。龙图献体,龟书呈貌。天文斯观,民胥以效。"《文心雕龙·原道》篇最后总结的几句话,核心思想还是对文章功能的概括。

笔者以为,刘勰将文章活动置于文化、文明高度,将之提升为立言,视文章为不朽之物,这是他对文章价值的基本看法。刘勰着重强调"文"与"天地并生","文"具有重大的功能和历史使命,圣人、文因为"道"形而上的存在从而获得永恒价值,即"道沿圣以垂文,圣因文而明道"(《文心雕龙·原道》)。立言不朽的文学价值在《文心雕龙·原道》篇中得以彰显。在《文心雕龙·征圣》篇,作者亦显示出立言的宗旨。关于《文心雕龙·征圣》篇的主旨,牟世金说:"'征圣立言'可说是篇末点题,全篇论旨,四字已概括无余。'征圣'的目的在于立言,则圣人之当'征',自然就是他们的文章具有典范意义,就在'文有师矣'。"[1] 黄侃说:"此篇(指《文心雕龙·征圣》——本书作者注)所谓宗师仲尼以重其言。"[2] 他们持论可谓精当。刘勰把"征圣"引入到文学领域,把写作提升为立言,要求现实作者师法圣人,著书立说,谨慎为文,可谓用心良苦!"经"乃"道心"的杰

[1]牟世金.刘勰的"征圣"、"宗经"思想[J].文史哲,1986(2):5.

[2]黄侃.文心雕龙札记[M].北京:中国人民大学出版社,2004:10.

作,"经"亦为"道之文"在人间的杰出代表,"经"的立言不朽意
味着"文学"乃立言不朽之物。它们皆为时空的产物,是在时间
和空间中被反复考验、反复选择和确认的产物,反过来又超越
时间和空间而存在,具有不朽的性格,是永恒的。刘勰立言不
朽的文学价值观在《文心雕龙·原道》篇中得以集中体现。《文
心雕龙·征圣》篇和《文心雕龙·宗经》篇分别从理想的作者和
理想的文学角度立论,进一步强调了文学巨大的价值。在"文
之枢纽"主体部分,即《文心雕龙·原道》、《文心雕龙·征圣》、
《文心雕龙·宗经》三篇文章中,刘勰对立言不朽的文章价值观
作出了完整而系统的说明。

　　"易象惟先"、"河图孕乎八卦,洛书韫乎九畴"、"玉版金镂
之实、丹文绿牒之华"、"纪在三坟"、"唐虞文章"、"九序惟歌"、
"镕钧六经"、"组织辞令"等等,皆乃"人文"。此处,刘勰论"人
文"侧重于论"言之文"。

　　用"人文"来描述"道之文",侧重于说明"道之文"的功用。
虽然《文心雕龙·原道》篇有所谓"人文之元,肇自太极"的说
法,但是刘勰所举例证却是"易象惟先",所以最早的"人文"是
八卦之类的图画。"人文"所指的是人类活动的结果,是属于文
化的范畴。不过,《文心雕龙·原道》:"辞之所以能鼓天下者,乃
道之文也。"

　　其中,天文、地文、动物之文、植物之文、万品之文皆可划
归于自然之文。人虽"性灵所钟"、"为五行之秀",但是人有自
然属性,所以人的自然属性亦当归之于自然之文。至于《文心
雕龙·情采》篇所谓"形文"、"声文"、"情文",是在《文心雕龙·
原道》篇基础之上展开的论述,当属于"人文"。虽然"故形立则

章成矣,声发则文生矣"(《文心雕龙·原道》),即自然万物皆有形有声,而且形、声生文,但是,在《文心雕龙·情采》篇中,刘勰把"形文"、"声文"局限在"立文之道"上,跟"情文"即文章、文学并举,所以《文心雕龙·情采》篇中"形文"、"声文"乃人力为之,从属于"人文"。因此,对"形文"、"声文"应作广义、狭义两方面理解。广义指自然界本来就存在的,属于"自然之文";狭义指人类活动的结果,属于"人文"。

但是从现实操作层面来看,刘勰又非常看重"人文",目的是说明"夫以无识之物,郁然有彩;有心之器,其无文欤"(《文心雕龙·原道》)。写作要有文采,也是自然的道理。总之,"人文"才是《文心雕龙》当中"用心"之所在,"道之文"、"自然之文"实乃刘勰论文的逻辑前提。其论证思路是:用"自然之文"的永恒性、普遍性论证"道之文"的永恒性、普遍性,用"人文"的强大社会功能来论证"道之文"的功用,进而将目标锁定在"人文"方面。由《易》象八卦之文谈论到"言之文",即"情文","文心"之文即此。这样说来,自然界和社会生活当中一切事物都有其表现和形式,刘勰从宇宙生成的高度论证了文章、文学存在的必然性和写作立言的必然性。

综合两处可知:"道之文"包含"自然之文"和"人文",是两者的抽象。这是从文源角度和"文道"关系所作的考察。

第三节　心生而言立，言立而文明

刘勰在《文心雕龙·原道》篇提出"心生而言立，言立而文明"的命题，学界对此多有研究。笔者从以下三个方面提出自己的一点儿意见。

一、"心"、"言"、"文"三者对立统一的逻辑前提

先秦时期道家学派较早思考语言问题，《老子》第一章："道可道，非常道；名可名，非常名。无，名天地之始；有，名万物之母。"老子在描述"道"的状态和本质特征时，从语言角度切入，在"道"的面前暴露出语言的局限性。《庄子·外物》："筌者所以在鱼，得鱼而忘筌；蹄者所以在兔，得兔而忘蹄；言者所以在意，得意而忘言。"庄子另辟蹊径，关注言、意问题，认为语言的使命在于达意，一旦达意，语言就实现了自身价值。与老子的语言观相比较，庄子在一定程度上提升了语言的价值。三国时期王弼在阐发《周易》时提出了"象"的概念，作为沟通"言"和"意"的中介。"夫象者，出意者也；言者，明象者也。尽意莫若象，尽象莫若言。言生于象，故可寻言以观象；象生于意，故可寻象以观意。意以象尽，象以言著。故言者所以明象，得象而忘言；象者所以存意，得意而忘象。犹蹄者所以在兔，得兔而忘蹄；筌者所以在鱼，得鱼而忘筌也。然则，言者象之蹄也，象者

意之筌也。是故存言者非得象者也,存象者非得意者也。象生于意而存象焉,则所存者乃非其象也;言生于象而存言焉,则所存者乃非其言也。然则,忘象者乃得意者也,忘言者乃得象者也。"[1]王弼揭示出了言、象、意三者的内在关系,奠定了中国古代语言哲学的基础,对后世产生了深刻影响。刘勰《文心雕龙》则在继承前人,尤其是王弼语言观的基础上,创造性地由"言—象—意"结构向"心—言—文"转换,确立了语言本体论。

"心生而言立,言立而文明",此命题必然隐含着一个逻辑前提,那就是"心"、"言"、"文"三者的对立统一。"心"乃真心,"言"须实言,"文"方可明。"'何谓知言?'曰:'诐辞知其所蔽,淫辞知其所陷,邪辞知其所离,遁辞知其所穷。'"(《孟子·公孙丑上》)梁道礼对这句话作了如下解释:"知言是孟子自诩的过人之长","这意味着,当孟子说'知言'的时候,已经预设了一个不言而喻的逻辑前提:外现言辞和内在心性处在内外表里的逻辑关系之中……"。他进一步解释说:"中国古代文论欣赏的不是'知言'说的具体内容,而是攻其一点,对'知言'说那个逻辑预设别有会心,试图从这里出发,去建立中国古代文论的艺术风格学。"[2]梁道礼的观点追本溯源,颇为深刻,很有见地。的确,孟子"知言"说的逻辑预设,对中国古代文论发生了深远影响。比如,西汉扬雄说:"故言,心声也;书,心画也。声画

[1]郁沅,张明高.魏晋南北朝文论选[M].北京:人民文学出版社,1999:68.

[2]梁道礼.接受视野中的孟子诗学[J].陕西师范大学学报(哲学社会科学版),2003(6):14.

形，君子小人见矣。"(《法言·问神》)扬雄在孟子"知言"说的基础上，提出了"心声心画"说，把孟子"知言"说的逻辑预设进一步朗明化。刘勰更是迷恋于孟子的"知言"说，并对之作了借鉴。何以能"知言"？孟子解释为，"言""生于其心"。刘勰解释"言"的产生时说，"心生而言立"，即他也认为"言"生于"心"。饶有趣味的是，孟子从接受美学的视角立论，而刘勰主要从创作立言方面去谈。由"心"生"言"，即立言。"人之所以为人者，言也。人而不能言，何以为人？""言之所以为言者，信也。言而不信，何以为言？信之所以为信者，道也。信而不道，何以为信？道之贵者时，其行，势也。"(《春秋穀梁传·僖公二十二年》)古人何以从"人之为人"的高度重视语言，是因为语言中体现了"道"，这也体现了"心"和"言"的密切联系。

　　"言之无文，行而不远"(《左传·襄公二十五年》)，故立言之"言"，需要文饰，此乃刘勰撰写《文心雕龙》探究立言问题的必然性。"心"、"言"、"文"三者相统一的逻辑预设被刘勰继承，并进一步发展强化。《文心雕龙·序志》："夫文心者，言为文之用心也。""古来文章，以雕缛成体，岂取驺奭之群言雕龙也。"这些表述也在强调"心"、"言"、"文"三者的密切联系。中国古代文论历来被认为是感悟式、印象式，侧重于主体体验，缺乏理论系统，但是《文心雕龙》例外。张少康说："《文心雕龙》一共五十篇，是一部'体大思精'，有完整科学体系和严密组织结构的文学理论巨著。"[1]刘勰的理想就是要"弥纶群言"，建构理

---

[1]张少康，刘三富.中国文学理论批评发展史：上[M].北京：北京大学出版社，1995：224.

论体系。"心"、"言"、"文"三者的对立统一关系是刘勰建构体系的出发点,也是《文心雕龙》五十篇文章所要解决的根本问题。《文心雕龙》书名,从某种意义上说,就是追求"心"、"言"、"文"三者的统一。"心生而言立,言立而文明",这是刘勰"搦笔和墨,乃始论文"的理论基础。

"心生而言立,言立而文明"的命题到底讲的是什么? 有人认为,该句中"'心—言—文'结构,首先并不是属于文章创作论或艺术心理学的文学过程,而是一个有关文明诞生经验的理论表述"[1]。论者以刘勰所谓"惟人参之,性灵所钟,是谓三才"(《文心雕龙·原道》),"为五行之秀,实天地之心"(《文心雕龙·原道》)为由,认为人为宇宙万物之灵,突出"圣人"之特殊地位,最终得出"圣人从领悟(心生)进而宣教(言立),己欲立而立人,终致造就了走出蒙昧、形成规则的人类社会(文—明)"[2]的结论,从而把"圣人"当作人类文明的创造者。这样一来,"心—言—文"结构就被解释为人类文明产生的模式与过程。此说有一定道理,但据常识而言,人类社会的进步和文化的发展是一个极其漫长的历史过程,其复杂性和可变性难以预测和把握,非某种概念可以先验框定。虽然《文心雕龙》著作中蕴含着丰富的文化意蕴,但就整体而言是在论文,重点是在论述写作立言的问题。

---

[1]罗成."错画"的秩序:《文心雕龙·原道》的"自然—历史"阐释及文明论意义[J].文艺争鸣,2020(6):115.

[2]罗成."错画"的秩序:《文心雕龙·原道》的"自然—历史"阐释及文明论意义[J].文艺争鸣,2020(6):115.

二、文贵自然:写作立言的根本原则

"心生而言立,言立而文明,自然之道也。"(《文心雕龙·原道》)由思想而产生语言(立言),语言(立言)要求文明,即有文采之文、美之文、艺术之文,这是自然之道。此处的"自然",意为本然、天然、自然而然,非自然界或自然科学中的自然。"自然"有两重含义,既指天地万物都必有其文,文是天地万物必然的感性表现,又指文的产生与存在非由任何外在力量赋予、主宰,而是由天地万物自身形成、自我决定。此处的"道",并不是一般人所说的宇宙本体论或生成论意义上的"道",而是在"文"与天地万物及人的关系上,也就是在"文"的产生与存在上体现的一种客观规律,这一客观规律就是"自然之道",即本然、天然、自然而然的道理或规律。《老子》第二十五章:"人法地,地法天,天法道,道法自然。"法即取法、效法之意。自然为最高法则,成为人、地、天和道效法的对象。刘勰"自然之道"之"自然",当取此意。人虽为"五行之秀"、"天地之心",但大自然有其无与伦比的先天优势:"云霞雕色,有逾画工之妙"(《文心雕龙·原道》),"草木贲华,无待锦匠之奇"(《文心雕龙·原道》)。自然之文在其形、色、声等形式特征方面具有人难以超越的优点。自然界蕴含着深奥的哲理,是取之不尽、用之不竭的,人对自然界及其规律的认识永远不会停止。大自然的规律对于文章写作具有重要启迪,因此,刘勰提出了"文贵自然"的写作立言法则。

从"心—言—文"的统一逻辑前提出发,刘勰提出了文章写作的根本原则:"志足而言文,情信而辞巧"和"衔华而佩实"

（《文心雕龙·征圣》）。他强调"志足"、"情信"对"言文"、"辞巧"具有决定作用，认为若"志足"、"情信"，自然可以"言文"、"辞巧"，这体现了写作立言的自然之道。若志不足而求"言文"、情不信而求"辞巧"，必然导致"饰羽尚画，文绣鞶帨"（《文心雕龙·序志》），有违"自然之道"。

王充说："文由胸中而出，心以文为表。"[1]王充的话表明好的文章来自真诚的情感，而好的文章是人的情感的映象。陆机《文赋》："遵四时以叹逝，瞻万物而思纷；悲落叶于劲秋，喜柔条于芳春；心懔懔以怀霜，志眇眇而临云。"说明人心对不同景物的感受，是文章写作和文学创作的契机。刘勰强调文以"心"为开端，极为重视文情。王元化指出："刘勰曾从各个方面论述了'情'在文学创作中的作用。《文心雕龙》几乎没有一篇不涉及'情'的概念。据《文心雕龙新书通检》载，'情'字见于《文心雕龙》全书达一百处以上……"[2]关于这点，《文心雕龙》有多次理论表述。比如，《文心雕龙·物色》："春秋代序，阴阳惨舒，物色之动，心亦摇焉。……岁有其物，物有其容；情以物迁，辞以情发。"《文心雕龙·明诗》："人禀七情，应物斯感，感物吟志，莫非自然。"《文心雕龙·诠赋》："原夫登高之旨，盖睹物兴情。情以物兴，故义必明雅；物以情观，故词必巧丽。"心物触动，激发人丰富的感情，获得审美感受，成就审美意象。宗白华指出："晋人向外发现了自然，向内发现了自己的深情。山水虚

[1]张少康，卢永璘. 先秦两汉文论选[M]. 北京：人民文学出版社，1999：513.

[2]王元化. 读文心雕龙[M]. 北京：新星出版社，2007：173.

灵化了,也情致化了。"[1]《文心雕龙·丽辞》:"造化赋形,支体必双;神理为用,事不孤立。夫心生文辞,运裁百虑,高下相须,自然成对。"恰似人的肢体成双成对,人的语言表达也要讲究对偶,应该顺应自然。清代纪昀指出:"齐梁文藻,日竞雕华,标自然以为宗,是彦和吃紧为人处。"[2]冯春田解释说:"刘勰虽然同样采用了老庄之'自然',但他是把魏晋玄学之前的物'自然'改造成了人、物各'自然'理论;这就从理论上使正视人类不同于物之'自然'成为可能,因而使人类的情感、智慧、思维、创造等得到'自己而然'、同时也就是人类之本然的哲学解释……刘勰文学'自然'论的哲学目的在于追求文美的理想境界,故奉周孔为'文师',而非无为之圣;力主以儒家经典为文学型范,而非放弃追求或拱默无为。"[3]冯春田对刘勰自然论的文章(文学)观解释恳切,一方面借助于自然之文美的特征雕镂说教文章为美文,另一方面论证儒家经典为文章典范,其表现出的写作规范和原则符合自然之道。这样一来,在写作立言领域巧妙地实现了儒道思想的融合,使之对写作立言进行有效指导。郭象在《庄子·大宗师注》中说:"天下之物,未必皆自成也。自然之理,亦有须冶锻而为器者耳。"[4]郭象的解释比较符合刘勰文道自然的基本精神。

在文章(文学)批评鉴赏方面,《文心雕龙·知音》:"夫缀文

[1]宗白华.美学散步[M].上海:上海人民出版社,1981:183.

[2]黄霖.文心雕龙汇评[M].上海:上海古籍出版社,2005:14.

[3]冯春田.《文心雕龙》阐释[M].济南:齐鲁书社,2000:66.

[4]郭象,成玄英.庄子注疏[M].北京:中华书局,2011:154.

者情动而辞发,观文者披文以入情,沿波讨源,虽幽必显。"意思是说,写作文章的人,正当情感激动之时就发布辞采。因此,读者展阅文辞,能深入作者的心情,这就好比沿着水波探索源头。《文心雕龙·知音》:"故心之照理,譬目之照形,目瞭则形无不分,心敏则理无不达。"读者了解作者的心情,犹如用眼睛观察事物的形状。眼睛明亮,没有不能辨别的形状;同样,心地聪明,没有不能通达的情理。刘勰从读者角度提出"心敏"以"入情",其实也是符合儒家经典文章所制定的为文法则的。

关于"心生而言立,言立而文明"句中"言立"一语,李泽厚、刘纲纪解释说:"'心生而言立',显然同扬雄曾说过的'言,心声也'(《法言·问神》)有关,又同见于《左传》的儒家'立言'的不朽说法有关。"[1] 他们将"心生而言立"等句中"言立"一语与传统立言的说法联系起来,很有道理。黄霖等在专著《原人论》第四节"德言论:以人品为根柢"小标题一中明确提出:"德与言的关系,一直是中国文论史上争论不休的问题。一般说来,德,是指作家内在的道德修养、气质性情;言,指作家的创作,亦即其内涵的外发形式。"[2] 此处"言"为名词,解作文学作品,那么"立言"当为动词,可理解为文学创作活动。换言之,文学创作活动就是立言。此说尚待深究。联系刘勰《文心雕龙》,除过文学创作之外,文章写作亦为立言形式,只不过立言应该

---

[1]李泽厚,刘纲纪. 中国美学史:第二卷(下)[M]. 北京:中国社会科学出版社,1987:693.

[2]黄霖,吴建民,吴兆路. 原人论[M]. 上海:复旦大学出版社,2000:394.

比一般的文学创作、文章写作高一个层次。因为立言往往具有重大的社会意义和重要的社会功能，总是与不朽联系起来，故凡是立言之物，乃为立德、立功、立志之显现。它不但流行于时，而且传之于后。此处"文"，既指由语言所构成的文章，亦指语言所具有的文采。刘勰认为，在立言情结的驱使下，站在立言的立场上所成就的文章，必然具有鲜明的文采，这完全符合客观规律。亦即孔子所说："言之无文，行而不远。"人之所以立言，之所以写作文章，在于人为"性灵所钟"，乃"有心之器"，可以"仰观吐曜，俯察含章"，从而与天地相参，认识和把握"自然之道"，并能在文章写作中体现出来。

三、写作立言主体的凸显

"心生而言立，言立而文明，自然之道也。"（《文心雕龙·原道》）该命题同时也是作家论，意味着刘勰对立言者主体精神的高度重视。

郭晋稀将此句翻译为："人是五行的英秀，天地的心脏，人出现后便有语言，语言发展便成文章，这是自然的道理。"[1]他的翻译采取道家自然而言的思想，很有道理，认为有人则有心灵，有心灵则有语言，有语言则文章鲜明。正如上文所述，刘勰的文道自然观既采取道家无为的自然而然的写作立言观念，又坚持"冶锻而为器者"的"雕龙"精神，因此郭晋稀的翻译与刘勰在《文心雕龙》中所极力倡导的为文用心、苦心经营的创作态度并不矛盾。关于《文心雕龙·原道》篇 "惟人参之"之

---

[1]郭晋稀.文心雕龙注译[M].兰州：甘肃人民出版社，1982：4.

"参"，郭晋稀认为，"参，既有三义，也兼有参入义"[1]。罗宗强指出，"惟人参之"就是"人仿效天地。参，参拟、模拟、效法"[2]。这段文字说明，人是在天地产生以后才出现的，虽然人类的诞生较晚，但人在天地间居于主宰地位。因为人的积极"参入"，人文才会发达。刘勰论文多处言及"心"，分别贯穿于"文之枢纽"、"论文叙笔"、"剖情析采"以及《序志》篇，形成了一个"心"字概念系列。"心生而言立，言立而文明，自然之道也。"（《文心雕龙·原道》）此处"心"指立言者之心，是道心、天地之心、文心三者的有机统一。一方面，文学乃人心之表现，心灵之发抒，即所谓"人禀七情，应物斯感，感物吟志，莫非自然"（《文心雕龙·明诗》），另一方面，则指心神之运，方能体物探微，形诸文章。《文心雕龙》论"心"，亦是对创作过程中精神活动的重视和肯定。刘勰极为重视立言者之"心"，后世《文心雕龙》评论家也注意到了这一点。如黄侃《文心雕龙札记》："文章之事，形态蕃变，条理纷纭，如令心无天游，适令万状相攘。故为文之术，首在治心。"[3]清代李家瑞曾说："刘彦和著《文心雕龙》可谓殚心淬虑，实能道出文人甘苦疾徐之故。"（《停云阁诗话》卷一）"治心"和"实能道出文人甘苦疾徐之故"，都强调为文用心，揭示了立言主体精神活动的复杂性。

此命题暗含着圣人在写作立言活动中的示范作用，意味

---

[1]郭晋稀. 文心雕龙注译[M]. 兰州：甘肃人民出版社，1982：3.

[2]罗宗强. 读文心雕龙手记[M]. 北京：生活·读书·新知三联书店，2007：18.

[3]黄侃. 文心雕龙札记[M]. 北京：中国人民大学出版社，2004：91—92.

着刘勰对写作主体的重视。《文心雕龙·征圣》："夫作者曰圣，述者曰明"，"若征圣立言，则文其庶矣"。因此，在刘勰看来，最理想的作者即圣人。"圣"的原初意义是指一种与听觉相关的认知能力。《说文解字》释"圣"："圣，通也。从耳，呈声。"段玉裁《说文解字注》："圣从耳者，谓其耳顺。"伏羲、周公等都是刘勰所推崇的圣人，但就论文而言，主要指孔子。邓国光指出，"刘勰追随孔子，衷心而生；颂美孔子，具见全书"，"《文心雕龙》之所以能够独树一帜，永存人间，正因为深得孔子精神"。[1]孔子在刘勰笔下，主要以写作立言的面貌出现，如《文心雕龙·征圣》："夫子文章，可得而闻，则圣人之情，见乎文辞矣。先王圣化，布在方册；夫子风采，溢于格言。"黄侃说："案彦和之意，以为文章本由自然生，故篇中数言自然……盖人有思心，即有言语，既有言语，即有文章，言语以表思心，文章以代言语，惟圣人为能尽文之妙，所谓道者，如此而已。"[2]牟世金说："必须要有符合'自然之道'的文采，其著作才能产生巨大的艺术力量；而圣人的作用，就在于能掌握'自然之道'、很好地发挥'自然之道'的作用，所以说'道沿圣以垂文，圣因文而明道'。这就是'自然之道'和圣人的关系。"[3]黄侃所说"圣人为能尽文之妙"，牟世金强调圣人能够掌握"自然之道"，都是把圣人作为理想的作者来看待的。刘永济说："盖自然妙道，非圣不彰，圣

[1]邓国光.《文心雕龙》文理研究：以孔子、屈原为枢纽轴心的要义[M].上海：上海古籍出版社，2012：16.

[2]黄侃.文心雕龙札记[M].北京：中国人民大学出版社，2004：3.

[3]牟世金.文心雕龙的总论及其理论体系[M]//甫之，涂光社.文心雕龙研究论文选：1949—1982（上）.济南：齐鲁书社，1988：218.

哲鸿文,非道不立,此舍人以《原道》冠冕全书之故也。"[1]刘永济也表达了大致相同的意思。郭绍虞说:"儒家尚文,道家不主文;儒家尚立言,道家主不言;所以儒家较多论文之语而道家则否。又儒家尚用,道家不主用;儒家论道近于学,道家论道近于艺;所以儒家虽多论文之语而意旨切实,不离于杂文学的性质;道家虽不论文而其精微处却转能攫得纯文艺的神秘性。"[2]郭绍虞把传统文章写作界定为立言,对儒道两家在写作立言方面作出了深入比较。用这些观点来评价《文心雕龙》最为合适,可揭示出刘勰采撷儒道之所长建构理论体系、"搦笔论文"的真实情况。

与理想的作者相对应的是现实的作者。刘勰论文的用意是强调现实的作者需要发挥主观能动性,以理想的作者为榜样,"用心为文"。可是现实情况是"去圣久远",从而造成"文体解散,辞人爱奇,言贵浮诡,饰羽尚画,文绣鞶帨,离本弥甚,将遂讹滥"(《文心雕龙·序志》)的不良写作风气。《文心雕龙·程器》:"彼扬马之徒,有文无质,所以终乎下位也。"是说有文无质,难以做事。又:"是以君子藏器,待时而动,发挥事业,固宜蓄素以弸中,散采以彪外,梗楠其质,豫章其干……"君子的身上包藏着德,等待时机行动,从而发挥事业。本应蓄积充满内部的德,才能散布外在的文采。因此,类似本质的德,就得像梗楠、豫章般高尚。现实的作者方需要德才兼备、文质统一,锻造写作立言的本领。

[1]刘永济.文心雕龙校释:上[M].北京:中华书局,2007:3.

[2]郭绍虞.郭绍虞说文论[M].上海:上海古籍出版社,2000:40.

　　刘勰提出的"心生而言立,言立而文明"(《文心雕龙·原道》)命题,解决了文章(文学)写作中的重大理论问题,至今仍然有积极意义。关于写作立言,刘勰把它置于主体生命的高度,"生也有涯,无涯惟智。逐物实难,凭性良易。傲岸泉石,咀嚼文义。文果载心,余心有寄"(《文心雕龙·序志》)。文学即人学,我们应当慎重为文。

第四节　宗　经

　　儒家"六经"最初本不称"经","六经"被称为"经",本身就经历了一个演变的过程。"经"的原义为丝织的纵丝,引申为常道、常法和根本,与"典"的引申义接近。"经"还引申为治理、经营、经论,具有经世治邦的社会意义。"儒家把常道、常法和经世的意义赋予六部典籍,实际上也就是使人间原理、原则、普遍规范和价值等体系同其所推崇的典籍稳定地联系在一起。"[1]儒家利用"经"、"典"论证自己观点、主张的合理性、必然性,强化自己的社会地位和影响。刘勰借他山之石,提出了自己形而上的文章(文学)观,确立了儒家经典在写作立言方面的典范作用,提高了文学的社会地位和作用,对文章的立言不朽价值观作出了理论论证。

---

[1]王中江.经典的条件:以早期儒家经典的形成为例[M]//刘小枫,陈少明.经典与解释的张力.上海:上海三联书店,2003:13.

一、经的界定及特征

《文心雕龙·宗经》:"三极彝训,其书言经。经也者,恒久之至道,不刊之鸿教也。"这段话是刘勰对"经"的总体认识和把握。中国古代关于"经"的用途非常广泛,"经"的含义也极为复杂。周海天对"经"考察后说:"综合来看,在《说文解字注》与《尔雅》中,对'经'意义的范围大体覆盖了'常''法'与'始'几种含义,因此,不变性(常)、规范性(法)与起始性(始)构成了'经'概念的内涵。"[1]周海天对"经"的含义的概括和梳理,对我们理解刘勰《文心雕龙·宗经》之"经"具有启示。吴林伯指出,在《文心雕龙》中,除直接使用"经典"一词外,可与之同义互训的还有"经"、"典"、"经诰"、"典诰"等。[2]曾军指出:"《文心雕龙》'儒学化'的结果是,一方面《文心雕龙》中受儒家文论影响的地方被无限放大,而另一方面,刘勰本人的文论思想中逸出儒家思想框架的东西或被'削足适履',或被'有意遮蔽'。更为重要的是,在价值判断上受论者对儒家文论的态度的影响,制约了对此论题的进一步发掘。"[3]曾军指出的完全站在儒学理论框架中来研究《文心雕龙》的严重后果,给我们研究《文心雕龙》"宗经"思想提供了新的思路和视角;也就是说,在

[1]周海天."宗经"观念下的文学阐释[J].中国文学批评,2022(3):135.

[2]吴林伯.《文心雕龙》字义疏证[M].武汉:武汉大学出版社,1994:402.

[3]曾军.从"注经"到"论文":刘勰的儒家典籍文学经典化策略[J].社会科学辑刊,2005(3):161.

《文心雕龙》"宗经"思想研究中，在坚持儒家思想的基础上，学者们应立足于《文心雕龙》文本，注意"非儒家经典"的经典化问题，注意梳理刘勰对诸子著作中有关问题的借鉴，从而能较为全面地把握刘勰"宗经"思想。

　　仔细阅读《文心雕龙》文本可知，刘勰对"经"（包括"五经"）的含义和特征的看法有多处表现，其内涵具有丰富性。

　　刘勰侧重从"常"的意蕴角度给"经"下定义，"三极彝训，其书言经"（《文心雕龙·宗经》）。许慎《说文解字》："彝，宗庙常器也。"由此我们可解"彝"为"常"。韩非云："夫物之一存一亡、乍死乍生、初盛而后衰者，不可谓常；唯夫与天地之剖判也俱生，至天地之消散也不死不衰者谓常。"（《韩非子·解老》）此"常"之确诂，谓不变也。《尚书·酒诰》："聪听祖考之彝训。"孔安国传："言子孙皆聪听父祖之常教。"《文心雕龙·论说》："圣哲彝训曰经。"《文心雕龙·总术》："常道曰经。"《周易·恒卦·象辞》："恒，久也……天地之道，恒久而不已也。"故"恒"、"久"连文，同义复词。西晋杜预《春秋左氏传序》："左丘明受经于仲尼，以为经者，不刊之书也。"《玉篇》："刊，削也。"不刊，喻不能修改，极言其正确。在《文心雕龙·宗经》篇中，刘勰用"彝"、"恒久"、"不刊"来界定"经"，三个概念意思大致相同，共同揭示了"经"所具有的不生不灭、至高无上的形而上意义。显然，"经"属于不朽之物。"经"是由语言书写的，语言书写的文字具有稳定性和传递性，文本形式（"经"）便为生命主体精神的不朽提供了理想载体，"经"乃立言不朽的最高典范。

　　刘勰宗经的意图就是在写作立言方面要以"经"为效法对象，提倡法经。《周礼·大宰》："以经邦国。"郑玄注："经，法也。

王谓之礼经常所秉以治天下者也。"南梁顾野王在《大广益会玉篇》说:"经,常也,经纬以成缯帛也,法也,义也。"汉刘歆在《三统历》中说:"经,元一以统始。""文律运周,日新其业。变则其久,通则不乏。趋时必果,乘机无怯。望今制奇,参古定法。"(《文心雕龙·通变》)"宗经的'宗',依旧注是'尊'的意思,所以宗经也就是尊经。但笔者以为,结合本篇的实际内容看,'宗'还不仅仅是'尊'的意思,而兼有'尊'与'法'的含义。用两个字来说,'宗'就是'宗法';用四个字来说,'宗'就是'宗仰效法',也就是既尊崇又效法。"[1]之所以要法经,是因为"夫子文章,可得而闻,则圣人之情,见乎文辞矣。先王圣化,布在方册;夫子风采,溢于格言"(《文心雕龙·征圣》),"夫文以行立,行以文传,四教所先,符采相济"(《文心雕龙·宗经》)。而法经的益处是"述先哲之诰","益后生之虑"。"擘肌分理,唯务折衷"(《文心雕龙·序志》)是研究经书的方法。"义既极乎性情,辞亦匠于文理"(《文心雕龙·宗经》)、"义固为经,文亦师矣"(《文心雕龙·才略》),强调儒家经典是思想内容和语言文辞的高度统一。

《文心雕龙·情采》:"圣贤书辞,总称文章,非采而何?"刘勰说得很明确,"圣贤书辞"即"经典"是被赋予文采的。周振甫注释说:"这个文章不是指作品,文是有条理,章是有色采,就是文采鲜明的意思。"[2]周振甫认为此处的"文章"为"文采鲜明"之意,强调文采和经典的统一。黄侃也认为此句重视经典

---

[1]张国庆,涂光社.《文心雕龙》集校、集释、直译:上[M].北京:中国社会科学出版社,2015:53

[2]周振甫.文心雕龙今译:附词语简释[M].北京:中华书局,2013:287.

"缘于采绘"，说："虽然，彦和之言文质之宜，亦甚明憭矣。首推文章之称，缘于采绘，次论文质相待，本于神理，上举经子以证文之未尝质，文之不弃美，其重视文采如此，曷尝有偏畸之论乎？"[1]《文心雕龙·序志》篇记载道，"唯文章之用，实经典枝条，五礼资之以成，六典因之致用，君臣所以炳焕，军国所以昭明，详其本源，莫非经典"。这些关于经书的说明，在《汉书》中也有记载。比如《汉书·礼乐志》："六经之道同归……故象天地而制礼乐，所以通神明，立人伦，正情性，节万事者也。"《汉书·儒林传》："古之儒者，博学乎六艺之文。六艺者，王教之典籍，先圣所以明天道，正人伦，致至治之成法也。"

关于"经"的"始"之含义，下文展开分析，兹不赘述。

刘勰以"经"之"常"为写作立言的始源、法则，同时在"常"的范围内求新求变。"经"之"常"中包含"变"，是他对"经"的特征的体认。这是他论文的显著特征，也是贯穿《文心雕龙》全书的基本思想。

"绝对意义上的'常'中包含着'变'，但'变'与'相对主义'却迥然相异，因为'变'是以'常'为规范性（法）之'始'。因此，'变'总是在'常'之范围内进行的阐释。"[2]周海天揭示出了"经"之"常"与"经"之"变"之间的内在关联，对我们很有启发。他引用《大戴礼记·易本命》所言"凡地东西为纬，南北为经"，认为"经"本意为南北方向。他又引用《左传·昭公二十五年》论述"经"之内涵。"夫礼，天之经也，地之义也，民之行也。天地之

---

[1]黄侃.文心雕龙札记[M].北京：中国人民大学出版社，2004：109.

[2]周海天."宗经"观念下的文学阐释[J].中国文学批评，2022（3）：137.

经,而民实则之。"根据孔颖达的解释,礼是效法天地而成,是变动的,"天以光明为常义,地以刚柔为常义"。他又指出："'变'在中国哲学中是一个积极的概念,'变'并非'相对主义',而是被称为'权'。"[1]他引用《说文解字》,把"权"定义为"一曰反常"。段玉裁在《说文解字注》中说："《论语》曰:'可与立,未可与权。'《孟子》曰:'执中无权,犹执一也。'《公羊传》曰:'权者何?权者反于经然后有善者也。'"周海天立足于古代文献,对经之"常"、"变"含义的分析,为我们全面理解古人心目中的"经"提供了有益参照。

《文心雕龙》以"经"为参照,在"经"的范围内求"变",这是他论文的基本方法。比如在"文之枢纽"中,《文心雕龙·正纬》和《文心雕龙·辨骚》是对《文心雕龙·宗经》的衍化,"论文叙笔"所列各种文体皆由"五经"文体演变而来,"割情析采"所述各种写作立言之法是刘勰总结的"五经"写作原则的衍变。《文心雕龙·风骨》："若夫镕铸经典之范,翔集子史之术,洞晓情变,曲昭文体,然后能孚甲新意,雕画奇辞。"人们在写作中对于"情变"和"奇辞"的处理,是对经典和子史之"变"。关于"常"和"变"的关系,《文心雕龙·通变》篇有系统论述。"夫设文之体有常,变文之数无方,何以明其然耶?"刘勰在《文心雕龙·通变》篇首句就提出了文章写作中"常"和"变"的现象,提示在写作立言中须在遵循"有常之体"的基础上掌握"变文之数"。"有常之体"不完全等同于"五经"为文法则,在具体论述中当有所

---

[1]周海天. "宗经"观念下的文学阐释[J]. 中国文学批评,2022(3):136.

指，但刘勰在《文心雕龙·通变》篇提出"矫讹翻浅，还宗经诰"，"望今制奇，参古定法"等说法，因此，"有常之体"与"五经"还是有很大关联的。在"常"的基础上求"变"，从而"文律运周，日新其业"（《文心雕龙·通变》）、"变则其久，通则不乏"（《文心雕龙·通变》），刘勰揭示了文章（文学）的发展规律。

二、"五经"为文章本源论

"经"的"始"之意，是刘勰论文的基本观念，具体表现在两个方面：一是文原论，二是文体论。宇文所安说："正如宇宙从最初的一体发展到多体，分化到一定程度就停止了，文学也有一个合法的精细化和雕琢化过程，直到若干规范文本被确立为止。那些文本就是'经'，'经'的意思就是'常'。历史和变化并没有因为有了'经'就终止了，但是，'经'控制着变化的性质，它们是一些固定点，所有的变化都必须以它们为参照。"[1]宇文所安指出了经典以固定的、静止的最高法则存在，但其对后世的影响却在不断发生变化的历史语境中出现。正如《文心雕龙·时序》所言："蔚映十代，辞采九变。枢中所动，环流无倦。"

刘勰在《文心雕龙·序志》篇明确提出"唯文章之用，实经典枝条"、"详其本源，莫非经典"的论断。《文心雕龙·宗经》："三极彝训，其书言经。经也者，恒久之至道，不刊之鸿教也。故象天地，效鬼神，参物序，制人纪，洞性灵之奥区，极文章之骨

---

[1] 宇文所安. 中国文论：英译与评论[M]. 王柏华，陶庆梅，译. 上海：上海社会科学院出版社，2003：234–235.

髓者也。"此段话乃刘勰对"经"的基本认识,并且把"经"和"文章"联系了起来。这一论述与《文心雕龙·原道》篇"爰自风姓,暨于孔氏,玄圣创典,素王述训"句的基本观点如出一辙。《文心雕龙·宗经》篇是继《文心雕龙·原道》篇之后,对"道—圣—文"结构中"文"的具体化呈现,当然此"文"依然体现着"道"、"圣"、"文"三者的统一。《文心雕龙·宗经》篇中的"恒久之至道"与《文心雕龙·原道》篇所原之"道"是同一个道,因为两处所说的都是同一个载体。张国庆、涂光社指出:"值得注意的是,这一'经'中之'道',虽然以'至道'、'道心'的姿态出现,似乎有《原道》开篇时道家本体之道的某种影子,但究其实,由于它完全与儒家的圣人和经书同在,所以它显然是也只能是儒家之道。然而这一'经'中之'道',其最主要的指向又并非儒家的伦理政治之道,而是刘勰本人从儒家经书中总结出的一系列为文之'道'——为文法则。"[1]此说有待商榷。如果将经书之"道"降低为"为文法则",似乎《文心雕龙》所论"为文之用心"纯粹是一系列写作技巧的集成。从全书文本论述观之,《文心雕龙》具有丰富的伦理人文意识;从生命存在论的角度思考文章价值,论文原道的意图就是要追求和实现庄子所谓"技进乎道"的写作立言境界。

"刘勰关于经典与子史关系的论述,体现了这样一种思想:儒家经典是文章之源,为后世文章写作确立了最基本的规范,也成为后世一切文章的规范之源。子史类文章则是由经典

---

[1]张国庆,涂光社.《文心雕龙》集校、集释、直译:上[M].北京:中国社会科学出版社,2015:56-57.

文章派生的、距离经典最近的'流'，是一种相对于经典的'新变'之文，其情志更其广博，其事义更其纷杂，其体式更其多变，其文辞更其繁富，但因直接派生于经典，所以仍然保持着与经典的密切联系，保留着经典文体的基本品质。"[1]姚爱斌强调了儒家经典的绝对地位，有其合理之处；但同时认为"子史类文章则是由经典文章派生的"，笔者不敢苟同。在《文心雕龙·诸子》篇，刘勰认为诸子著作为"入道见志之书"，从"文道"统一的角度给予诸子著作很高的评价。与儒家经典不同的是"经子异流"（《文心雕龙·诸子》），各有自己的学派之"道"，并无高低之别。同儒家相比，诸子也是在立言，"炳曜垂文，腾其姓氏，悬诸日月焉"（《文心雕龙·诸子》），对后世产生重大影响，实现了立言不朽的人生理想。何况有"鬻熊知道，而文王咨询"（《文心雕龙·诸子》）、"伯阳识礼，而仲尼访问"（《文心雕龙·诸子》）的历史事实。刘勰从写作立言的角度有意拔高子学地位，这与汉儒的儒学与子学"同源异流"说不完全一样，况且汉儒的观点是在"罢黜百家、独尊儒术"的时代背景下提出来的。范文澜在《文心雕龙注》中认为，《文心雕龙·诸子》篇既非文类，又非笔类，而置于同《文心雕龙·宗经》篇并列的位置，实最能把握刘勰的良苦用心。[2]就《文心雕龙》全书来看，刘勰受子学影响很大，正是在汲取各家学说的基础上建立起理论体系的。

　　[1]姚爱斌.《文心雕龙》文学通变论的意义建构与整体解读[J].北京师范大学学报(社会科学版),2019(3):32.
　　[2]范文澜.文心雕龙注:上[M].北京:人民文学出版社,1958:4-5.

刘勰之前,已有将"五经"与文章文体相联系的论点,比如班固《两都赋序》记载:"赋者,古诗之流也。"桓范《世要论》:"夫赞象之所作,所以昭述勋德,思咏政惠,此盖诗颂之末流矣。"任昉《文章缘起》:"六经素有歌诗诔箴铭之类,《尚书》帝庸作歌,《毛诗》三百篇,《左传》叔向诒子产书,鲁哀公《孔子诔》,孔悝《鼎铭》、《虞人箴》,此等自秦汉以来,圣君贤士沿著为文章名之始。"[1]任昉首次谈论"六经"为"文章名之始"。刘勰文体起源于"五经"的论点,使"宗经"思想具体化,给不同文体文章的写作树立了典范和标准,具有现实意义。但是,过度强调效法经书也会带来一些弊端。从《文心雕龙》著作"道—圣—文"理论体系的建构来看,"宗经"思想为"文"的客观存在作出了论证,揭示出其具有极为重要的社会价值,有合理之处。但是,刘勰提出的"百家腾跃,终入环内"的文体发展观有其明显缺陷,最受指责。在中国古代文化中,援引经典相当普遍,并将之作为衡量一切文本优劣的绝对标准。元代赵孟頫在《刘孟质文集序》中把经视作恒久的经典:"夫六经之为文也,一经之中,一章不可少,一句一字不可阙,盖其谨严如此,故立千万年,为世之经也。"[2]对儒家经典作品的过度依赖,容易造成忽视现实社会生活对写作立言的作用。关于这一点,陆机在《文赋》里说得较为全面。"伫中区以玄览,颐情志于典坟。遵四时以叹逝,瞻万物而思纷;悲落叶于劲秋,喜柔条于芳春;心懔

[1]郁沅,张明高.魏晋南北朝文论选[M].北京:人民文学出版社,1999:311-312.

[2]赵孟頫.松雪斋集[M].杭州:西泠印社出版社,2010:161.

憺以怀霜,志眇眇而临云。"在他看来,写作一方面要广泛学习效法典籍,另一方面也需要在现实生活中去感受大自然的变化。《文心雕龙·宗经》:"若禀经以制式,酌雅以富言,是仰山而铸铜,煮海而为盐也。"《文心雕龙·事类》:"夫经典沈深,载籍浩瀚,实群言之奥区,而才思之神皋也。……是以将赡才力,务在博见,狐腋非一皮能温,鸡跖必数千而饱矣。是以综学在博,取事贵约,校练务精,捃理须核,众美辐辏,表里发挥。"过分夸大、无限扩张经典文本至高无上的地位,并将之作为创作的信条,自始至终地恪守,这是刘勰"宗经"思想之弊窦。

关于文体起源于"五经"的说法,后人褒贬不一。比如纪昀批评道:"文本于经之论,千古不易,特为明理致用而言,至刘勰作《文心雕龙》,始以各体分配诸经,指为源流所自,其说已涉于臆创。佐更推而衍之,剖析名目,殊无所据,固难免于附会牵合也。"(《四库全书总目》卷一九二《六艺流别》提要)纪昀认为,刘勰将文章归之于"五经"的说法完全是主观臆断。黄侃、詹福瑞等则对之予以肯定。黄侃说:"经体广大,无所不包,其论政治典章,则后世史籍之所从出也;其论学术名理,则后世九流之所从出也;其言技艺度数,则后世术数方技之所从出也。不睹六艺,则尤以见古人之全,而识其离合之理。"[1]詹福瑞指出:"通过这种文体的渊源演变模式,刘勰完成了他的道具化为经,经衍变为时文(各种文体)的理论体系。"[2]

[1]黄侃.文心雕龙札记[M].北京:中国人民大学出版社,2004:13.

[2]詹福瑞.《宗经》与《文心雕龙》的理论体系[J].河北大学学报,1994(4):49.

效法儒家"五经"来写作立言,优点有六个方面的表现。《文心雕龙·宗经》:"故文能宗经,体有六义:一则情深而不诡,二则风清而不杂,三则事信而不诞,四则义直而不回,五则体约而不芜,六则文丽而不淫:扬子比雕玉以作器,谓五经之含文也。""六义"说是刘勰提出的具体的、理想的写作立言原则,以及对作家、作品评价的批评标准。它是从儒家"五经"中总结出来的写作经验,刘勰将之用来指导所有文章的写作。"六义"说成为《文心雕龙·宗经》篇研究的热点问题,学界颇有争议,童庆炳的观点就很有道理。他认为,"体有六义"之"体"不是指体裁,也不能笼统地理解为文章,而是指体要和体貌。"以上六则,前四则关系到体要,后两则关系到体貌,所以说'六义'主要是指明体要的含义,但也涉及了体貌。不能完全把'体貌'理解成是文章在文体之外给人留下的美学印象。这里有品鉴文章留下的美学印象,也还有为达到某种美学印象的结构性的、技巧性的因素……要是'情深'、'风清'主要指文章中的思想、感情和其他内容,是写什么的问题。体貌则是配合体要的,关涉到'怎么写'的问题。有的写法能引起人的美感,有的写法则不能。"[1] 童庆炳立足于现代文艺学学科建构的高度,对"体有六义"说作出的阐释对我们具有诸多启迪。"五经含义"彻底打通了"经"与文章(文学)之间的通道,乃刘勰为文之宗经的理论根据。

---

[1]童庆炳.《文心雕龙》三十说[M].北京:北京师范大学出版社,2016:86.

三、对《文心雕龙·宗经》篇的评价

《文心雕龙·原道》载,"道沿圣以垂文,圣因文而明道",说明了"道"、"圣"、"文"三者的关系。"文"是体现"道"的,圣人之"文"深刻地阐明了"道",而"五经"就是圣人之"文"的典型代表,是"文明"之"文",是"道心"的突出体现。"宗经"乃刘勰形而上文学观的逻辑归宿。徐复观说:"彦和虽以道、圣、经、纬、骚五者为文之枢纽,但《原道》、《征圣》实皆归结于《宗经》,所以这三篇实际应当作一篇来看。"[1]孙蓉蓉也发表了大致相同的见解,她说"'文之枢纽'的五篇,它们各从不同方面阐发了刘勰著述《文心雕龙》的指导思想,其核心为'宗经'"[2]。的确,在《文心雕龙》研究中,《宗经》占有极为重要的地位。祖保泉认为:"'宗经'成了他撰写《文心雕龙》的主导思想。或者说,《宗经篇》所阐明的思想成了他'论文'的总纲领。"[3]祖保泉还指出:"'体乎经'才是'文之枢纽'的核心,'宗经'思想乃是《文心》全书的主导思想。""'道'是靠圣人的文章来体现的,圣人也只有靠文章来阐明'道'……一句话,'道'和'圣'离开了'经',那便成了毫无实际意义的空话。""从'言为文之用心'角度看,刘勰抓住了历来为人们所崇敬的'文'(六经),把它说成是创作的范本和评论的最高标准,于是撰《宗经》篇。'经'是

[1]徐复观.中国文学精神[M].上海:上海书店出版社,2004:196.

[2]孙蓉蓉.刘勰的"宗经"辩正[J].求是学刊,2004(2):96.

[3]祖保泉."文之枢纽"臆说[M]//齐鲁书社.文心雕龙学刊:第一辑.济南:齐鲁书社,1983:172.

'圣人'撰述的,于是在《宗经》之前,加上《征圣》;圣人之所以为圣人,就因为他能'原道心以敷章,研神理而设教',于是在《征圣》之前,又冠以《原道》。其实,论'文'而要'原道'、'征圣',都不过是为'宗经'思想套上神圣的光圈而已。"[1]这些论点从重视《文心雕龙·宗经》篇的地位来说,有一定合理性,但是过分夸大《文心雕龙·宗经》篇的地位会使人产生误解。从刘勰《文心雕龙》理论体系的建构来看,每篇文章各有其用途,很难确定孰轻孰重。

儒家典籍被称为"经",最早见于篇章的是《庄子·天运》篇和《荀子·劝学》篇,战国时期宗经是对"百家争鸣"思想格局的一种颠覆。《荀子·劝学》:"故书者,政事之纪也;诗者,中声之所止也;礼者,法之大分类之纲纪也。故学至乎礼而止矣。夫是之谓道德之极。礼之敬文也,乐之中和也,诗书之博也,春秋之微也,在天地之间者毕矣。"汉代主要把宗经用于思想建设和政治运作,成为意识形态。扬雄《法言·寡见》:"或问:五经有辩乎?曰:惟五经为辩。说天者莫辩乎易,说事者莫辩乎书,说体者莫辩乎礼,说志者莫辩乎诗,说理者莫辩乎春秋。舍斯,辩亦小矣。"王充提出"遵五经六艺为文"。《论衡·佚文》:"孔子为汉制文,传在汉也。受天之文,文人宜遵五经六艺为文,诸子传书为文,造论著说为文,上书奏记为文,文德之操为文。立五文在世,皆当贤也。"刘勰则明确地把宗经问题引入文章领域,倡导在建言修辞中宗经是他的创见。

---

[1]祖保泉.文之枢纽臆说[M]//齐鲁书社.文心雕龙学刊:第一辑.济南:齐鲁书社,1983:175.

刘勰宗经是一种话语策略，对"经"他采取了一种独特的阐释方法，巧妙地将文章（文学）与经学融为一体，"从哲学上穷究文学的根源，而其内心实系以六经根于天道，文学出于六经，以尊圣、尊经者尊文学，并端正文学的方向"[1]。

《文心雕龙·宗经》篇到底是在讲述文章，还是文学？答案似乎不言而喻。但是在对《文心雕龙·宗经》篇的研究中，人们的总体倾向是立足于现代西方纯文学视角，将其界定为文学理论而非文章理论。《文心雕龙·宗经》篇把形而上的"文"转换为具体的"经"，又具体落实到儒家的五部经书中。此即为《文心雕龙·宗经》篇在"文之枢纽"中的实际意义。

总之，为了论证立言的必然性问题，进而为立言的合法性作辩护，刘勰在"文之枢纽"部分首先确立了一个逻辑假设，即形而上的"道"的存在，然后由"道"映射出"道心—天地之心—文心"、"道之文—自然之文—人文"。其后，提出"心生而言立，言立而文明"的命题，强调"心"、"言"、"文"三者的统一，由形而上的假设转入形而下的论证。可以肯定地说，该命题理论视野极其开阔，涵盖了立言的诸多方面。最后，制定"文能宗经"的方针，为立言活动提出了可供操作的方案和应达到的水准。

---

[1]徐复观.中国文学精神[M].上海：上海书店出版社,2004:176.

第三章 立言方法之一:论文叙笔

刘勰撰写皇皇巨著《文心雕龙》,谈论"为文之用心",是要向人们揭示为文就是立言,作品是不朽之物。关于为文乃立言的基本原理,在"文之枢纽"部分进行了集中论述,前面已作分析。《文心雕龙》从《明诗》到《书记》共计20篇,为"论文叙笔"部分,我们一般称之为文体论。刘勰的"论文叙笔"集前人之大成,是对曹丕《典论·论文》、陆机《文赋》、挚虞《文章流别论》、李充《翰林论》等有关文体论观点和思想的发展。他总结了晋宋以前使用的各种文体,分别论述了有韵之文和无韵之笔,共计33种。其中有韵之文接近于今天的文学文体,无韵之笔主要指应用文和学术类文章。从篇名看,刘勰论述了33种文体,但实际上还附带论及有关文体计六七十种。其名目之多,分类之细,远远超过了前人所论。黄侃《文心雕龙札记》中说它将"所载文体,几于网罗无遗"[1],当不是过誉之词。

关于《文心雕龙》所论文体,有其具体含义。陈拱说:"《札记》释《体性》篇之'体'为'文章形状',此言本是。盖彦和所谓体即文体,文体为具体之物,必有形、有状。故以体为文章形

---

[1]黄侃.文心雕龙札记[M].北京:中国人民大学出版社,2004:211.

状,并不误也。"[1]黄侃、陈拱等将刘勰文体之"体"解释为"文章形状",此说侧重于体貌,颇具独到之处。徐复观指出,"文学中的形相,在英国、法国一般称为 Style,而在中国则称之为文体"[2]。按照他的看法,文体具有"形相"之义。因此可以说,刘勰在"论文叙笔"(亦即通常所谓"文体论")中,为写作立言提供了实际的形相、模型,侧重于讲述立言方法问题。

第一节 《文心雕龙》"论文叙笔"部分性质辨

一、"论文叙笔"部分性质研究现状

关于《文心雕龙》著作性质,其中文学理论和文章写作学之争是热点。在《文心雕龙》"论文叙笔"部分,学者把全书著作性质界定为文学理论的论点显得捉襟见肘,难以自圆。

陆侃如、牟世金在合著的《文心雕龙译注》引论部分"四、论文叙笔"标题下加了副标题——"对前人创作经验的总结",这是对该部分主要内容的概括, 足以看出他们对文体论部分写作问题的高度重视, 并解释说,"通常称这二十一篇(指从《辨骚》到《书记》——本书作者注)为文体论。但这二十一篇, 并不仅仅是论述文体, 更主要的还是分别总结晋宋以前各种

[1]陈拱. 文心雕龙本义:上[M]. 台北:台湾商务印书馆,1999:序言46.
[2]徐复观. 中国文学精神[M]. 上海:上海书店出版社,2004:118.

文体的写作经验"[1]。尽管如此,陆侃如、牟世金依然认为《文心雕龙》是一部文学理论著作,而非写作学著作。他们从文学理论与文学创作的关系原理解释说:"刘勰之所以能建立以唯物观点为主的文学理论体系,其重要原因之一,就是他能从实际出发;他之所以能提出一些有益的文学理论,也主要是由于这二十一篇相当全面地总结了历代各种文体的写作经验。"[2] 这样的解说看似有道理,把占据全书 40%以上的篇幅看成辅助性文字,是对文学理论的证明,但在某种程度上遮蔽了"论文叙笔"部分的理论价值。

还有一种论点认为,"论文叙笔"部分所讲文体都属于"文学"。"对于文学作品的体裁,刘勰在《文心雕龙》中有十分详细的论述。从第六篇《明诗》起到第二十五篇《书记》为止,刘勰用了全书五分之二的篇幅,分别论述了诗、乐府……书、记等三十四种不同文体,实际上其中还附带论到许多有关文体……所以实际上刘勰论到的文体有六七十种之多。他的文体分类,有大有小,主次分明,诗赋是当时最主要文学形式,故放在最前面。自《明诗》至《哀吊》为有韵之文,《杂文》《谐隐》兼有有韵之文与无韵之笔,而自《史传》以至《书记》均为无韵之笔。"[3] 张少康、刘三富把"论文叙笔"部分论述的所有文学文体和非文学文体都直接纳入"文学"的范围之内来理解,但对这种做

---

[1]陆侃如,牟世金.文心雕龙译注[M].济南:齐鲁书社出版,1995:38.

[2]陆侃如,牟世金.文心雕龙译注[M].济南:齐鲁书社出版,1995:38.

[3]张少康,刘三富.中国文学理论批评发展史:上[M].北京:北京大学出版社,1995:242.

法的理由没有作出任何解释。

"从《文心雕龙》所论列的文体看,刘勰心目中的文学范围是很广泛的。他不但把儒家的《五经》作为文章的模范,而且有《史传》、《诸子》两篇专论子史,这与《文选》的不收经、史、子专门著作的看法很不相同……显得对文学作品的范围认识不够明确……刘勰所认识的文学范围虽很广泛,但他论述的主要对象,却仍然是文学性很强的诗赋;他一方面注意诗赋等美文,另一方面又不排斥学术著作甚至应用文字于文学范围之外。"[1]王运熙、顾易生在《中国文学批评史新编》(上册)中,对《文心雕龙》所论述的对象多用"文章"、"作品"等字眼,"文学"字眼使用相对较少。此外,王运熙从文章学的角度专门撰写多篇文章阐释《文心雕龙》整部著作,提出不仅《文心雕龙》"论文叙笔"部分讲述文章写作,而且全书都是在论述文章写作问题;但当论及文学批评问题时,作者依然使用"文学"一词概括《文心雕龙》"论文叙笔"部分所谈论的全部文体。对此,他们作出了说明,因为刘勰对文学的范围认识不清,对文学范围的理解过于宽泛。

笔者以为,之所以出现这种解释的尴尬,是因为在《文心雕龙》研究中,人们受到了现代"纯文学"概念的影响及由此形成的现代文学理论批评学科体系的束缚。作为现代文学学科和专业,言下之意,人们似乎只能研究"文学"分内的事情,不敢越雷池半步。《文心雕龙》中具有丰富的文学理论和批评方

---

[1]王运熙,顾易生. 中国文学批评史新编:上[M]. 上海:复旦大学出版社,2005:125–126.

面的真知灼见，它也为现代文学理论和批评带来多方面的启迪，这方面的理论资源应不断挖掘，以服务于现代文学理论体系建构。但回归文本，我们可以看到在《文心雕龙》中，刘勰多使用"文章"一词，很少用"文学"一词。魏晋时期，"文学"侧重于指学术文化；自汉代以来，"文章"一词逐渐具备现代"文学"的部分含义，但"文章"更多指非文学性的应用文。因此，强行使用现代"纯文学"概念去套用《文心雕龙》中"文章"、"文学"的词义，总显得牵强唐突，很难自圆其说。"文学是一种语言艺术，是话语蕴藉中的审美意识形态。当然，这并不意味着唯一正确的或最后的定义，而不过是我们采用的关于文学属性的一种操作性界说而已。当前学术界存在其他不同界说也是正常的。随着文学活动及有关它的认识的演进，文学可能会显示新的面貌来，而人们的认识也将随之改变。"[1] 由此可见，"文学"的观念是一种开放的理论体系，一直处于变化当中。以某种固定的"文学"概念作为标准，去衡量和评价特定文学现象与作品，总会显出差距和不完全吻合之处，从这个意义上讲，"文学自觉"在每个时代都是存在的。现代西方的"艺术"概念，由古希腊技艺内涵，到近代"美的艺术"观念，直到18世纪才逐渐形成。即使在现代西方，不同理论家对文学也有不同的理解。魏晋时期的"文学自觉"是相对先秦两汉时期文学观念而言的，不能过度夸大其成果和影响，将之简单地等同于现代"纯文学"观念。《文心雕龙》所表现出的"文学自觉"，从文学观念方面而言，主要在于刘勰对文体方面的文笔区别，很难达到

---

[1]童庆炳.文学理论教程:第五版[M].北京:高等教育出版社,2015:84.

现代西方"纯文学"概念的标准，很难用现代文学理论和批评的理论体系去要求。

　　对于《文心雕龙》"论文叙笔"部分的笔类文体远多于文类文体的客观事实，以及人们完全按照现代西方的"纯文学"概念去阐释刘勰文学观念所造成的理论错位和弊端，有学者提出了解决策略和方案。20世纪初期，谢无量在《中国大文学史》中提出了"大文学"概念，将中国古代众多应用文体都包含在内。章太炎没有直接提到"大文学"的概念，但他所说的"以有文字著于竹帛，故谓之文"的文学观恰好契合"大文学"的思想观念。关于《文心雕龙》的文体，章太炎解释说："《文心雕龙》于凡有字者，皆谓之文，故经、传、子、史、诗、赋、歌、谣，以至谐、隐，皆称谓文，唯分其工拙而已。此彦和之见高出于他人者也。"[1]后来在西方"纯文学"观念占据主导地位的学术背景下，该观点才逐渐沉寂下来。20世纪80年代以来，人们开始反思"纯文学"理论对中国古代文章阐释不足的问题，"大文学"观念重新进入了现代学术视野。部分学者运用这种"大文学"观念对《文心雕龙》进行重新阐释，企图解决《文心雕龙》研究中"纯文学"理论带来的尴尬。"《文心雕龙》是对先秦两汉直至魏晋南北朝时期文学发展状况的理论总结，这一时期的文学具有文、史、哲融为一体的鲜明的'大文学'性质，刘勰文学观念的形成既留下了魏晋'文'的自觉时代的历史痕迹，但他立足于先秦以来丰富而广阔的文学创作实际，并尤其推崇儒家'重教化、尚实用'的文学传统……这些都对《文心雕龙》理论

[1]黄霖.文心雕龙汇评[M].上海：上海古籍出版社,2005:168.

体系的'大文学'性质的形成产生了积极影响。"[1]范立红从先秦以来文、史、哲不分的创作实际和刘勰崇尚儒家致用的文学观,分析了《文心雕龙》"大文学"理论体系的形成。他又从"文原于道"的理论基点揭示了《文心雕龙》"大文学"的理论内涵。

周兴陆对20世纪初期以来"纯文学"、"大文学"观念的形成和论争进行了梳理,在此基础上,对忽略"大文学"传统、囿于"纯文学"视野研究《文心雕龙》所带来的理论弊端作出了分析。"第一,在对刘勰的'大文学观'给予苛刻的批评和否定之同时,相对地,标举萧统的'事出沉思'、'义归翰藻'为'纯文学'观,人为地把刘勰与萧统置于'杂文学'与'纯文学'对立的两面。"[2]部分学者认为萧统编撰《文选》的标准是"纯文学"观念,批评刘勰在"杂文学"观念下研究文学,其文学思想落后于萧统的文学观。在周兴陆看来,人们在古代的传统文论中一般不会把萧统《文选》与刘勰《文心雕龙》对立起来,作出优劣评价。"第二,现代'龙学'在文体论研究上出现严重的畸轻畸重现象。"[3]在"论文叙笔"部分的文体论研究中,长期以来主要集中在诗、赋等文学文体方面,对于占据比例很大的非文学文体关注严重不足。周兴陆指出,古人最为重视的是"论文叙笔"部分的文体论,而现代学者把《文心雕龙》下编的创作论作为

---

[1]范立红.“原文于道”与刘勰“大文学”观念的形成[J].广西社会科学,2012(5):140.

[2]周兴陆.纯文学,还是大文学:现代“龙学”理论基础之反思[J].中国社会科学院研究生院学报,2019(6):62.

[3]周兴陆.纯文学,还是大文学:现代“龙学”理论基础之反思[J].中国社会科学院研究生院学报,2019(6):63.

研究重点。"第三,最严重的问题,则是忽略了刘勰'大文学'观念的理论特征和独特贡献,·对一些问题的阐释与评论出现了偏颇,割断了中国文论的思想传统。"[1]周兴陆认为,刘勰的文学观念是无所不包的"大文学"观念,重视文章的价值和作文的态度;而近代以来的"纯文学"观念排斥非文学文体,轻视文学的社会功能,写作粗疏草率。刘勰强调作家的道德修养和在现实中建功立业,而现代"纯文学"观念下的作家一味追求立言,对社会现实问题和时事民生关注不足。

"到刘勰生活的时代为止,一千多年间,'文学'一词的内涵虽有些微妙的变化,而其主要含义是一贯的,那就是广义的文化学术现象,而不是具体书写出来的'文'或'文章',刘勰对此理解把握得很准确,所以他在《文心雕龙》中谈到自己的研究对象时,没有选用'文学'这个概念。《文心雕龙》一书的性质,非但不是现代意义的文学理论,也不是中国古代的文学论。"[2]卢永璘较为详细地梳理了先秦至魏晋时期"文学"一词含义的演化,认为此期文学主要指学术文化,与现代的"文学"含义相去很远。从《文心雕龙》全书来看,与"文"组合的词语较多,比如文章、文笔、文艺、艺文等,但"文学"仅在《时序》篇出现两次,均不同于《文心雕龙》所论"文"和"文章"。他由此提出《文心雕龙》论述的是中国古代的文章,即"美文",《文心雕龙》

[1]周兴陆.纯文学,还是大文学:现代"龙学"理论基础之反思[J].中国社会科学院研究生院学报,2019(6):63.

[2]卢永璘.从《文心雕龙》慎用"文学"说起[M]//中国《文心雕龙》学会.论刘勰及其《文心雕龙》.北京:学苑出版社,2000:209.

是讲述"美文"的写作理论。按照卢永璘的观点,"论文叙笔"部分涉及所有文体,包括文学文体与非文学文体,都统属于他所谓的"美文"。

总的来看,无论所谓"大文学"说、"美文"说,还是所谓"杂文学"说,表现在"龙学"中,它们所要解决的主要问题都是对《文心雕龙》"论文叙笔"部分众多文学文体和非文学文体存在缘由和合理性的解释,以及由此生发的对刘勰文章(文学)观念的分析。

反之,在《文心雕龙》性质上持文章写作学论点的学者,似乎在"论文叙笔"部分找到了充足理由。很多学者认为"论文叙笔"部分不仅是文体论,同时也讲述分析了文章写作理论。

王运熙说:"从《明诗》到《书记》二十篇为第二部分。这部分一般研究者称为文体论,我认为更确切地说,应称为各体文章写作指导,因为其宗旨是阐明写作各体文章的基本要求。"[1]他把整部《文心雕龙》都当作文章写作学来理解,对于"论文叙笔"部分何以成为写作学,他解释说,在文体论每篇的四项内容中,"'敷理以举统'一项,常在篇末,分量不大,但从指导写作角度指明各体文章的体制特色和规格要求,是各篇结穴所在,地位最重要。刘勰把这部分称为'纲领之要'、'大要'、'大体'等等,认为写作文章时应该首先抓住"[2]。此论点具有合理性,但立论聚焦于每篇文章"分量不大"的"敷理以举统",而对其他丰富内容的包容性、概括性不强。

---

[1]王运熙.文心雕龙探索:增补本[M].上海:上海古籍出版社,2005:11.

[2]王运熙.文心雕龙探索:增补本[M].上海:上海古籍出版社,2005:2.

　　蒋祖怡则认为刘勰"论文叙笔"研究方法中的"释名以章义"和"选文以定篇"继承了挚虞在《文章流别论》中的文体分析方法。而"原始以表末"与"敷理以举统"这两项是刘勰的独创，"前者是从这一文体的发生和发展中来看它的主要特色；后者为指导这一种体裁的写作要领"。"《文心》中每一篇论文体的专篇，就不单是辨别某种文体的文字，而且差不多成了一篇篇小规模的分体'文学史'和'写作指导'了。"[1]蒋祖怡的理由与王运熙基本相同，都认为文体论的"敷理以举统"部分主要讲写作。

　　林杉在《文心雕龙文体论今疏》一书中，对文体论的研究比较用力。立足于写作学的需要，他把《文心雕龙》原著"论文叙笔"的篇次加以调整，上编为以文学性文章为主，中编以一般实用文体为主，下编以宫廷专用文体为主。各章中的内容提要，"均立足于解释各体文章写作理论研究和写作实践中的有关问题，而对与此旨无关紧要之枝蔓有所疏略"[2]，最终得出了"论文叙笔"是"一个以写作为旨归的有机整体"[3]的结论。而《文心雕龙》是"一部具有中国作风和中国气派的典型的写作理论专著"[4]。经过这样一番精心"改造"，《文心雕龙》"论文叙

　　[1]蒋祖怡.文心雕龙论丛[M].上海：上海古籍出版社1985：59.

　　[2]林杉.文心雕龙文体论今疏[M].呼和浩特：内蒙古教育出版社，2000：例言1.

　　[3]林杉.文心雕龙文体论今疏[M].呼和浩特：内蒙古教育出版社，2000：代前言3.

　　[4]林杉.《文心雕龙》性质问题述评[J].内蒙古师大学报（哲学社会科学版），1991（1）：71.

笔"部分被披上了现代写作学的面纱。

莫恒全在《从"文体论"看〈文心雕龙〉的学术性质》一文中探究了文体论的性质问题。他首先分析了文体论中各种文体的属性,同意把《辨骚》篇计算在文体论里面的观点,这样一来,文体论应该为21篇,主要文体总计35种。其中"骚"、"诗"、"乐府"、"赋"、"谐"、"隐"、"杂文"共7种属于文学作品,占总数的20%。其他28种非文学作品占80%。"如果把全书大大小小的85种文体加以分类,那么,属于文学作品的有18种,占21%;属于非文学作品的有67种,占79%。"其次他考察了非文学性文体在文体论部分的运用,大致有六类,即祭告类文体、史传类文体、论说类文体、公文类文体、事务类文体、军事外交类文体。最后在客观的数据对比基础上,他认为"'文体论'部分是该书全部理论体系的基石,应是探讨和评判这部著作学术性质的最重要的客观依据","《文心雕龙》理所当然是我国一部地地道道的古代写作学专著"。[1]同时他指出了写作学的观点包括文学文体在内。

二、"论文叙笔"部分的宗旨是讲述写作立言方法

关于《文心雕龙》"论文叙笔"部分的性质,笔者沿袭写作学的观点,但不完全赞同,而是认为它探究的是写作立言问题,侧重于探讨立言的方法。对于《文心雕龙》全书的写作立言性质,笔者在前文已通过第一章"立言缘由:树德建言,岂好辩

---

[1]莫恒全. 从"文体论"看《文心雕龙》的学术性质[J]. 广西师院学报(哲学社会科学版),2002(2):42;45;45.

哉"和第二章"立言必然性：言之文也，天地之心哉"两部分的论证作过分析。第一、二章侧重于理论分析，本章"论文叙笔"部分则开始探讨具体的写作立言方法。

首先，刘勰对"论文叙笔"部分各体文章写作立言特征的分析，表现出强烈的写作立言情结。

郭英德说："中国古代文体分类的生成方式不外三途：一是作为行为方式的文体分类，二是作为文本方式的文体分类，三是文章体系内的文体分类。"[1]而行为方式的文体分类指，"基于与特定场合相关的'言说'这种行为方式"，"人们在特定的交际场合中，为了达到某种社会功能而采取了特定的言说行为，这种特定的言说行为派生出相应的言辞样式，于是人们就用这种言说行为（动词）指称相应的言辞样式（名词），久而久之，便约定俗成地生成了特定的文体"。[2]按照他的说法，在《文心雕龙》"论文叙笔"部分，诸如颂赞、祝盟、铭箴、诔碑、哀吊等就属于行为方式的文体分类。这种类型的文体，针对现实生活的需要，具有较强的功利性和针对性。而《文心雕龙·诸子》《文心雕龙·论说》等在中国古代狭义文章体系内的分类，属于文章体系内的文体分类。

《文心雕龙·诔碑》："诔者，累也；累其德行，旌之不朽也。"诔的意思是累，累述死者德行，加以表彰，使其不朽。这种文体从周代开始，对公卿士大夫有功者都赐谥号诔文。但是周代的诔文只写给上层统治者，故而"大夫之材，临丧能诔"（《文心雕

---

[1]郭英德.中国古代文体学论稿[M].北京：北京大学出版社,2005:29.

[2]郭英德.中国古代文体学论稿[M].北京：北京大学出版社,2005:29.

龙·诔碑》)。郑玄注《诗经·鄘风·定之方中》:"丧祭能诔……可以为大夫。"丧事中的诔文,只有大夫才能写出。从鲁庄公开始,诔文用于下层人士。到柳下惠妻子给柳下惠作诔,表述哀情,篇幅加长了,这大概是"私诔"的开始。到了汉代,诔文的使用更加普遍,刘勰对其优劣进行了评价。从刘勰对诔文分析所流露出的信息看,人的生命依靠其生前的德行而得到人们称赞,以备后人追忆,实现不朽。在现实生活中,尽管人的社会地位有高下、德行有大小,但从个体生命的角度而言,珍惜当下有限的生命,追求死后的不朽是其共性。而作诔、读诔的仪式感则是对短暂生命的真实评价,是亡者生命终结的最后期盼和灵魂的安顿。刘勰还论述了"诔述祖宗"之诔,这是后辈对祖先的怀念与感激。"先世及其后人间的这一德行关系,实是诔作为诔最深刻纯粹的实现,而祖德更是由人与人间观立之德中至为荣耀不朽者。"[1]故而,古人对作诔、读诔之人的身份地位作出严格规定:"贱不诔贵,幼不诔长;在万乘则称天以诔之。"(《文心雕龙·诔碑》)诔文也会随着所诔对象而长期留存下来,以至立言不朽。诔文固然重要,但与所诔德行事迹相比较,显得微小。因此,刘勰论文原道,在"文"之上还要矗立"道"。

碑和诔有较多的共性,刘勰将其合为一篇。《文心雕龙·诔碑》:"碑者,埤也。上古帝皇,纪号封禅,树石埤岳,故曰碑也。"古代帝王即位,记告功绩,祭祀天地,刻石记功,所以叫碑。后来出现宗庙之碑,并未铭刻功绩。"而庸器渐缺,故后代用碑,

---

[1]简良如.《文心雕龙》之作为思想体系[M].北京:中国社会科学出版社,2011:209.

以石代金,同乎不朽。"(《文心雕龙·诔碑》)周秦之前使用的铜器逐渐减少,所以后来用石碑代替铜器,但"不朽"的效果相同。"自后汉以来,碑碣云起"(《文心雕龙·诔碑》),到东汉以后,墓碑兴盛起来。而碑文的书写内容是"标序盛德,必见清风之华;昭纪鸿懿,必见峻伟之烈"(《文心雕龙·诔碑》)。和诔一样,碑文是依靠坚实的石器记录亡者事迹,使其传之于后世,被人们怀念以获得生命的不朽。碑文也有写与读的仪式感,是对亡者一生的总结和追忆。碑文由于其特殊的载体,本身也成为"不朽"之作。

刘勰以写作来实现不朽的人生价值,这种强烈的写作立言诉求在《文心雕龙·诸子》篇中明显地显现出来。《文心雕龙·诸子》:"诸子者,入道见志之书。"诸子文章也是原道之作。此句中"见志"一语,邬国平解释说,"不是泛指著作应当表达作者的思想观点,而主要是指作者通过著述来体现追求不朽的抱负和志向"。[1]《文心雕龙·诸子》:"太上立德,其次立言。百姓之群居,苦纷杂而莫显;君子之处世,疾名德之不章。唯英才特达,则炳曜垂文,腾其姓氏,悬诸日月焉。"刘勰借用《左传》立德、立言的说法,指出百姓、君子都有精神的诉求:体悟生命的意义,考量生命的价值,追求身后的不朽。在这方面,只有才华横溢之士依靠撰写文章名扬后世,实现精神不朽。《文心雕龙·诸子》:"身与时舛,志共道申,标心于万古之上,而送怀于千载之下,金石靡矣,声其销乎!"钟惺评曰:"数语严然以子自

---

[1]邬国平.《文心雕龙》是一部子书[J].上海大学学报(社会科学版),2013(5):71.

居。"纪昀评道:"隐然自寓。"[1] 该句为全文总结性的话语。诸子百家与时代有背离之处，但他们的志向和学说却可以流传千载，名逾金石，实现了立言不朽的人生价值。

此类思想在"论文叙笔"部分的很多篇章中都有论述。《文心雕龙·史传》论述了史书的基本功能，即能够记录年代久远的事情。同时指出编写史书的根本原则，必须总贯诸子百家，使之流传千载，总结前代的盛衰，供后代借鉴。史书的明显特点就是在各体文章中易于保存和传播。曹丕在《典论·论文》里说，"是以古之作者，寄身于翰墨，见意于篇籍，不假良史之辞，不托飞驰之势，而声名自传于后"，其实探究的是"古之作者"如何实现不朽。对"良史之辞"、"飞驰之势"来说，声名传后是一件易事。《文心雕龙·论说》:"次及宋岱郭象，锐思于几神之区;夷甫裴頠，交辨于有无之域:并独步当时，流声后代。"该句说宋岱、郭象、夷甫、裴頠的文章奥妙精微而具有思辨性，在当时和后世都有很大影响，因文不朽。

其次，"为文之用心"即"文心"在"论文叙笔"部分体现了强烈的主体意识和生命精神，成为写作立言的内在动力。

"论文叙笔"部分一般被称为文体论，对于"体"，《说文解字》解释说:"体，总十二属也。"段玉裁在《说文解字注》中说:"首之属有三:曰顶、曰面、曰颐;身之属三:曰肩、曰脊、曰尻;手之属三:曰厷、曰臂、曰手;足之属三:曰股、曰胫、曰足。"由此看来，"体"的本义指人体部位。古代用人体来喻指文体，文体与人关系密切。刘勰在《文心雕龙》中非常重视"心"的能动

---

[1]黄霖.文心雕龙汇评[M].上海:上海古籍出版社,2005:65.

作用，构建了"道心—天地之心—文心"的论文脉络。而"文心"在文体论中具有重要的心智能力，体现了刘勰对主体精神的高度重视。就文体的形成来说，主体精神、意识起着决定性作用。在这个问题上，徐复观提出了"文体出于性情"的著名观点。他指出，题材只是客观存在，这种客观的题材需要灌注主体的智术、性情，经过主体的内化，方可成为文体。他说："真能成为文体，而给与读者以深刻印象的文章，对题材不仅是一般性的认取，而是要先将外在的题材加以内在化，化为自己的情性，再把它从情性中表现出来。此时题材的要求、目的已经不是客观的，而实已成为作者情性的要求、目的，并通过作者的才与气而将其表达出来。此一先由外向内，再由内向外的过程，是顺着客观题材→情性→文体的径路而展开的。所以此时之文体依然是出自情性，否则所叙述的东西不能有生命贯注在里面，不能与人以作者的生命感，即不能成为好的文体，或不算是文体。"[1]徐复观认为文体则是出于性情，就是指"文心"对于文体形成的作用。

　　在对各体文章写作中，刘勰重性情之真的要求比较普遍。比如《文心雕龙·明诗》："是以在心为志，发言为诗，舒文载实，其在兹乎！"刘勰继承了先秦古老的"诗言志"命题来解释诗歌的形成和本质，诗歌产生于主体的"心志"。《文心雕龙·明诗》："诗者，持也，持人情性。"该句道出了诗歌的本质特征是抒发情感，强调主体情意的重要性。《文心雕龙·乐府》："夫乐本心术，故响浃肌髓，先王慎焉，务塞淫滥"，"故知诗为乐心，声为

---

[1]徐复观.中国文学精神[M].上海：上海书店出版社，2004：148–149.

乐体;乐体在声,瞽师务调其器;乐心在诗,君子宜正其文",说明音乐和乐府的本质都在于"心术",即思想情感的表现。关于论文体的"重情"特征,童庆炳也认识到了。他在解释《文心雕龙·宗经》篇"六义"时,首先指出"文能宗经,体有六义"句中之"体"为"文体"之义,进而认为"'情'是文体的一个基本要素,其他'风'、'事'、'义'、'体'(体要或体貌)、'文'(文辞)也是文体要素,那么'六义'即是文体的六个要素"[1],而且把情感因素列在首位。他的分析是很准确的,符合刘勰原意。这种重视作家思想表达和情感表现的写作原则,把写作活动和主体的生命体验融合在一起,把写作活动当作生命活动一个部分的写作观念,易于激发主体的立言精神追求。只有在这种精神状态下写作出来的作品,才具有真正的价值,会成为不朽之作。

再次,"论文叙笔"部分分论各种文体,坚持征圣、宗经的基本策略,凸显文章的致用功能,成为写作立言的主要依据。

笔者以为,《文心雕龙》"论文叙笔"部分不仅是写作论,还通过写作论来达到立言的目的。邓国光说:"此心为总持文体的关键。故论《文心雕龙》文体之说,必须根本其意义脉络,则其中的'常理'便显然可见。刘勰寻绎文章之体的常理,是为立言事业建立'极',即树立以崇高的标准。刘勰的用心,成功地实现于'上篇'文体观念的建构之中……"[2] "此心"指《序志》

---

[1]童庆炳.《文心雕龙》三十说[M].北京:北京师范大学出版社,2016:97.

[2]邓国光.《文心雕龙》文体通义[J].兰州大学学报(社会科学版),2016(1):5.

篇提出的"为文之用心"，邓国光认为"为文之用心"贯穿于《文心雕龙》全书，在文体论中则表现为寻求文体常理，从而完成立言的目的。"崇高的标准"指写作立言的标准，非一般的为文规则。刘熙载曰："'六经'，文之范围也。圣人之旨，于经观其大备；其深博无涯涘，乃《文心雕龙》所谓'百家腾跃，终入环内'者也。"[1]王更生指出，《文心雕龙》文体论是其文术论与文评论的理论依据，而且探讨文原论也必须从文体论入手；文体论与文原论、文术论、文评论具有同等的地位。[2]王更生的论点强调文体论在全书理论体系中的重要性，指出了文体论所蕴含的原道、宗经的精神，其实这与邓国光的论点有内在相通之处。

有人指出："刘勰在文体论中所表现的局限性，很重要的一点是有儒家的偏见。刘勰论文以徵圣、宗经为标准，比较盲目地崇拜孔丘和儒家经典，所以他评价作家和作品，总是要以儒家经典为标准，'是立义选言，宜依经以树则，劝戒与夺，必附圣以居宗。'"[3]此论点其实否定了《文心雕龙》原道、征圣、宗经的理论体系，没弄清楚刘勰论文的意旨。

更有论者对刘勰严厉批评道："他以儒家僵化的思想教条，去束缚、鞭笞、抹煞具有旺盛艺术生命力的南朝乐府民歌等新文体，顽固地加以歪曲，指斥为淫辞郑声，这就使他的儒

---

[1]刘熙载.艺概注稿：上[M].北京：中华书局，2009：1.

[2]王更生.文心雕龙研究[M].台北：台北文史哲出版社，1976：286.

[3]缪俊杰.《文心雕龙》研究中应注意文体论的研究[M]//中国古代文学理论学会.古代文学理论研究：第四辑.上海：上海古籍出版社，1981：244.

家传统文学观对当代文学已失掉指导作用。对那巩固封建政权的各类应用文，他却收罗无遗，滥竽在文学领域，毫不惭怍。"[1] 这种脱离历史语境的论断毫无意义。

对"论文叙笔"部分来说，刘勰并非只是论述文体写作，而是涉及了更为广泛的问题。"中国文体学研究回归文学本体又不可能只局限于文学学科之中，它需要有更宽阔的学科背景，有时也需要跨学科的研究。对于'体'的认识，如果局限在文章内部，视野就嫌狭隘。"[2] 由此可见，中国古代文体研究不能就文体来谈论文体，古代文体出于实际的需要而形成。《文心雕龙》在文体研究上取得了重要成果，一方面是因为刘勰认识到不同文体形成的复杂社会背景和不同文体的文章所具有的重要社会功能，另一方面则因为成功的文体写作可以传之久远，成为不朽之物。

最后，"论文叙笔"部分分论各种文体，采用"原始以表末，释名以章义，选文以定篇，敷理以举统"（《文心雕龙·序志》）的思路，成为刘勰研究写作立言方法的主要内容。

刘勰论各类文体，大多先"释名以章义"，即主要运用训诂的方法，解释各种文体名称，说明其意义，以显示该文体的基本特征和功用。如《文心雕龙·明诗》篇释"诗"说："大舜云：诗言志，歌咏言。圣谟所析，义已明矣。是以在心为志，发言为诗，舒文载实，其在兹乎？"这里征引了《尚书·尧典》之言，以表明诗歌言志抒情这一基本特征。又如《文心雕龙·谐隐》篇释"谐"

[1]陈思苓.文心雕龙臆论[M].成都：巴蜀书社，1988：391.
[2]吴承学.中国古代文体学研究[M].北京：人民出版社，2011：6.

说："谐之言皆也。辞浅会俗，皆悦笑也。"又释"隐"说："隐者，隐也；遁辞以隐意，谲譬以指事也。"都从各自的特征与功用两个方面作解释。这些精要的解释一针见血，使人易于领会。所谓"原始以表末"，就是对一种文体追溯它的起源，叙述它的演变和发展。比如在《文心雕龙·明诗》篇里，刘勰对诗歌起源作了细致而深入的考察和论述。刘勰从诗歌起源于"感物吟志"，到探索诗歌的发展历史，特别是对五言诗，由产生于民间歌谣到"五言之冠冕"的《古诗十九首》，由"五言腾踊"的建安诗歌，到"诗杂仙心"、"溺乎玄风"的正始、江左的玄言诗，再由"稍入轻绮"的晋世群才，到"庄老告退，山水方滋"的"宋初文咏"，清楚地勾勒出诗歌发展变化的脉络。如果将之称为一部文体发展史，一点儿也不夸张。"选文以定篇"，即从各种文体中选出各个时期具有代表性的作品并加以评论。它有两种基本方式：一是以论述作家为主，如《文心雕龙·明诗》篇；二是以评论作品为主，如《文心雕龙·诠赋》篇。还有将二者结合起来加以论述的，如《文心雕龙·史传》篇。刘勰在论述史书的源流、体例的过程中，对晋代以前的史家著作进行了评价。这一部分，既可以当作分体的文学史来看，也可以看作是刘勰作家作品论的一个重要组成部分。其中论及的不少作品早已失传，有的作家仅仅因为刘勰的论述，我们今天才对他略有所知。因此，这一部分还具有保存史料的作用。"敷理以举统"，是刘勰从创作实践角度总结的各种文体的写作法则及其特点。其精辟之论，每每间出，具有指导写作的普遍意义，是"论文叙笔"部分的核心，也是精髓所在。比如，《文心雕龙·诠赋》："原夫登高之旨，盖赌物兴情。情以物兴，故义必明雅；物以情观，故词必巧丽。

丽词雅义,符采相胜,如组织之品朱紫,画绘之著玄黄,文虽新而有质,色虽糅而有本,此立赋之大体也。"在这段话中,刘勰阐述了赋的创作原则,提出了"丽词雅义,符采相胜"的创作要求,这是他对文学创作与外界事务、作品内容与文辞关系的一个概括性说明。再比如《文心雕龙·哀吊》篇在总结哀辞的写作特点时指出:"隐心而结文则事惬,观文而属心则体奢。"这可以看作是刘勰对创作过程提出的一个基本原则。这两句话的意思与《文心雕龙·情采》篇中论"为情而造文"、"为文而造情"二者的区别基本相同。哀辞之作是为了悼念亡者,抒发伤痛,应该是一往情深,痛心结文。否则,一味追求文辞的华丽、铺张,缺乏真挚情感,那就不过是有泪无情的东西了。所以,写作要有真情实感。刘勰在文体论上把上述四个部分自觉地结合起来,作为研究文体的方法和途径,无疑是古代文论史上一项杰出的创造性贡献。

值得注意的是,刘勰从正面列举出历代代表性作家及作品的同时,也举出了一些背离"常体"的作品,刘勰称之为"谬体"、"讹体"。如《文心雕龙·颂赞》:"至于班傅之北征西巡,变为序引,岂不褒过而谬体哉!马融之广成上林,雅而似赋,何弄文而失质乎!……陆机积篇,惟功臣最显;其褒贬杂居,固末代之讹体也。"

刘勰在"论文叙笔"部分广涉各种文体,遍评名家名作,广收博采,"体大虑周",成为文章写作指南,从正反两个方面为立言提供了参照。

第二节　《文心雕龙》"论文叙笔"主要内容

刘勰对当时各种文体作了全面系统的研究，取得了重要成果。《文心雕龙·附会》："才量学文，宜正体制。""正体制"就是指正文体，主要是辨体，树立正确的文体观念对写作立言来说是第一位的。张少康《文心雕龙新探——刘勰文学理论体系及其渊源》一书指出："刘勰很突出的一个特点是他不仅从历史发展中来总结这一类文体的性质和创作特征，而且总是和相同类型文体的比较中去加以说明。这种比较的研究，使他对许多性质接近的文体之联系与区别、相同处与不同处，辨别得十分细致，因而能更准确的把握各种文体的独特创作特征。"[1] 刘勰的文体研究在中国古代文体研究史上占有极为重要的地位，为不同文体的写作立言提供了重要借鉴。

一、"论文叙笔"之文体概念研究状况及反思

《文心雕龙》的文体论思想，在中国古代文体研究中处于较高水平。随着现代中国文体学研究的勃兴，人们愈发认识到《文心雕龙》文体论的重要地位，甚至认为它是中国古代文体论的集大成者。那么何谓文体？文体概念的内涵与外延如何界

---

[1]张少康.文心雕龙新探：刘勰文学理论体系及其渊源[M].济南：齐鲁书社，1987：192.

定？诸如此类问题成为《文心雕龙》文体论研究的关键。学者们对《文心雕龙》的文体问题提出了己见，有代表性的观点有以下几种。

第一种以郭绍虞的观点为代表，把文体理解为文章体制。对于体制，他解释为"合形文、声文、情文三者而文之形式以立。由文之形式言，语其广义而说得抽象一些便是风格，语其狭义而说得具体一些，便是体制"[1]。"因其形体而定其体制"，"以形式之微异而各别其名称"[2]，他把"狭义之文之形式"称为体制。

第二种以徐复观提出的观点为代表，他在《中国文学精神》一书中，用较大篇幅来谈论《文心雕龙》的文体问题。在《〈文心雕龙〉的文体论》一文中，他提出了著名的文体三次元说，产生了重大影响。他所说的文体三次元，指体裁、体要和体貌，三者之间呈现出由低到高的立体结构关系。体裁是最低次元，需要升华到体要和体貌的阶段；有时体裁绕过体要直接升华到体貌；体要也需升华至体貌。而最高阶段的体貌是"'文体'一词所含三方面意义中彻底代表艺术性的一面"[3]。徐复观在文体三次元理论框架中，将文体研究范围从"论文叙笔"部分逐渐移出，扩展到全书。在他眼中，整部《文心雕龙》就是一部文体论的著作。

第三种是颜崑阳在《论文心雕龙"辩证性的文体观念架

---

[1]郭绍虞.中国文学批评史:上[M].北京:商务印书馆,2010:142.

[2]郭绍虞.中国文学批评史:上[M].北京:商务印书馆,2010:147.

[3]徐复观.中国文学精神[M].上海:上海书店出版社,2004:129.

构"》一文中提出的观点。他指出："《文心雕龙》的文体观念根本是放在文学史的时间辩证发展上，及客观形式规范与主体性情的空间辩证融合的架构上所作的思考。"[1]结论是：1.文体必须通过对文学史的观察、归纳而来。"原始以表末"、"选文以定篇"说明必须从历史的辩证发展过程中去认识文体。配合"释名以章义"、"敷理以举统"的理性概念，最终概括出文体的概念。2."五经"是理想文体，是一切文体的历史性起源。3.不同意徐复观的体裁、体要和体貌三次元文体说，认为体要包含了文体中的"目的与动力因"，包括主客两个方面。体貌则是"指作品整体美的美的印象"，主张从主客观、内容与形式相统一的关系中去理解文体。4.文体的形成过程从概念上可以分为"创造阶段"与"规范阶段"，是一个渐变的过程。5.刘勰的文体观是时空辩证融合视野下的立体性构架。

第四种以童庆炳的观点为代表。他很重视文体研究，指出"从文体的呈现状态看，文本的话语秩序、规范和特点，要通过三个相互联系又相互区别的范畴体现出来，这就是 1.体裁，2.语体，3.风格"[2]。童庆炳很看重语言对于文体的重要性，强调风格对于文体的决定作用。"风格不能等同于一般的语体品格，它是语体品格的埋想状态。风格是文体呈现形态的最高范畴。风格的形成是某种文体完全成熟的标志，因此也是文体的最高体现。"[3]这是他关于现代文体的基本理论。对于《文心雕

[1]颜崑阳.论文心雕龙"辩证性的文体观念架构"[M]//颜崑阳.六朝文学观念丛论.台北：正中书局,1993:101.

[2]童庆炳.童庆炳谈文体创造[M].开封：河南大学出版社,2008:17.

[3]童庆炳.童庆炳谈文体创造[M].开封：河南大学出版社,2008:21.

龙》的文体范畴,他充分肯定了徐复观关于《文心雕龙》文体论研究的观点,提出了文体四层次说,即体制、体要、体性和体貌。对四者之间的关系他作了如下解释:"我所理解的刘勰的文体观念是指在体制的制约下,要求负载充实的体要,折射出个人的性格,最终表现在整体具有艺术印象的体貌上。"[1]

中国古代较早形成了文体观念,《尚书》中的"六体"大概是中国古代文体分类的开始。中国古代的文体观念经过魏晋"文笔之辨",到刘勰著《文心雕龙》时已趋于成熟。"论文叙笔"部分体现了刘勰文体论的基本观念和文体理论建构,而反思学者们对《文心雕龙》文体观念的研究,主要存在以下几个方面的问题。

首先,文体概念的内涵和外延需要严格界定。

人们习惯于梳理《文心雕龙》文本中关于"体"的词汇家族,从中抽检出自认为重要的关键词来构建《文心雕龙》文体概念。这样立足于文献学的方法是基础,在此基础上对文本整体进行理论概括。徐复观将之提炼为体裁、体要和体貌三次元结构说,与传统的文体概念相比较,《文心雕龙》文体概念的内涵变得丰富起来。与此同时,文体概念的外延势必会扩展到整个文本,否则将难以对文体内涵作出合理解释。《梁书·刘勰传》记载:"初,勰撰《文心雕龙》五十篇,论古今文体,引而次之。"[2]《梁书》的记载说明文体问题在《文心雕龙》全书中占有

---

[1]童庆炳.《文心雕龙》三十说[M].北京:北京师范大学出版社,2016:111.

[2]姚思廉.梁书:第三册[M].北京:中华书局,1993:710.

重要地位,并非五十篇文章都在讲文体。我们的共识是将《文心雕龙》文本分为文原论、文体论、文术论和文评论等。文体论部分虽然与其他部分有联系但相对独立,该部分才是体现刘勰文体观念的核心。徐复观的文体研究的确具有创新性,但在这里显示出了难以克服的矛盾。

对于这个矛盾,童庆炳似乎有所察觉,他说:"刘勰的'论文叙笔'部分共二十篇,每篇都是论述一种或两种文章体制,其余多篇也多涉及'文体'问题。"[1] 按照他的表述,已意识到"论文叙笔"部分的文体论才是刘勰文体思想的主要领域,其他篇章只是"涉及"此问题,主次关系说得很清楚。但是在建构文体论四层次说的时候,他也主要依赖"论文叙笔"之外的文本来分析,与徐复观一样陷入了文体范围难以选择的困境。在文体范围的内涵方面,童庆炳提出了文体四层次说,即体制、体要、体性和体貌。同时他还补充说,文体概念"还有诸如'体势'、'风骨'、'体气'、'体统'、'互体'、'异体'等多种问题"[2]。这样的文体概念被赋予了过多含义,有被泛化的倾向,因此他进一步自圆其说道:"我们千万不可把文体与文本等同起来,文体还只是文本的几个有联系的节点……"[3]

徐复观、童庆炳的文体层次说具有重要的理论价值,有助

---

[1]童庆炳.《文心雕龙》三十说[M].北京:北京师范大学出版社,2016:88.

[2]童庆炳.《文心雕龙》三十说[M].北京:北京师范大学出版社,2016:111.

[3]童庆炳.《文心雕龙》三十说[M].北京:北京师范大学出版社,2016:111.

于深化对《文心雕龙》文体概念的研究,缺陷在于对"论文叙笔"部分的概括存在一定不足。在这方面,郭绍虞的文体观点更具针对性,他把《文心雕龙》"论文叙笔"部分文章体制分为三类:以文笔分类;以性质别体;无可分者则别为一类。其实,这是从文类的角度理解文体。颜崑阳以"论文叙笔"文本为基础,运用主客观、形式与内容统一的辩证方法对刘勰文体论思想作出较为系统的阐释。

其次,回归中国传统文章观念,进入刘勰所处历史语境,把握《文心雕龙》文体观念。

中国早期的文章指一切文字著作。"汉人所谓'文章'盖有广、狭二义,狭义的'文章'略近于今人所说的'文学'。但即使是狭义的'文章',其中所包含的文体也仍然相当庞杂。"[1]我们常在将文学与文章概念比较的维度上,以为汉代文章主要指以诗、赋等文体为主,把汉代文章与现代文学概念等同。其实汉人的文章概念有时也泛指非文学文字著作。到了魏晋南北朝时期,文章概念与多种文体结合在一起,比如曹丕所谓"文章",包括奏、议、书、论、铭、诔、诗、赋等八种文体。范晔《后汉书》中,多次言及"文章",包含各种文体。比如,《王隆传》:"能文章,所著诗、赋、铭、书凡二十六篇。"[2]《傅毅传》:"宪府文章之盛,冠于当世。毅早卒,著诗、赋、诔、颂、祝文《七激》连珠凡二十八篇。"[3]

---

[1]郭英德.中国古代文体学论稿[M].北京:北京大学出版社,2005:52.

[2]范晔.后汉书[M].西安:太白文艺出版社,2006:600.

[3]范晔.后汉书[M].西安:太白文艺出版社,2006:601.

《文心雕龙》的文章观受传统文章观念影响，包含各种文体在内。在"论文叙笔"部分所论文章文体众多，且主要以非文学文体为主，文学文体所占比重很低。可是在《文心雕龙》文体概念研究中，学人们倾向于在现代纯文学观念下来界定文体概念。比如，徐复观在解释文体最高次元体貌时指出，"体貌是'文体'一词所含三方面意义中彻底代表艺术性的一面"[1]。颜崑阳指出："徐氏所认识的'文体'，是以已实现的文学作品为对象，在中国传统以主体性解释文学的观念影响之下，遂以主体情性作为决定文体的最高因素，充满个人风格论的色彩，其倾向于经验性的认识也颇为明显。"[2]徐复观研究的其实是文学文体，究其根源在于受现代西方纯文学观念影响，将《文心雕龙》界定为一部文学理论批评著作。

最后，充分利用中国现代文体学研究的方法和成果，促进《文心雕龙》文体研究。

20世纪80年代以来，中国文体学兴起。它立足于中华民族传统，迥异于西学。吴承学说："中国文学其实是'文章'体系，它是在礼乐制度、政治制度与实用性的基础之上形成与发展起来的，迥异于西方式的'纯文学'体系。这种差异决定了中国文学样式及其发展的特色，也决定了中国文学的研究范围、研究方式之特点。"[3]中国文体学给我们带来了关于文体研究新的思想、观念和方法，为相对沉寂的《文心雕龙》文体研究带

---

[1]徐复观. 中国文学精神[M]. 上海：上海书店出版社，2004：129.

[2]颜崑阳. 六朝文学观念丛论[M]. 台北：正中书局，1993：96.

[3]吴承学. 中国古代文体学研究[M]. 北京：人民出版社，2011：2.

来了契机,有助于挖掘《文心雕龙》文体论理论资源,实现其现代价值。

在现代"龙学"史上,受近代以来传入中国的西方式"纯文学"观念制约,《文心雕龙》研究中诸如著作性质、主要内容、理论体系、文体观念等皆处于"他者"的视野下进行观照。在此学术背景下,《文心雕龙》文本中许多优秀的文化资源很难被完全开发出来。就文体论而言,占主流地位的是以《文心雕龙》文学文体研究为核心,而对大多数的非文学文体有所忽视。"论文叙笔"部分不仅是论述文体,它所涉及的内容也较为丰富,包括众多作家、作品的分析评价,还关涉古代典章制度、仪式和风俗等多方面的内容。从学科角度看,门类遍及经、史、子、集,对现代音乐学、宗教学、哲学、历史学、伦理学、神话学、传播学、编辑学和大学教育等具有某种程度的启示。

就研究方法来说,"注重历史描述与理论分析相结合,宏观考察与个案探究相结合,融通政治、历史、宗教、艺术、语言、考古、文学史、文学批评史等多门学科,从广泛的文化背景上宏观地审视中国古代文体学的发展演变轨迹,进而凸显出文体学在整个文学乃至文化体系中的独特地位"[1]。因此,对《文心雕龙》"论文叙笔"部分文体的研究,不必拘泥于现代"纯文学"狭隘的学科限制,而是应将文体研究与其他艺术和人文学科尽可能地进行"视界融合",利用新思想、新方法,将其置于传统文化背景下审视,挖掘其丰富的文化意蕴和价值,形成新的知识领域,促进知识生产。

---

[1]吴承学. 中国古代文体学研究[M]. 北京:人民出版社,2011:4.

童庆炳是国内较早进行文体研究的学者之一，在 20 世纪 90 年代初就主持编写了"文体学丛书"。这套丛书由王蒙写序，季羡林在给丛书写的评语中予以高度评价，认为"'文体学丛书'是一套质量高、选题新、创见多、富有开拓性、前沿性的好书。以前我们对文体问题、对中国古代文论中的有关文体的思想遗产研究、总结得很不够，因而这套丛书的出版对文艺学的学科建设具有填补空白的意义"[1]。作为丛书之一，童庆炳撰写了《文体与文体的创造》(云南人民出版社 1999 年版)一书。在该书中，童庆炳把文体理解为由"体裁—语体—风格"三个层次组成的一个系统，凸显了形式的能动作用，改变了人们对于形式和内容关系的传统观点。在《文心雕龙》文体研究中，童庆炳具有自觉的方法论意识。"以现实的、历史的和逻辑的、综合的方法(我自称为'文化诗学')来解决一切文学理论问题，是我理解问题的基本方法。对于《文心雕龙》的文体观念，我坚持我的一贯的研究方法。"[2] 关于童庆炳"文化诗学"方法在《文心雕龙》研究中的运用，笔者在本书附录部分进行论述。

二、"论文叙笔"部分诸文体排序问题

关于《文心雕龙》文体论所包含的范围，有观点认为全书都属于文体论；有论者把"文之枢纽"和"论文叙笔"共 25 篇文

---

[1]童庆炳.《文心雕龙》三十说[M].北京：北京师范大学出版社，2016：代前言 13.

[2]童庆炳.《文心雕龙》三十说[M].北京：北京师范大学出版社，2016：94.

章合在一起,称为"文体论";还有一种论点具有一定的影响力,就是把《文心雕龙·辨骚》篇纳入文体论之中,加上"论文叙笔"部分 20 篇,认为文体论总共包括 21 篇文章。当然多数学者依然以原著为依据,认为文体论就是指"论文叙笔"部分所列 20 篇文章。笔者也坚持该观点。

面对众多文体,如何将其有规律地呈现,刘勰首先是从文笔角度进行分类排序。"若乃论文叙笔,则囿别区分"(《文心雕龙·序志》),即把所有文体按照"文"与"笔"区分为两大类。这是第一层级的文体分类。关于第一层级的分类,学界基本已达成共识,没有异议。

在第二层级分类中,由于对文笔概念的理解稍有差异,学者们的观点也不尽相同。核心问题是:对于文笔各自所应包含的文体范围出现了不同意见。大致有以下几种情况。

第一种,认为《文心雕龙》"论文叙笔"部分从《明诗》到《谐隐》,前 10 篇为文类文体,从《史传》至《书记》后 10 篇为笔类文体。

比如,刘师培在《刘师培中古文学论集》中指出:"即《雕龙》篇次言之,由第六迄于第十五,以《明诗》、《乐府》、《诠赋》、《颂赞》、《祝盟》、《铭箴》、《诔碑》、《哀吊》、《杂文》、《谐隐》诸篇相次,是均有韵之文也;由第十六迄于第二十五,以《史传》、《诸子》、《论说》、《诏策》、《檄移》、《封禅》(篇中所举……则记事之体也)、《章表》、《奏启》、《议对》、《书记》诸篇相次,是均无韵之笔也：此非《雕龙》隐区文笔二体之验乎？"[1]刘师培对魏晋六朝时期文笔对举的情况作了充分梳理，说明文笔之别已成为当时普遍的文章观念。在《文心雕龙》诸多篇章中，刘勰也将文笔相区别。

黄侃、王运熙、杨明等持论与刘师培基本相同。黄侃《文心雕龙札记》："案彦和云：文笔别目两名自近代；而其区叙众体，亦从俗而分文笔，故自《明诗》以至《谐隐》，皆文之属；自《史传》以至《书记》，皆笔之属。"[2]王运熙、杨明将"论文叙笔"分为文笔两部分：自《明诗》至《谐隐》共 10 篇论述有韵之文，自《史传》至《书记》共 10 篇论述无韵之笔。"《文心》各篇中还往往把文笔二者对举，如《体性》云：'笔区云谲，文苑波诡。'《总术》云：'文场笔苑，有术有门。'《才略》云：'孔融气盛于为笔，祢衡思锐于为文。'说明他是经常注意着文笔二者的区别的。"[3]刘勰有很强烈的文笔区分意识，他重视文学性比较突出的"文"，但也不忽视非文学文体的"笔"。

第二种，范文澜在《文心雕龙注》中的分类。他认为文类文体包括从第五篇《辨骚》开始，到第十三篇《哀吊》结束；第十四篇《杂文》和第十五篇《谐隐》属于文笔杂类文体；从第十六篇《史传》到第二十五篇《书记》则属于笔类文体。其中不包括《诸子》篇。依范文澜的观点，"鬻惟文友，李实孔师，圣贤并世，而

[1]陈引驰.刘师培中古文学论集[M].北京：中国社会科学出版社，1997：102.

[2]黄侃.文心雕龙札记[M].北京：中国人民大学出版社，2004：204.

[3]王运熙，杨明.中国文学批评史：魏晋南北朝卷[M].上海：上海古籍出版社，1996：370.

经子异流矣",《诸子》与《宗经》性质相似,故不涉及文笔。[1]詹锳的观点和范文澜基本相同,只是把《辨骚》放回到了"文之枢纽"部分。[2]

第三层级的划分,指每篇文章标题所指示的文体名称,这就是通常所说的"论文叙笔"部分,总共 20 篇文章,包括 33 种文体,兹不赘述。

第四层级的划分,指单篇文章内部所研究的具体文体,这是文体形态客观而具体的存在,基本没有争议。列举如下:

诗分为四言、五言、三六、杂言、离合、回文、联句;

乐府分为三调、鼓吹、铙歌、挽歌;

杂文包括对问、七、连珠、典、诰、誓、问、览、略、篇、章、曲、操、弄、引、吟、讽、谣、咏等;

论分为陈政、释经、辨史、诠文;

诏策包括诏、策、戒、教、命;

议分为议、驳议;

对分为对策、射策;

记分为谱、籍、簿、录、方、术、占、式、律、令、法、制、符、契、券、疏、关、刺、解、牒、状、列、辞、谚。

还有一种阐释路径是从"文本于经"的观念出发,对"论文叙笔"部分 20 篇文章组合排序的解释。颜之推曰:"夫文章者,原出《五经》:诏命策檄,生于《书》者也;序述论议,生于《易》者也;歌咏赋颂,生于《诗》者也;祭祀哀诔,生于《礼》者也;书奏

[1]范文澜.文心雕龙注:上[M].北京:人民文学出版社,1958:4-5.

[2]詹锳.刘勰与《文心雕龙》[M].北京:中华书局,1980:21.

箴铭,生于《春秋》者也。"[1]

各文体与所属经部之关系,范文澜在《文心雕龙注》中的分析如下。

《诗》:《辨骚》、《明诗》、《乐赋》、《诠赋》、《颂赞》

《礼》:《祝盟》、《铭箴》、《诔碑》、《哀吊》、《封禅》

《春秋》:《史传》、《檄移》

《易》:《论说》

《书》:《诏策》、《章表》、《奏启》、《议对》、《书记》[2]

在各文体与经部的对应关系中,范文澜总共列举了 18 种文体。在他看来,《诸子》篇与《宗经》篇并列,不属于文体种类,故不与具体经部关联。杂文、谐隐 2 种文体与经部不存在对应关系。

简良如在范文澜研究的基础上,在著作《〈文心雕龙〉之作为思想体系》中提出己说。

《诗》:《明诗》、《乐赋》、《诠赋》、《颂赞》

《礼》:《祝盟》、《铭箴》、《诔碑》、《哀吊》

《易》:《杂文》、《谐隐》、《史传》、《诸子》、《论说》

《书》:《诏策》、《檄移》、《封禅》、《章表》、《奏启》、《议对》、《书记》

《春秋》:《颂赞》、《铭箴》、《史传》、《檄移》[3]

---

[1]郁沅,张明高.魏晋南北朝文论选[M].北京:人民文学出版社,1999:434.

[2]范文澜.文心雕龙注:上[M].北京:人民文学出版社,1958:4-5.

[3]简良如.《文心雕龙》之作为思想体系[M].北京:中国社会科学出版社,2011:179.

关于《诸子》篇的归属,简良如认为,"《诸子》派入《易》,理由是《诸子》曾提到它与论仅有范围上之差异:'博明万事为子,适辨一理为论',而论属《易》,诸子故亦从之"[1]。

关于"杂文"与"谐隐"两种文体,简良如认为它们前后相继、性质相近,应出自同一部经典。据《文心雕龙·杂文》所言,"详夫汉来杂文,名号多品:或典诰誓问,或览略篇章,或曲操弄引,或吟讽谣咏。总括其名,并归杂文之区;甄别其义,各入讨论之域"。由此,"杂文"归于"论体",属于《易》部。刘勰评价"谐隐"是"九流之小说"的说法立足于诸子角度,还有它们兼具"《征圣》'隐义以藏用'、'精义以曲隐'和《宗经》'旨远辞文,言中事隐'等《易》之特质,皆可作为《谐隐》收入《易》系统的佐证"[2]。与范文澜的观点相比,还有一些不同之处,不再一一分析。简良如在"五经"与"论文叙笔"诸文体之间种属关系分析上很用力,在前人基础上有较多创新之处,笔者在下文的分类中采用之。

三、"文本于经"原则下的各文体归属

(一)《诗》部诸文体

《诗》部诸文体包括《明诗》、《乐府》、《诠赋》、《颂赞》等篇目。

---

[1]简良如.《文心雕龙》之作为思想体系[M].北京:中国社会科学出版社,2011:157.

[2]简良如.《文心雕龙》之作为思想体系[M].北京:中国社会科学出版社,2011:159.

刘勰把诗赋置于诸文体之首，这和六朝文学创作的繁荣发展以及文笔之辨有很大关系。

《文心雕龙·明诗》："大舜云：诗言志，歌永言。圣谟所析，义已明矣。是以在心为志，发言为诗，舒文载实，其在兹乎！"此处继承了《尚书·尧典》和《毛诗大序》的说法。《毛诗大序》："诗者，志之所之也，在心为志，发言为诗。情动于中而形于言"，"发乎情，止乎礼义"。刘勰受《毛诗大序》的影响更为直接，一方面强调诗歌抒情言志的本质特征，另一方面强调这种情志要接受儒家伦理道德的约束。《文心雕龙·明诗》："诗者，持也，持人情性；三百之蔽，义归无邪，持之为训，有符焉尔。"该句也受到孔子"诗无邪"的论诗标准影响，是对孔子诗学思想的继承和发展，符合《文心雕龙·宗经》篇"情深而不诡"的要求。刘勰又采引纬书《诗含神雾》之说，训"诗"为"持"，突出其"持人情性"之功用。《文心雕龙·明诗》："观其二文，辞达而已"，用孔子的"辞达"说法评价尧舜诗歌，暗含"征圣"意图。《文心雕龙·明诗》："神理共契，政序相参。英华弥缛，万代永耽。"诗歌本质上是表达情志的，但它源于自然之道，发挥了政治伦理功能，千百年来被人们所喜爱，以抒发情志来成就立言。

《文心雕龙·乐府》："乐府者，声依永，律和声也。"此句对"乐府"进行"释名以彰义"，出自《尚书·舜典》："诗言志，歌永言，声依永，律和声。"说明乐府重视声律的特征，主要指配乐的诗歌。《文心雕龙·乐府》："夫乐本心术，故响浃肌髓，先王慎焉，务塞淫滥。敷训胄子，必歌九德，故能情感七始，化动八风。"这是典型的儒家乐教观。音乐对人情感的影响更为深入，可以到达灵魂的深处。《荀子·乐论》："夫声乐之入人也深，其化人也速,故先王谨为之文;乐中平则民和而不流,乐肃庄则民齐而不乱。"[1]《汉书·礼乐志》:"乐者,圣人之所乐也,而可以善民心。其感人深,其移风易俗易,故先王著其教焉。"[2]"夫乐本情性,浃肌肤而藏骨髓,虽经乎千载,其遗风余烈尚犹不绝。"[3]班固所说"虽经乎千载,其遗风余烈尚犹不绝",出自性情的音乐对人的影响是永久的。刘勰说到"情感七始,化动八风",意即音乐能够影响宇宙万物,远达八方。前者从时间角度论述,后者侧重于讲音乐的空间影响。配上音乐的诗歌,其传播和教化功能更为强大,是超越时空的立言不朽佳作。

《文心雕龙·诠赋》:"赋者,铺也,铺采摛文,体物写志也。"纪昀评点道:"'铺采摛文',尽赋之体;'体物写志',尽赋之旨。"[4]纪昀肯定了刘勰对于赋体的准确把握。语言文辞华丽是赋的外在表现形态,而赋体的内容在于"体物"与"写志"的结合。既要抒发情志又要尽物之态,达到情景交融的艺术效果。《文心雕龙·诠赋》:"丽词雅义,符采相胜。"刘勰又从词义关系上分析,"丽"是赋的语言文辞上的美学追求,但是又必须讲究雅正的内容。"雅正思想与艳丽词句之间是矛盾的,'雅正'很难用艳丽的词语来表现,而艳丽的词语也似乎难以与

[1]张少康,卢永璘. 先秦两汉文论选[M]. 北京:人民文学出版社,1996:183.

[2]张少康,卢永璘. 先秦两汉文论选[M]. 北京:人民文学出版社,1996:562.

[3]张少康,卢永璘. 先秦两汉文论选[M]. 北京:人民文学出版社,1996:563.

[4]黄霖. 文心雕龙汇评[M]. 上海:上海古籍出版社,2005:35.

'雅正'相匹配。丽词与雅义是一个矛盾结构。"[1]童庆炳指出，《文心雕龙·诠赋》篇提出的"丽词雅义"的写作原则具有普遍性意义，而刘勰重点要解决的是如何解决"丽词雅义"之间的矛盾。《文心雕龙·诠赋》:"原夫登高之旨，盖睹物兴情。情以物兴，故义必明雅;物以情观，故词必巧丽。"这里提出"睹物兴情"的方法，强调"情"与"物"的互动应和、有机融合。当然"雅义"偏于儒家的道德教化，要求赋发生劝诫功能而非追求唯美。《文心雕龙·诠赋》:"然逐末之俦，蔑弃其本，虽读千赋，愈惑体要。""夫京殿苑猎，述行序志，并体国经野，义尚光大。"对于叙写"京殿苑猎"的汉大赋，关系国家大事，意义重大。赋体语言形式的华美艳丽，加上它主要为封建帝王"润色鸿业"，得到统治阶级的喜好和支持，因此更易于传播久远。

(二)《礼》部诸文体

《礼》部文体包括《祝盟》、《铭箴》、《诔碑》、《哀吊》等篇目。《诔碑》篇在前文已有比较集中的论述，此处不再赘述。

《文心雕龙·祝盟》:"天地定位，祀遍群神，六宗既禋，三望咸秩。甘雨和风，是生黍稷，兆民所仰，美报兴焉。"有了天、地、人，祭祀就产生了。由于神灵护佑，万物形成秩序，人们得到福祉，于是便以各种祭祀汇报诸神。在这个过程中，祝文形成了，"牺盛惟馨，本于明德，祝史陈信，资乎文辞"(《文心雕龙·祝盟》)。

《文心雕龙·祝盟》:"凡群言发华，而降神务实，修辞立诚，在于无愧。祈祷之式,必诚以敬;祭奠之楷,宜恭且哀:此其大较也。"该句论述祭祀活动中祝文的特征,我们从中能够感受到古老祭祀文化的特点,那就是在祈祷活动中,必须态度诚恳恭敬,在祭奠中,恭谨悲哀。《礼记·祭统》有言:"凡治人之道,莫急于礼;礼有五经,莫重于祭。夫祭者,非物自外至者也,自中出,生于心也,心怵而奉之以礼。是故唯贤者能尽祭之义。"[1]参与祭祀活动,必须"自中出"、"生于心",完全出于态度情感之真诚。祝文在古老的祭祀活动中产生,并为之服务,因此,对于祝文需要"修辞立诚,在于无愧",表现出主体内心态度的真实无伪。纪昀评点《文心雕龙·祝盟》道:"此篇独崇实而不论文,是其识高于文士处。非不论文,论文之本也。"[2]纪评甚为精彩。刘勰着笔之处,让我们更多看到的是古老祭祀文化活动中人的精神状态,恭敬真诚,不能有半点儿虚伪做作之态,这对于我们今天的诚信文化建设亦具有借鉴意义。人生在世,文章固然重要,但文章与人的言行活动比较起来只能处于从属地位。正是人的言行思想决定了文的产生发展。因此,在纪昀看来,《文心雕龙·祝盟》篇不是一般性地论文,而是论文的根本问题。对文章来说,主体的思想情感和真诚的态度是居于首位的,这应该是古今所有文章的共同规律,是写作立言活动的基本要求。

关于盟体,《文心雕龙·祝盟》:"盟者,明也。驷毛白马,珠盘玉敦,陈辞乎方明之下,祝告于神明者也。"该句说"盟"的基

---

[1]孙希旦.礼记集解:下[M].北京:中华书局,1989:1236.

[2]黄霖.文心雕龙汇评[M].上海:上海古籍出版社,2005:41.

本含义是"明"。使用器物举行特定的仪式，告于神明的文辞为盟。盟文的要义在于坚持信用。"然义存则克终，道废则渝始。"（《文心雕龙·祝盟》）信义存在，盟誓方能贯彻；反之，盟誓就没有意义。《文心雕龙·祝盟》："周衰屡盟，以及要契，始之以曹沫，终之以毛遂。"周衰败之后，使用暴力劫持手段订立盟约的情况就出现了，曹沫和毛遂就是实例。吴承学指出，"假如纯粹从文学的角度来看盟誓之文，也许会大失所望。这正是长期以来，这类文体未受到注意的原因之一。口头形态与实用功能是原始文体的基本特征，盟誓之文，从口头文体向文字形态转化后，仍然保持着强烈的实用性，文学性处于非常次要的地位"[1]。盟文虽然缺乏文学性，但在古代社会政治生活中发挥着重大作用，是"经国之大业"，其现实意义超过了许多辞藻华丽的文章，体现了人性的复杂。刘勰将盟文作为一种文体来研究，体现了他重实用的独特文章观。盟文的写作，"感激以立诚，切至以敷辞"（《文心雕龙·祝盟》），需要以恳切的诚意写作。"然非辞之难，处辞为难"（《文心雕龙·祝盟》），关键在于兑现承诺，不在于盟文本身的写作。

《文心雕龙·哀吊》："赋宪之谥，短折曰哀。哀者，依也。悲实依心，故曰哀也。以辞遣哀，盖不泪之悼，故不在黄发，必施夭昏。"哀的意思是依，起初哀辞只针对夭折之人使用。因为年幼而亡，更添几分悲痛。"及后汉汝阳王亡，崔瑗哀辞，始变前式"（《文心雕龙·哀吊》），到东汉崔瑗给汝南王刘畅写哀辞，出现了给成年人逝后写哀辞的现象。"原夫哀辞大体，情主于痛

---

[1]吴承学.先秦盟誓及其文化意蕴[J].文学评论,2001(1):111.

伤,而辞穷乎爱惜。幼未成德,故誉止于察惠;弱不胜务,故悼加乎肤色。"(《文心雕龙·哀吊》)从刘勰对哀体写作特点的概括来看,所谓表达哀痛、爱惜的情感主要是针对夭折之人说的。他指出,在把哀痛的情感充分表达出来时,不能过度追求文辞之美,"隐心而结文则事惬,观文而属心则体奢"(《文心雕龙·哀吊》)。

《文心雕龙·哀吊》:"吊者,至也。诗云:神之吊矣,言神至也。君子令终定谥,事极理哀,故宾之慰主,以至到为言也。"吊是到的意思,在人正常死亡后,安慰死者家属就是吊。与哀文侧重用于夭折之人不同,吊体主要用于去世的成年人。《文心雕龙·哀吊》:"凡斯之例,吊之所设也。或骄贵而殒身,或狷忿以乖道,或有志而无时,或美才而兼累:追而慰之,并名为吊。"吊文实际是对死者一生的评价,刘勰的分析涉及"身"、"道"、"志"、"才"等,这样的概括比较全面。无论人的一生贡献大小,临终都要带着缺憾离世,得到后人的哀悼怀念。《文心雕龙·哀吊》赞曰:"辞定所表,在彼弱弄。苗而不秀,自古斯恸。虽有通才,迷方告控。千载可伤,寓言以送。"对于《文心雕龙·哀吊》的赞语,张国庆、涂光社指出,"《文心雕龙》各篇赞语,大多写得很好,有的甚至非常精彩(如《征圣》篇赞语),而本篇(指《哀吊》——本书作者注)赞语却写得很不好"[1],原因是三、四句与一、二句语意重复,五、六句只是表明哀吊之文的不易,没有正面总结其特点。此评价有一定的合理性。关于"辞之所哀"的

---

[1]张国庆,涂光社.《文心雕龙》集校、集释、直译:上[M].北京:中国社会科学出版社,2015:260.

"辞"，从下文看应该指哀辞，因为二、三、四句都针对夭折而言。后面的几句针对何种文体难以确认，导致有学者翻译时出现矛盾。"总之，吊辞所哀伤的，在于幼弱的儿童。幼苗不能成长，自古以来都为之悲痛。"[1] 在刘勰看来，吊辞主要是针对成年人的死亡而写。笔者以为，《文心雕龙·哀吊》赞语的可贵之处在于，指出了哀吊文体所表现的"千载可伤，寓言以送"（《文心雕龙·哀吊》)的情感。人作为"五行之秀"、"天地之心"（《文心雕龙·原道》)，生命极其可贵，而人的死亡会给后人带来无限悲痛，尤其由夭折引发的千古悲痛具有普遍性。因此，优秀的哀吊之文表达的哀伤惋惜，可以引起后人情感上的共鸣，成为不朽之作。

(三)《易》部诸文体

《易》部文体主要包括《杂文》、《谐隐》、《史传》、《诸子》、《论说》等文体。《诸子》篇在前文已有比较集中的论述，此处不再赘述。

《文心雕龙·杂文》："凡此三者，文章之枝派，暇豫之末造也。"刘勰在追溯了"对问"、"七"体、"连珠"三种文体后，认为杂文是正统文体的支流，属于闲暇娱乐之作；但他认为杂文作者是颇具聪明才智、富有义采的博学高雅之人。《文心雕龙·杂文》："原兹文之设，乃发愤以表志。身挫凭乎道胜，时屯寄于情泰，莫不渊岳其心，麟凤其采，此立本之大要也。"该句总结对问体的形成，是由于作者受到挫折时依靠"道"来解脱，遇到困难时能够泰然处之，都是抒发愤懑、寄托情志之作。苏勤认为，

---

[1]陆侃如，牟世金. 文心雕龙译注[M]. 济南：齐鲁书社，1995:217.

"刘勰的这一观点看似是沿袭司马迁的'发愤著书'说,实际上是对自孔子作《春秋》以来儒家著述立言的传统观点的继承"[1]。对于"七"体,刘勰指出枚乘《七发》具有"腴辞云构,夸丽风骇"、"信独拔而伟丽矣"(《文心雕龙·杂文》)的特征,言其文辞艳丽夸张,才华出众。随后,他指出"七"体中的佳作,同时对枚乘写作中的不足进行分析,"或文丽而义暌,或理粹而辞驳"(《文心雕龙·杂文》),出现了文辞和内容之间不匹配的弊端,造成"讽一劝百,势不自反"(《文心雕龙·杂文》)的不良倾向。对于"连珠",刘勰称赞扬雄是首创,"辞虽小而明润矣","义明而词净,事圆而音泽"(《文心雕龙·杂文》)。该体意义明确而文字干净,事理完备而音韵丰润。同时,刘勰也批评了杜笃、贾逵、刘珍、潘勖等写作"连珠",机械模仿,不得要领。《文心雕龙·杂文》:"详夫汉来杂文,名号多品:或典诰誓问,或览略篇章,或曲操弄引,或吟讽谣咏,总括其名,并归杂文之区;甄别其义,各入讨论之域;类聚有贯,故不曲述。"文末列举了16种杂文文体,考察它们的意义,可以归入其他文体去讨论。范文澜解释说:"凡此十六名,虽总称杂文,然典可入《封禅篇》,诰可入《诏策篇》,誓可入《祝盟篇》,问可入《议对篇》,曲操弄引吟讽谣咏可入《乐府篇》;章可入《章表篇》;所谓'各入讨论之域'也。(览,略,篇,或可入《诸子篇》。)。"[2]

《文心雕龙·谐隐》:"谐之言皆也。辞浅会俗,皆悦笑也。"

[1]苏勤.《文心雕龙·杂文》篇论辩[J].传奇·传记文学选刊(教学研究),2012(5):25.

[2]范文澜.文心雕龙注:上[M].北京:人民文学出版社,1958:269.

"谐"与"皆"意思相近,语言浅显通俗,是能引起大家笑声的诙谐作品。对于谐文,虽然语言诙谐滑稽,但其内容严肃正确,"其辞虽倾回,意归义正也"。《文心雕龙·谐隐》:"讔者,隐也;遁辞以隐意,谲譬以指事也。""讔"是隐藏之义,用隐蔽的语言暗示某种意思,用委婉的譬喻指向某个事物。"隐语之用,被于纪传,大者兴治济身,其次弼违晓惑。"(《文心雕龙·谐隐》)历史上隐语曾在国家政治、军事、外交等领域发生过重大作用,刘勰列举数例,比如春秋时萧国大夫还无社求救于楚国大夫叔展,用"费井"和"麦麹"做隐喻;吴国大夫叔仪向鲁国军队借粮食,唱歌"珮玉",呼号"庚癸",表明缺衣少食;楚国伍举用三年不飞不鸣的大鸟向楚庄王进谏,获得良好效果。隐语也可以使人纠正错误,解除疑惑。刘勰在《文心雕龙·谐隐》赞语里总结谐隐文体的功能,"古之嘲隐,振危释惫。虽有丝麻,无弃菅蒯。会义适时,颇益讽诫。空戏滑稽,德音大坏",意思是说这两种文体虽非儒家正体,但具有挽救危急、解除困难的功能。如果使用得当,就会发挥讽谏作用而被载入史册;如果当作滑稽游戏,作者的声誉会被贬损。尽管谐隐两体出于文体末段,所谓"譬九流之有小说"(《文心雕龙·谐隐》),但刘勰依然重视其社会功能,其实它们也关涉立言的大事。

《文心雕龙·论说》:"论者,伦也;伦理无爽,则圣意不坠。""论"的意思是道理,道理正确,就不会与圣人的意思相抵触。"论也者,弥纶群言,而研精一理者也","百虑之筌蹄,万事之权衡也"。作为文体之"论",不是日常普通的讲道理,而是要站在一定的理论高度,阐发经书的含义,综合各家学说观点,通过深入思考形成自己独特的观点和见解。《文心雕龙·诸子》:

"博明万事为子,适辨一理为论。"因此,"论"比诸子著作低一个层次,论只是就某个方面发表见解,子书则是较系统的理论建构。刘勰认为宋岱、郭象善于思考精微深奥的道理,夷甫、裴頠在有无方面的辩论很出色,他们具有"独步当时,流声后代"(《文心雕龙·论说》)的影响。这种以某种观点得到人们称赞,从而流传后世的情形比较普遍,是成功的立言者。在写作方面,"义贵圆通,辞忌枝碎:必使心与理合,弥缝莫见其隙;辞共心密,敌人不知所乘"(《文心雕龙·论说》),论体指归为辨明是非提出论点,因此,需要把道理说得全面通透,不能以辞害志。如此才能使思想和道理高度统一,而文辞要揭示内心世界。

《文心雕龙·论说》:"说者,悦也。兑为口舌,故言资悦怿;过悦必伪,故舜惊谗说。""说"的意思是喜悦,"说"字从"兑",说明语言令人喜悦;但过分讨人喜悦的言语,往往是虚假的。《文心雕龙·论说》:"纵横参谋,长短角势;转丸骋其巧辞,飞钳伏其精术。""说"作为一种文体,主要表现在春秋战国时期游说之士以言语立功,其实这也是一种立言的例证。到了汉代以后,此种形式的说体逐渐失去了之前的功效。《文心雕龙·论说》:"凡说之枢要,必使时利而义贞;进有契于成务,退无阻于荣身。自非谲敌,则唯忠与信。披肝胆以献主,飞文敏以济辞,此说之本也。"意思是说理文重在解决时政难题,说者以口舌雄辩地完成任务又全身而退,需要忠信和敏锐的文思来措辞。论说文表述观点,探究天地人的至理,使人们叹服,影响深远,所谓"理形于言,叙理成论。词深人天,致远方寸"(《文心雕龙·论说》)。

(四)《书》部诸文体

《书》部文体主要包括《诏策》、《檄移》、《封禅》、《章表》、《奏启》、《议对》、《书记》等文体。

《文心雕龙·诏策》:"皇帝御宇,其言也神:渊嘿黼扆,而响盈四表,唯诏策乎!"在古代皇权社会中,帝王的话语是神圣的,国家的政策法规通过诏策来颁布。因此,诏策在古代社会运行中具有权威性和公共约束力。"昔轩辕唐虞,同称为命。命之为义,制性之本也。"在古代黄帝、尧舜时期,帝王的话被称为"命"。到夏商周时代,命分为诰和誓,所谓"其在三代,事兼诰誓"(《文心雕龙·诏策》)。"誓以训戎,诰以敷政。"(《文心雕龙·诏策》)誓体主要用于军事方面,诰体用于行政方面。到了战国时期,称为"令"。"秦并天下,改命曰制。"(《文心雕龙·诏策》)秦朝统一六国后,把"命"改为"制"。汉初制定法度,命分为四种:"一曰策书,二曰制书,三曰诏书,四曰戒敕"(《文心雕龙·诏策》),分别用于册封王侯,颁布赦令,诏告百官,警戒地方。魏晋时期,管理诏策的机构为中书省,"自魏晋诰策,职在中书"(《文心雕龙·诏策》)。古代诏令文体的历史演变相当复杂,每种文体都对应于管理领域和功能,应用性非常突出,从中反映出刘勰重功用的文章价值观。诏策类文体关乎"经国之大业","王言之大,动入史策,其出如綍,不反若汗","夫王言崇秘, 大观在上, 所以百辟其刑, 万邦作孚"(《文心雕龙·诏策》)。帝王代表国家行使权力, 因此刘勰强调一定要慎重写作。诏书不仅在当时代表帝王行使治国权力, 还会被写入历史,传于后世,受到后人评说。刘勰称赞汉武帝时期的诏书文辞典雅,弘大深刻,为后世作出了示范。"武帝崇儒,选言弘奥。

策封三王，文同训典；劝戒渊雅，垂范后代。"(《文心雕龙·诏策》)刘勰同时举出诏书写作草率的反面例子，如汉光武帝刘秀在用诏书处理事务方面就有不妥之处。"逮光武拨乱，留意斯文，而造次喜怒，时或偏滥：诏赐邓禹，称司徒为尧；敕责侯霸，称黄钺一下。"(《文心雕龙·诏策》)曹丕在诏书中指使下属"作威作福"。"魏文帝下诏，辞义多伟，至于作威作福，其万虑之一弊乎。"(《文心雕龙·诏策》)对诏策写作来说，刘勰分别提出了具体要求。"故授官选贤，则义炳重离之辉；优文封策，则气含风雨之润；敕戒恒诰，则笔吐星汉之华；治戎燮伐，则声有洊雷之威；眚灾肆赦，则文有春露之滋；明罚敕法，则辞有秋霜之烈。"(《文心雕龙·诏策》)授官选贤时对其才能要写得明白，褒奖册封臣下须显出风雨般的关切，敕正教戒应指切事理，治戎燮伐须表现出雷霆般的声威，眚灾肆赦须显出春露般的宽赦，明罚敕法须写出秋霜似的刚烈确切。唯有如此，才能体现帝王权威，使其声名远扬，"辉音峻举，鸿风远蹈。腾义飞辞，涣其大号"(《文心雕龙·诏策》)。诏策类文章随之就能实现立言不朽的价值。

《文心雕龙·封禅》："是史迁八书，明述封禅者，固禋祀之殊礼，名号之秘祝，祀天之壮观矣。"司马迁在《史记》中把《封禅书》列为《八书》之一来讲述古代封禅典礼。古代帝王视天下为己所有，一旦取得政权之后便有祭拜天地的愿望，这是权力的象征。《史记·封禅书》："天子祭天下名山大川，五岳视三公，四渎视诸侯，诸侯祭其疆内名山大川。"古代天子、三公与诸侯由于政治地位不同，在祭祀之礼中所拥有的权力大小都有严格规定，不得僭越。而祭拜天下名山大川的封禅之礼由皇帝亲自主持，"固知玉牒金镂，专在帝皇也"（《文心雕龙·封禅》）。封禅的目的主要在于歌功颂德，铭记功绩。"夫正位北辰，向明南面，所以运天枢，毓黎献者，何尝不经道纬德，以勒皇迹者哉？"（《文心雕龙·封禅》）古代帝王南面而治，养育百姓，颂扬其德是自然的事情。封禅的另一目的在于"戒慎"，"戒慎以崇其德，至德以凝其化"（《文心雕龙·封禅》）。只有通过"戒慎"式的自我反省，君主才能尽可能少犯过错，提升道德水准以化育万物，更好地维护统治。因此，刘勰多次强调至高无上的道德对于封禅的重要性，封禅蕴含着丰富的道德内容。"铺观两汉隆盛，孝武禅号于肃然，光武巡封于梁父：诵德铭勋，乃鸿笔耳"（《文心雕龙·封禅》），这是说两汉封禅仪式隆重，西汉武帝在肃然山、东汉光武帝在梁父山封禅，都是向上天昭告至大功德的。"然则西鹣东鲽，南茅北黍，空谈非征，勋德而已。"（《文心雕龙·封禅》）刘勰认为管仲所讲的"西鹣东鲽"、"南茅北黍"等祥瑞，都是没法验证的空谈，但都可用来表征帝王功德。对于封禅文的写作，刘勰指出，"构位之始，宜明大体，树骨于训典之区，选言于宏富之路；使意古而不晦于深，文今而不坠于浅，义吐光芒，辞成廉锷，则为伟矣"（《文心雕龙·封禅》）。在写作上要整体谋划，以经典为榜样，注意宏伟富丽的写作风格，使内容合于古意但不至于深奥，文辞新颖但不能浅俗，内容大放光彩而文辞锋利。优秀的封禅文体现了一个时代的典章制度和帝王的功业品德，传之八方，成为立言著作，所谓"驱前古于当今之下，腾休明于列圣之上"，"逖听高岳，声英克彪。树石九旻，泥金八幽。鸿律蟠采，如龙如虬"（《文心雕龙·封禅》）。

在《文心雕龙·章表》篇首，刘勰首先追溯了章表的文体起源，"敷奏以言，明试以功"。在尧舜时代，群臣以口头语言向帝王陈述政见，帝王据此查核其政绩。这种口头陈述已经具有章表的功能，"然则敷奏以言，则章表之义也"（《文心雕龙·章表》）。"至太甲既立，伊尹书诫，思庸归亳，又作书以赞。文翰献替，事斯见矣。"（《文心雕龙·章表》）到了商代，大臣伊尹作《伊训》《太甲》先后训诫和赞美君王太甲，书面形式的章表出现了。周代口头和书面形式的向君王陈述意见并存，两者没有根本区别。"周监二代，文理弥盛，再拜稽首，对扬休命，承文受册，敢当丕显，虽言笔未分，而陈谢可见。"（《文心雕龙·章表》）战国时期，臣对君提出意见，称为"上书"，"降及七国，未变古式，言事于主，皆称上书"（《文心雕龙·章表》）。秦代则称为"奏"。"秦初定制，改书曰奏。"（《文心雕龙·章表》）汉代章表的名称正式出现。"汉定礼仪，则有四品：一曰章，二曰奏，三曰表，四曰议。"（《文心雕龙·章表》）"章者，明也。诗云为章于天，谓文明也；其在文物，赤白曰章。"（《文心雕龙·章表》）章的意思是明，按诗经里的说法就是文采鲜明，物体的赤白交错为章。"表者，标也。礼有表记，谓德见于仪；其在器式，揆景曰表。"（《文心雕龙·章表》）表的意思是标，《礼记》里的《表记》篇，是说君子的品德修养外现于仪表；测量日影的器具称为表。《文心雕龙·章表》："原夫章表之为用也，所以对扬王庭，昭明心曲。"章表是用来对答朝廷、颂扬皇恩、表达忠心的，在国家政事处理中发挥着极其重要的作用，为"经国之枢机"。对君主来说，通过章表收集群臣治国建议，及时调整有关政令；对大臣而言，对朝廷呈献章表既是自身职责，又可以向君主展现才华修养，"既其身文，且亦国华"（《文心雕龙·章表》）。"是以章式炳贲,志在典谟;使要而非略,明而不浅。"(《文心雕龙·章表》)章是用来谢恩的,故其体式鲜明,以《尚书》中的《尧典》、《大禹谟》为范式,应写得精要而不粗略,明白而不肤浅。"表体多包,情伪屡迁,必雅义以扇其风,清文以驰其丽。"(《文心雕龙·章表》)表是陈请朝廷的,故涉及多方面的事项,情感起伏变化,复杂激烈,需要以儒家雅正的思想来增加其风教,用清新的文辞来展现其华丽。章表写作需要做到情文合一、华实相称,"然恳恻者辞为心使,浮侈者情为文使,繁约得正,华实相胜,唇吻不滞,则中律矣"(《文心雕龙·章表》)。

关于奏的文体起源,尧舜时代大臣以口头语言向帝王陈述建议。《文心雕龙·奏启》:"昔唐虞之臣,敷奏以言。"到了秦汉时期,把上书称为"奏"。"秦汉之辅,上书称奏。"(《文心雕龙·奏启》)"奏者,进也;言敷于下,情进于上也。"(《文心雕龙·奏启》)"奏"的意思是进,下属向君主进言,下情上达。奏的内容方面,"陈政事,献典仪,上急变,劾愆谬,总谓之奏"(《文心雕龙·奏启》)。陈述政治事务,提出典章礼仪,上报紧急事变,弹劾罪愆,检举谬误。对于奏书的写作,"夫奏之为笔,固以明允笃诚为本,辨析疏通为首,强志足以成务,博见足以穷理,酌古御今,治繁总要,此其体也"(《文心雕龙·奏启》)。明鉴、公允、忠厚、诚实为其根本,辨析道理、疏通上下为首要任务。用坚强的意志来完成政事,用广博的见识来穷尽事理,以古鉴今,以简驭繁。刘勰对奏文写作的基本要求,完全立足于朝廷政务需求,体现了君臣之间的政治关系,是一种典型的实用主义文章观。关于奏书的文采问题,刘勰指出,法家不注意文辞修饰,"秦始立奏,而法家少文"(《文心雕龙·奏启》);而儒家重视辞采，"自汉以来，奏事或称上疏；儒雅继踵，殊采可观"（《文心雕龙·奏启》）。他主张兼取法、儒之长，"是以立范运衡，宜明体要；必使理有典刑，辞有风轨，总法家之式，秉儒家之文"（《文心雕龙·奏启》）。将法家的法治意识和儒家的文辞修饰结合起来，成就"绝席之雄，直方之举"（《文心雕龙·奏启》）的完美奏文。"启者开也。高宗云，启乃心，沃朕心，取其义也。"（《文心雕龙·奏启》）启的意思是开，刘勰引用《尚书·说命》中商王武丁的话，意思是"开启你的心扉，浇灌我的心灵"。西汉景帝明"启"，为了避讳，两汉不用"启"的名称。"孝景讳启，故两汉无称。"（《文心雕龙·奏启》）魏代的笺记中开始用"启"，"至魏国笺记，始云启闻。奏事之末，或云谨启"（《文心雕龙·奏启》）。到了晋代，普遍用"启"，"自晋来盛启，用兼表奏"（《文心雕龙·奏启》）。刘勰认为，"启"为"奏"的分支、"表"的别干，在写作方面，"必敛饬入规，促其音节，辨要轻清，文而不侈，亦启之大略也"（《文心雕龙·奏启》）。需要整饬合于法度，收紧音节，切中要害，文风轻清，不过分追求文采。

《文心雕龙·议对》："周爰咨谋，是谓为议；议之言宜，审事宜也。"周代祖先与幽人商讨，就是"议"。"议"就是讲究适宜，审度合于事宜的问题。《文心雕龙·议对》："易之节卦，君子以制度数议德行。周书曰，议事以制，政乃弗迷。议贵节制，经典之体也。"《周易·节卦》象辞说君子节制礼仪，来议论人的德行；《尚书·周官》中所说的做事之前进行议论，政事才不会迷乱。刘勰指出，古代早就有议事制度，在制定政令和实施某个重大事项前，要先组织议论、讨论，借鉴前人做法，辨别是非曲直、措施优劣等，所谓"故其大体所资，必枢纽经典；采故实于前代，观通变于当今；理不谬摇其枝，字不妄舒其藻"(《文心雕龙·议对》)。议论奏文为合理决策提供了参考，可指导政事有序进行，意义重大。刘勰对其写作提出了严格要求："又郊祀必洞于礼，戎事必练于兵，田谷先晓于农，断讼务精于律。然后标以显义，约以正辞：文以辨洁为能，不以繁缛为巧；事以明核为美，不以深隐为奇，此纲领之大要也。"(《文心雕龙·议对》)意即写作议奏文必须多方了解实情，通晓写作对象的内容，运用公正的文辞显示其重大意义。要求文辞明辨简洁，不要过分追求华丽；内容以简明真实为准，不能显得曲折隐晦。刘勰还从反面指出议奏文写作过分追求文辞华美所造成的弊端，"若不达政体，而舞笔弄文，支离构辞，穿凿会巧，空骋其华，固为事实所摈，设得其理，亦为游辞所埋矣"(《文心雕龙·议对》)。在他看来，议奏文所要解决的是关乎生计的国家大事，不能以舞笔弄文为能事，否则会重蹈"秦女楚珠"、"末胜其本"的覆辙。"又对策者，应诏而陈政也；射策者，探事而献说也。言中理准，譬射侯中的，二名虽殊，即议之别体也。"(《文心雕龙·议对》)关于"对"体，有两种情况：一是应帝王的诏命而写的，叫"对策"；另一种叫"射策"，是自己选取题目陈述见解。两者都是对答说理的文章，名称有别，其实都属于奏议类文体。因此，在刘勰看来，议和对之间并非泾渭分明，在议论时可以对答所提出的问题，在对答时往往会穿插议论。对于议对之作者，刘勰提倡文质兼修。"难矣哉，士之为才也！或练治而寡文，或工文而疏治；对策所选，实属通才，志足文远，不其鲜欤！"(《文心雕龙·议对》)议对文对于治国尤其重要，而现实中作者要么熟悉政务但缺乏文采，要么工于文辞但对政事生疏，最佳的作者应该是两者兼备。因此,刘勰慨叹"难矣哉"。但是杰出的议对文能为国家提供重要帮助,对后世具有借鉴作用,能产生深远影响,实现立言不朽的文章价值,即所谓"治体高秉,雅谟远播"(《文心雕龙·议对》)。

《文心雕龙·书记》:"故书者,舒也;舒布其言,陈之简牍,取象于夬,贵在明决而已。"书即舒展之意,把言辞写在简牍上就是书,其文字明确决断。"大舜云:书用识哉!所以记时事也。盖圣贤言辞,总为之书,书之为体,主言者也。"(《文心雕龙·书记》)大舜曾说过:"书写以记载过错。"因此,书用来记载时事。古代圣贤的言辞称为"书",书这种文体,主要是记录言辞心声。夏商周三代,政务不繁杂,书面记载较少;春秋时期,政事繁杂,文书逐渐增加。"三代政暇,文翰颇疏。春秋聘繁,书介弥盛。"(《文心雕龙·书记》)战国时期,文书语言奇丽;汉代以来文札,文辞气度比较复杂,"及七国献书,诡丽辐辏;汉来笔札,辞气纷纭"(《文心雕龙·书记》)。战国以前,书体文章没有上下等级之别,"战国以前,君臣同书"(《文心雕龙·书记》)。到了东汉以后,书体文章出现了名位等级差异,"迄至后汉,稍有名品,公府奏记,而郡将奏笺。记之言志,进己志也。笺者,表也,表识其情也"(《文心雕龙·书记》)。刘勰认为书体不仅用于朝廷公务,也存在于文士的日常生活交往领域,因此它具有言志抒情的功能。《文心雕龙·书记》:"详总书体,本在尽言,言以散郁陶,托风采,故宜条畅以任气,优柔以怿怀。文明从容,亦心声之献酬也。"对于书体的言志抒情特征,刘勰作了进一步说明,既要把郁积于心的真情实感充分表达出来,又要从容流露,以利于思想的深入交流。《文心雕龙·书记》:"夫书记广大,衣被事体,笔札杂名,古今多品。"刘勰认为书记笔札名目繁多,并将之细分为六类共24种。范文澜解释说:"彦和之意,书记有广狭二义。自狭义言之,则已如上文所论。自广义言之,则凡书之于简牍,记之以表志意者,片言只句,皆得称为书记。"[1]《文心雕龙·书记》赞曰:"文藻条流,托在笔札。既驰金相,亦运木讷。万古声荐,千里应拔。庶务纷纶,因书乃察。"书记类的文章包含众多文体,有的文采斐然,有的质朴无华,但都可以声名远扬,传播千里,实现不朽的价值。

（五）《春秋》部诸文体

《春秋》部文体主要包括《颂赞》、《铭箴》、《史传》、《檄移》等篇目。

《文心雕龙·颂赞》:"颂者,容也,所以美盛德而述形容也。"这是对颂体的基本界定,来自《毛诗大序》的说法,"颂者,美盛德之形容,以其成功,告于神明者也"。刘勰将《诗经》中颂与风、雅比较,风、雅写人,有正变;颂昭告神明,"义必纯美"。随着颂体的发展,它由最初的"颂主告神"逐渐用于人事;发展到屈原的《橘颂》,"情采芬芳,比类寓意,又覃及细物矣"(《文心雕龙·颂赞》)。《文心雕龙·颂赞》:"至于秦政刻文,爰颂其德,汉之惠景,亦有述容。"由此看来,颂体的主旨是歌功颂德,在写作上有其特殊要求。与赋比较,"原夫颂惟典雅,辞必清铄;敷写似赋,而不入华侈之区"(《文心雕龙·颂赞》)。颂可以铺陈文辞,但不能过于艳丽。与铭体相同,"敬慎如铭,而异乎规戒之域"(《文心雕龙·颂赞》),庄重严肃方面与铭体相同,但

[1]范文澜. 文心雕龙注:下[M]. 北京:人民文学出版社,1958:481.

没有警戒之意。颂体的写作要求是"典雅"、"敬慎"、"辞必清铄"。无论是昭告神明还是用于人事,颂体主要是以歌颂为主,都是正面的功绩美德,以使后人铭记。

关于赞体,《文心雕龙·颂赞》:"赞者,明也,助也。"说明和辅助是赞的基本含义。汉代以前,赞语使用都为说明和辅助之义。汉代以后,赞体出现了语义上的变化。《文心雕龙·颂赞》:"至相如属笔,始赞荆轲。及迁史固书,托赞褒贬。"或赞美或褒贬。赞体的作用在于赞叹,"然本其为义,事生奖叹"(《文心雕龙·颂赞》)。它与颂体没有根本区别,"大抵所归,其颂家之细条乎"(《文心雕龙·颂赞》)。赞的写作特点为,"必结言于四字之句,盘桓乎数韵之辞;约举以尽情,昭灼以送文,此其体也"(《文心雕龙·颂赞》)。篇幅短小,限定在二十句左右,简要地说清楚内容。《文心雕龙·颂赞》赞曰:"容体底颂,勋业垂赞。镂彩摛文,声理有烂。年积愈远,音徽如旦。降及品物,炫辞作玩。"《文心雕龙·颂赞》篇最后的总结语意味深长。颂赞作为赞扬高尚美德和宏伟功绩的文章,再加上文辞修饰,完全能够实现"年积愈远,音徽如旦"的美妙效果,成为立言不朽之作。

《文心雕龙·铭箴》:"故铭者,名也,观器必也正名,审用贵乎盛德。"铭的基本含义是名称,观看一个器物需要给它一个名称,给事物正名要注意它的作用,并与人的德行相联系。"昔帝轩刻舆几以弼违,大禹勒笋簴而招谏,成汤盘盂,著日新之规,武王户席,题必戒之训,周公慎言于金人,仲尼革容于欹器,则先圣鉴戒,其来久矣。"(《文心雕龙·铭箴》)这句追溯铭文的起源,从黄帝说到孔子,突出铭文使用的"弼违"、"招谏"、"著规"、"题训"之功能。关于箴文,《文心雕龙·铭箴》载:"箴者，所以攻疾防患，喻针石也。"箴的意思是针刺，批评过失，防止祸患，好像治病救人的石针。

"然矢言之道盖阙，庸器之制久沦，所以箴铭异用，罕施于代。惟秉文君子，宜酌其远大焉。"（《文心雕龙·铭箴》）由于直言劝谏的风气渐缺，记功的制度长期不存，箴铭两种文体便很少使用。后世作者应注意到它们弘润、深远的特点。在刘勰看来，箴铭两种文体虽然后世用途较少，但对后人影响很大，"有佩于言，无鉴于水"，"秉兹贞厉，敬言乎履"（《文心雕龙·铭箴》），具有永久的警戒作用。在内容与文辞方面，"义典则弘，文约为美"（《文心雕龙·铭箴》），如果做到合乎常道、文辞简要，就能够长期流传下来。"正是由于刘勰为铭箴确立规范，明确其功能与意义，并提出倡议，所以铭箴才会在后世继续发挥特殊功效。这种功效自始至终是审美和教化的结合。在普遍重视美育的今天，铭箴仍然能够以各种形式和方式发挥着美育功效。"[1]

《文心雕龙·史传》："开辟草昧，岁纪绵邈，居今识古，其载籍乎！"开篇首句从保存历史事实的角度对史传作出界定，明确要想了解天地开辟以来古老的事情，只有依靠史书。"轩辕之世，史有仓颉，主文之职，其来久矣。"自黄帝始就有史官之职，记录历史。刘知幾在《史通》外篇（卷十一　史官建置第一）指出，"斯则史官之作，肇自黄帝，备于周室，各目既多，职务咸异。至于诸侯列国，亦各有史官，求其位号，一同王者"[2]。结合

[1]胡海,王宸慧.论铭箴的美育功能[J].语文学刊,2020(3):27–28.
[2]姚松,朱恒夫.史通全译:下[M].贵阳:贵州人民出版社,1997:5.

刘知幾的论述,说明刘勰追溯史官制度对后世有较大影响。刘勰对历代主要史书大都有独到见解,体现了深厚的史学修养。谢继忠指出:"刘勰论史有精核之语,也有独到见解;有缺憾之处,也有因袭陈说的地方,总体来看,他第一次较为系统地评论了自《尚书》至晋代有代表性的史家及其著述,从点到面,自成一统,其首创之功,不可湮没。"[1]《文心雕龙·史传》:"原夫载籍之作也,必贯乎百氏,被之千载,表征盛衰,殷鉴兴废:使一代之制,共日月而长存;王霸之迹,并天地而久大。"史书的社会功能在于记载百家思想,使其传之千秋万代,表明历代盛衰的史实,供后人借鉴,使每个朝代的典章制度和日月共存,使王霸事业能像天地般长久远大。这段文字与《文心雕龙·原道》篇"文之为德也大矣,与天地并生者何哉",前后呼应印证。在刘勰看来,史书的功能极为强大,对社会的影响远非其他立言之作可以相提并论。"然史之为任,乃弥纶一代,负海内之责,而赢是非之尤,秉笔荷担,莫此之劳。迁固通矣,而历诋后世。若任情失正,文其殆哉!"(《文心雕龙·史传》)史书极其重要,刘勰也对史家提出了较高要求,史家需明白自己肩负的历史重任,在诸多写作立言中"莫此之劳",并了解史家往往会受到人们的指责和诟病。因此,在撰写史书时不能"任情失正",而要客观公正地评论历史人物事件的是非、善恶、得失等。

《文心雕龙·檄移》:"檄者,皦也;宣露于外,皦然明白也。"檄的意思是明白,就是把问题揭示出来,使人们明白。作为一

---

[1]谢继忠.《文心雕龙·史传》篇的史评思想及其影响[J].甘肃理论学刊,1989(6):54.

种文体，檄文用于揭露敌人的罪责，使天下人明白而加以反对。《文心雕龙·檄移》："昔有虞始戒于国，夏后初誓于军，殷誓军门之外，周将交刃而誓之。"古之时，有虞氏警戒国内士兵，夏后氏在军队起誓，殷代帝王将士在军营外与百姓宣誓，周代帝王将士在交战之前宣誓。由此看来，古代每逢战事，多进行宣誓等活动，以激励将士，提高战斗力。这种军事誓言只针对诸侯国内部，但已具有战斗檄文的意味。"至周穆西征，祭公谋父称古有威让之令，令有文告之辞，即檄之本源也。"（《文心雕龙·檄移》）到周穆王西征犬戎时，祭公谋父所谓针对敌方的"威让之令"、"文告之辞"就是檄文的源头了。到了战国时期，檄文才正式出现，"暨乎战国，始称为檄"（《文心雕龙·檄移》）。关于檄文的写作，一要表明我方的仁慈善举，二要述说敌方的残暴劣迹，在舆论上先战胜敌人。檄文内容上涉及天时、人事、强弱、权势等方面的对比，"凡檄之大体，或述此休明，或叙彼苟虐，指天时，审人事，算强弱，角权势，标蓍龟于前验，悬鞶鉴于已然"（《文心雕龙·檄移》）。在写作风格上，檄文叙事说理富于逻辑，体现出破竹般的气势，所谓"使声如冲风所击，气似槛枪所扫"，"震雷始于曜电，出师先乎威声"（《文心雕龙·檄移》）。好的檄文，先声夺人，在气势上压垮敌方，"使百尺之冲，摧折于咫书，万雉之城，颠坠于一檄者也"（《文心雕龙·檄移》）。刘勰认为东汉隗嚣的《移檄告郡国》、汉末陈琳的《为袁绍檄豫州》、魏国钟会的《移蜀将吏士民檄》、东晋桓温的《檄胡文》等均义正词严，"并壮笔也"。其中，称赞陈琳道："陈琳之檄豫州，壮有骨鲠。"（《文心雕龙·檄移》）"这是一种内在的思想力量，一种用精心选择、严密组织的言辞表达出来的思想力

量。彦和所谓壮有骨鲠,殆指此而言。"[1]罗宗强的解释符合刘
勰对檄文的理解。《文心雕龙·檄移》:"移者,易也;移风易俗,
令往而民随者也。"移的意思是转变,就是移风易俗,发出命令
老百姓跟着执行。刘勰认为檄和移在体制和意义方面基本相
同,所谓"意用小异而体义大同,与檄参伍"(《文心雕龙·檄
移》)。

[1]罗宗强.魏晋南北朝文学思想史[M].北京:中华书局,1996:333-
334.

第四章　立言方法之二：割情析采

　　《文心雕龙》"割情析采"部分蕴含丰富的内容,其突出价值在于从写作过程方面对立言之法进行探究。笔者认同王运熙等将《文心雕龙》著作界定为文章写作学的看法,但是不同意将其当作是讲文章写作技巧的观点。正如吴承学指出,"《文心雕龙》又绝不只是一部文章写作技法理论,它的涉及面几乎涵盖古代文学理论批评的所有重要问题"[1]。"割情析采"部分探究写作立言方法,既涉及与现代文学理论相通的文学文体创作方法,又包含丰富的非文学文体写作立言之法。

第一节　《文心雕龙》"割情析采"部分性质辨

一、"割情析采"部分性质研究的主要论点

　　"刘氏文心,都五十篇。其二十五篇,辨章文体。二十四篇,

---

[1]吴承学.中国文章学成立与古文之学的兴起[J].中国社会科学,2012(12):140.

雕琢文心。序志一篇,自具体例。"[1] 关于"割情析采"部分,范文澜提出为"雕琢文心",是很准确的。当然,我们认为整部《文心雕龙》标举"文心",都是在强调和论述"为文之用心"的。

关于"割情析采"部分的性质,主流观点认为它讲述的是文学文体的创作问题。大多数将《文心雕龙》著作性质界定为文学理论批评著作的观点,主要是从《文心雕龙》"割情析采"部分寻找证据。《文心雕龙》被写进了许多文学理论著作、文学批评著作和文学史著作,说明人们主要还是将其界定为文学理论批评著作。"说《文心雕龙》是文学理论专著,更重要的还在于书中虽然在文体论中论述了一些非文学文体,但刘勰在全书论述的主要对象是文学,刘勰着力要建立的是文学理论体系。说论述主要对象是文学最有力的依据就是全书论述最多的是我国古代诗、赋……刘勰不忽视非文学文体,也作了详细辨析,并对其有益于文学理论的内容加以吸取,但在建立文学理论体系时,和纯文学作品相比,其比重则微小得多,这一点在《文心雕龙》下篇表现得是相当突出和明显的。"[2] "在整个下篇,刘勰引用非文学作品为立论依据的不多,引用的目的也在于吸取其和文学原理相通的内容,来建造文学理论体系……"[3] 由此可知,李淼认为《文心雕龙》之所以是文学理论著

---

[1]范文澜. 文心雕龙讲疏提要[M]//耿素丽,黄伶. 民国期刊资料分类汇编·文心雕龙学. 北京:国家图书馆出版社,2010:117.

[2]李淼. 略论《文心雕龙》的文学理论体系[M]//齐鲁书社. 文心雕龙学刊:第一辑. 济南:齐鲁书社,1983:123-124.

[3]李淼. 略论《文心雕龙》的文学理论体系[M]//齐鲁书社. 文心雕龙学刊:第一辑. 济南:齐鲁书社,1983:124-125.

作,是因为全书主要论述文学作品,且下篇尤其如此。换句话说,他认为下篇"割情析采"部分主要讲述文学理论问题。

　　还有一种论点影响比较大,认为"割情析采"部分论述各体文章写作方法。"从《神思》到《总术》十九篇为第三部分。这部分一般研究者称为创作论,我认为更确切地说,应称为写作方法统论,是打通各体文章,从篇章字句等一些共同性的问题来讨论写作方法的。第二部分分体谈作法,第三部分打通各体谈作法,一经一纬,相辅相成。二者宗旨都是讨论写作方法,区别只是角度不同罢了。"[1] 王运熙认为《文心雕龙》主要是一部关于文章作法的专著, 从写作学角度对全书进行解读。他把"割情析采"分为两部分,即:从《神思》到《总术》19 篇为第一部分,泛论写作方法;从《时序》至《程器》5 篇为第二部分,属于杂论性质,虽没有直接讲写作,但都是与写作密切相关的问题。林杉的观点与王运熙的看法相通,说:"从《神思》至《总术》等十九篇为第三部分,刘勰称之为'剖情析采',实际上是综合各种文体的基本写作特点, 通论文章的写作过程和写作方法……许多学者习惯于把这一部分称为创作论,其实,把它看作写作方法统论,或文术论更为符合实际。"[2] 林杉认为"割情析采"部分,包括从《神思》至《总术》等 19 篇文章是写作方法统论,而不是创作论。

---

　　[1]王运熙.文心雕龙探索:增补本[M].上海:上海古籍出版社,2005:16.

　　[2]林杉.《文心雕龙》性质问题述评[J].内蒙古师大学报(哲学社会科学版),1991(1):72.

《文心雕龙·序志》所讲"为文之用心","古来文章,以雕缛成体,岂取驺奭之群言雕龙也",都是针对文章而言的。在《文心雕龙》全书中,与"文学"一词相比较,"文章"使用频率较高。汉代以来,"文章"概念有重视文辞华美的含义,但就《文心雕龙》全书,尤其是"论文叙笔"部分所论文体而言,刘勰所使用的"文章"概念应包括当时所有文体范围,即现代所谓文学和非文学文体。罗宗强在对"论文叙笔"部分文体的文笔属性作了区分后说:"《文心》一书,不只是为文学作品之写作而作,而且是为文章的写法而作。"[1]他的意思很明确,《文心雕龙》整部书内容既包括文学写作,也包括文章写作。"割情析采"部分不仅是讲述文学创作方法的,还是针对各种文体文章写作立言方法的总结和研究。

我们认为"割情析采"部分是从写作立言过程来论述立言之法的,但并不否认其具有丰富的文学创作论思想。"割情析采"部分论述的写作立言方法既可以适用于非文学文体,也同样适用于文学文体。比如王元化将他研究《文心雕龙》的著作命名为《文心雕龙创作论》。此后该书经过多次修订和改订,又叫作《文心雕龙讲疏》、《读文心雕龙》。王元化侧重于从文学创作角度来从事《文心雕龙》研究,比如,对《文心雕龙·情采》篇,王元化专门撰文《释〈情采篇〉情志说》[2]进行阐释。他认为刘勰继承了陆机"诗缘情而绮靡"的思想,论述了"情"在文学创作中的作用,《文心雕龙》几乎每篇都涉及"情"的概念。而且刘

---

[1]罗宗强.魏晋南北朝文学思想史[M].北京:中华书局,1996:266.

[2]王元化.读文心雕龙[M].北京:新星出版社,2007:173-185.

勰认为"情"和"志"是互相渗透的,《文心雕龙·情采》篇提出的"为情造文"、"述志为本"说明"情"和"志"应该结合为一个整体。刘勰总结了《诗》、《骚》的创作路线,认为两者虽有主志、主情之别,但没有严格区分界限,属于感性范畴的"情"和属于理性范畴的"志"是互相补充、彼此渗透的。《文心雕龙·附会》篇有"情志"这个概念,古希腊人也有类似的用语。一般认为《毛诗序》提出了"情志"合一说,相比之下,王元化用"情志"这个范畴去阐释《文心雕龙·情采》篇,认为"情志"合一的思想在《文心雕龙·情采》篇表现得更为突出,他的观点更为稳妥。王元化提出"情志"的范畴更易于与传统的"诗言志"、"在心为志,发言为诗,情动于中,而形于言"、"诗缘情而绮靡"等命题形成互文,也可能是受黑格尔哲学和美学思想影响很深,对文学的思想和感情关系问题更感兴趣。

比如,在《文心雕龙·附会》篇的研究中,王元化首先从史书角度考察了"附会"概念的源流,并结合"纪评"释《文心雕龙·附会》篇题名,断定"附会"就是指作文的谋篇命意、布局结构之法;然后从《周易·系辞下》陈说"杂而不越"的出处及含义,认为刘勰舍去了"杂而不越"的本义并将之运用于文学领域。"杂而不越"的意思是说,艺术作品的各部分必须适应一定的目的从而配合一致。在艺术结构问题中,"杂而不越"这个命题首先在于说明艺术作品是单一和杂多的统一。所谓"单一",指艺术作品首尾一贯,表里一致,围绕共同主旨,奔赴一个目标。所谓"杂多",指艺术作品必须具有复杂性和变化性,通过丰富多彩的形式去表现丰富的意蕴。在刘勰"杂而不越"思想的开启下,在两篇附释文章中,王元化援引西方哲学和美学思想,特别是黑格尔的美学思想,进一步分析了文学创作中的必然性和偶然性、整体与部分以及部分与部分等重大理论问题。同时,他指出,刘勰"朦胧"地感到如果片面要求一切细节,包括某些偶然现象,都必须从作品的主题引申出来,那么就会把文艺作品变成一种图解式的人工结构,形成刻板呆滞之弊。为了避免这一弊端,刘勰又提出了文学创作中的自然性问题,比如《文心雕龙·养气篇》:"常弄闲于才锋。"《文心雕龙·物色篇》:"入兴贵闲。"刘勰用"闲"来代表自然性也是非常"朦胧"的说法。[1]王元化的阐释立足于他那个时代占主导地位的机械反映论,力图通过刘勰的"杂而不越"命题来表明自己的立场。另外,他认为刘勰"朦胧"地感觉到片面追求细节会出现弊端,这样的表述方式既彰显了刘勰"杂而不越"命题的理论价值,又没有抬高,持论客观公正。比如在《释〈物色篇〉心物交融说》中,他认为刘勰提出了"写气图貌,既随物以宛转;属采附声,亦与心而徘徊"的看法,这种见解陆机、钟嵘等未发现,后来的论者也很少提及。这种说法,一方面要求以物为主,以心服从于物;另一方面又要求以心为主,用心去驾驭物。看似矛盾,实则互相补充、相反相成。刘勰的论述涉及创作活动中主客关系这样重大的问题[2],因此,王元化给文章拟的副标题是"关于创作活动中的主客关系"。这样,他的《文心雕龙》研究的中心议题就圈定在了创作论部分,显得集中而有深度。

关于"文学"一词的含义,先秦时期主要指学术文化。从建

---

[1]王元化.读文心雕龙[M].北京:新星出版社,2007:202-217.

[2]王元化.读文心雕龙[M].北京:新星出版社,2007:80-101.

安到晋宋,诗文发达,宋文帝于儒学、玄学、史学三馆之外立文学馆。宋明帝设立总明观,分为儒、道、史、文、阴阳部,说明文学开始独立;但此时的文学不等同于现代意义上的纯文学,而是包含范围比较宽泛的杂文学。因此,从杂文学的角度也许可以认定《文心雕龙》是一部文学理论批评著作,但这样的界定是没有学术意义的。我们今天所说的文学理论批评,是就现代意义上的纯文学而言的。鲁迅等认为魏晋时期是一个"文学自觉"时代的命题,也是以现代纯文学作为参照标准的。在魏晋"文学自觉"的背景下,刘勰所论述的诗、赋等文学文体,确实与现代纯文学概念有相通之处。《文心雕龙》"割情析采"部分内容与现代文学理论和批评存在相通的问题意识,从而具有现代价值。

二、"割情析采"部分讲述的是写作立言方法

《文心雕龙》从《神思》到《程器》共 24 篇,属刘勰在《序志》篇所说的"割情析采"部分,主要从各种文体写作共性方面论述立言之法。概而言之,可以分为以下三个方面。

(一)关于立言的总要求和具体方法

论述如何立言的总要求和具体方法,包括从《神思》到《指瑕》共 16 篇文章。从文章结构上看,成篇是文章的完成阶段,是立言的成熟形态;但是,谋篇是成篇的必要前提,从某种意义上讲,成篇的质量高低完全取决于谋篇的成功与否。因此,刘勰对于谋篇甚为用力。

在谋篇方面,刘勰抓住了最根本、最关键的问题——"神思"论,就其对该命题论述的全面性和对一些问题的识见来

说，这是前无古人的，对后来的艺术想象理论发生了巨大影响。当然"神思"问题不仅针对文学作品，文章写作也需要构思。刘勰在谈论"神思"时，所举"阮瑀据案而制书，祢衡当食而草奏"(《文心雕龙·神思》)，当为例证。《神思》篇是《文心雕龙》"割情析采"部分的总纲，从某种意义上说，该部分所提出的问题在此后的篇章中进行了具体阐述。

　　《体性》、《风骨》、《通变》、《定势》、《情采》等篇对立言提出了总要求。《文心雕龙·体性》："夫情动而言形，理发而文见，盖沿隐以至显，因内而符外者也。"文学作品的"体"与作家的"性"之间，有必然的内在联系。文章出于情理表达的需要，二者具有内外表里的关系。"故宜摹体以定习，因性以练才，文之司南，用此道也。"(《文心雕龙·体性》)因此，作者应当模拟八种基本风格，同时根据天赋进行学习。《文心雕龙·风骨》："是以怊怅述情，必始乎风，沈吟铺辞，莫先于骨。故辞之待骨，如体之树骸；情之含风，犹形之包气。结言端直，则文骨成焉；意气骏爽，则文风清焉……故练于骨者，析辞必精，深乎风者，述情必显。"风清骨峻和辞采华美是刘勰对文学作品精神风貌美和物质形式美的美学要求。《文心雕龙·定势》："夫情致异区，文变殊术，莫不因情立体，即体成势也。"作者是根据情感确立形体，根据形体形成风格的。刘勰在《文心雕龙·定势》篇中，还针对"近世"文弊，提出"执正以驭奇"的创作要求。《文心雕龙·情采》篇提倡"为情而造文"，明确反对"为文而造情"。

　　《熔裁》、《声律》、《章句》、《丽辞》、《比兴》、《夸饰》、《事类》、《练字》、《隐秀》、《指瑕》等篇，从文章结构的安排到表现方法、技巧，都作了全面论述。《文心雕龙·熔裁》篇讲练意、练辞，"规范本体谓之镕，剪截浮词谓之裁"。前者使文章"纲领昭畅"，条理分明；后者使文章表达"芜秽不生"，文辞清晰。《文心雕龙·声律》："夫音律所始，本于人声者也。声含宫商，肇自血气，先王因之，以制乐歌。"此句告诉我们，人的语言中间有自然的音律，文章或诗歌的韵律主要是发扬语言的声音美。"异音相从谓之和，同声相应谓之韵。"（《文心雕龙·声律》）强调"异音相从"的和谐原则，强调诗歌语言要有"玲玲如振玉"、"累累如贯珠"（《文心雕龙·声律》）的音乐美。《文心雕龙·丽辞》篇提出"言对为易，事对为难，反对为优，正对为劣"，体现了于多样中求整齐、从不同中求协调的美学思想。"故比者，附也；兴者，起也。附理者切类以指事，起情者依微以拟议。"（《文心雕龙·比兴》）刘勰于此阐明了比、兴的含义。《文心雕龙·比兴》篇论"比"的表现方法较多，要求"比"做到"以切至为贵"。"文辞所被，夸饰恒存。"（《文心雕龙·夸饰》）凡是用文辞写出来的作品，夸饰总是经常存在的。同时，夸饰有巨大的感染力，"谈欢则字与笑并，论戚则声共泣偕"（《文心雕龙·夸饰》），只有这样才可以打动读者，激动人心。最后，刘勰提出夸饰的标准是"使夸而有节，饰而不诬"（《文心雕龙·夸饰》），充分发挥它应有的作用。《文心雕龙·事类》："事类者，盖文章之外，据事以类义，援古以证今者也。"这就是说，在文章主体以外，又根据类似事例来说明意义，以古证今。文字、文章表达"言"，文章乃立言之物。"心—言—字"，刘勰思路清晰，强调"练字"是立言必不可少的步骤和手段。而用字是立言的难点，必须精选。《文心雕龙·隐秀》："隐也者，文外之重旨者也；秀也者，篇中之独拔者也。隐以复意为工，秀以卓绝为巧。"隐，于言外另有深意;秀,是文章中突出的句子。隐以内容丰富另含深意为工,秀以卓越独到为巧。此篇专门指摘文章的毛病,强调文章的修改。文章如能"檃括"得当,则可成为立言之作,传诵千古。

(二)关于立言的内外部条件

立言的内部条件大致包括《养气》、《附会》、《总术》、《才略》、《程器》等5篇。《文心雕龙·养气》:"率志委和,则理融而情畅;钻砺过分,则神疲而气衰;此性情之数也。"写作立言作为一种精神活动,必须养气。立言者——作家必须懂得"涵养文机"之术,明了"玄神宜宝,素气资养"(《文心雕龙·养气》)的道理。《文心雕龙·附会》:"何谓附会?谓总文理,统首尾,定与夺,合涯际,弥纶一篇,使杂而不越者也。"立言之作变化多端,作家的思绪也很复杂,所以作家必须懂得"附会之术"。《文心雕龙·总术》篇赞曰:"文场笔苑,有术有门。务先大体,鉴必穷源。乘一总万,举要治繁。"作者一定要掌握"文术",要"务先大体",抓住关键,不能片面讲究练辞。《文心雕龙·才略》篇赞曰:"才难然乎,性各异禀。一朝综文,千年凝锦。"刘勰评论历代作家才思,强调作家的才能对于创作的重要性。在《文心雕龙·程器》篇里,刘勰承认曹丕在《与吴质书》里提出的"观古今文人,类不护细行,鲜能以名节自立"的论点,并历数两汉、魏晋16个文人的不端行为作为例证。尽管如此,刘勰并未心灰意冷,走上极端,而是告诫现实中的作者应该竭尽所能,积极地向圣人及其作品学习,"雕龙"自己的"文心",使作品水平不断提升,成为立言之作。

《时序》、《物色》两篇谈论立言的外部条件。《文心雕龙·时序》:"故知文变染乎世情,兴废系乎时序。"文章风格的变化,主要是受社会风俗的感染，而文坛的盛衰是和时代的递嬗相关的。《文心雕龙·物色》："春秋代序，阴阳惨舒，物色之动，心亦摇焉。"一年四季有不同的景物，人的情感随着景物的变化而变化，文辞则是由于情感的激动而产生的。

（三）关于立言之作的批评与鉴赏

对立言之作的批评与鉴赏，主要体现在《文心雕龙·知音》篇。"《知音》篇专门探讨进行批评时应有的态度和方法，提出了较有系统的文学批评原则，在《文心雕龙》全书中是颇重要的一篇。"[1]王运熙等认为《文心雕龙·知音》篇提出了文学批评原则，这也是学界的一种主流观点。笔者以为，对《知音》篇主要内容的理解需要结合《文心雕龙》著作性质来看。如果将《文心雕龙》当作文学理论批评著作来阅读，那么可以认为《文心雕龙·知音》篇主要论述文学批评原则。如果从文章写作角度阅读《文心雕龙》，则《知音》篇应是以文章阅读和批评为主要内容的。笔者认为《文心雕龙》是一部研究写作立言问题的著作，故《文心雕龙·知音》篇主要讨论文章的批评与鉴赏，当然其中包括文学作品和非文学作品。刘勰在《文心雕龙·知音》篇提出的"知音难逢"及批评与鉴赏方法等，是针对"论文叙笔"部分所有义体文章而言的。关于《知音》篇的具体内容将在下文展开论述。

总之，从立言的角度分析，可以给"割情析采"部分提供新的阐释视野，进而提升其理论价值。

---

[1]王运熙，顾易生. 中国文学批评史新编：上[M]. 上海：复旦大学出版社，2005：142.

第二节 "割情析采"部分主要内容

为了方便起见,笔者从文章内部组织结构角度入手,对"割情析采"部分主要内容进行剖析。

一、练 字

在《文心雕龙》研究中,人们对《练字》篇关注较少,估值较低。范文澜认为:"《练字》篇与上四篇不相联接,当直属于《章句》篇。"[1]又说:"《章句》篇云:'积字而成句;'又云:'句之清英,字不妄也;'练训简,训选,训择,用字而出于简择精切,则句自清英矣。"[2]范论从文章字、句组合关系角度出发,提出"《练字》篇属于《章句》篇"的主张,但客观上给人们造成了一个印象,似乎《练字》篇缺少独立的文学理论价值。郭晋稀说:"我们认为本篇(即《练字》篇——本书作者注)在理论上没有什么发挥,对创作实践意义也不大,是全书中价值不大的作品。"[3]他直截了当提出《文心雕龙·练字》篇"价值不大"的看法。陆侃如、牟世金说:"本篇(指《练字》篇——本书作者注)所论,多属形式技巧问题,虽也论及语言文字是表达思想的符号

---

[1]范文澜. 文心雕龙注:下[M]. 北京:人民文学出版社,1958:626.

[2]范文澜. 文心雕龙注:下[M]. 北京:人民文学出版社,1958:626.

[3]郭晋稀. 文心雕龙注译[M]. 兰州:甘肃人民出版社,1982:428.

或工具,却未由此出发来论述如何用字以表达思想。"[1] 他们认为《文心雕龙·练字》篇多属于形式技巧问题。在《文心雕龙》研究中,除一些注释和解说性文字外,关于《练字》篇的专题性文章为数甚少。长期以来,人们对之重视不足,笔者从"重文"的角度加以诠释,试图阐发《练字》篇的价值和意义。

关于文字起源,刘勰采用仓颉造字说。其实,仓颉造字的传说从战国时期就已经开始流传,许多古籍对此都有记载。比如,《吕氏春秋·君守》《韩非子·五蠹》、李斯《仓颉》、王充《论衡·感虚》、许慎《说文解字·叙》《淮南子·本经训》等都有这方面的说法。从文字产生的角度来看,仓颉造字说不符合历史实情,不过刘勰在此追根求源,力图从文字产生的角度对其作出阐明。

文字的产生是文化史上的一件大事,文字的出现是人类进入文明社会的主要标志之一。美国学者摩尔根在《古代社会》一书中,指出文明社会"始于标音字母的发明和文字的使用"。在中国古代,汉字不仅仅是用来缀字成篇的,它还拥有重要而独特的历史使命,在政治、文化、教育、外交等方面发挥着重要作用。刘勰运用传统的"鬼哭粟飞"说,旨在强调文字的巨大功能。上帝被感动地降卜粟米,一味作祟的魔鬼也被吓得哭泣。从传说中的黄帝开始,人们已经非常重视使用文字。文字一旦产生,它便代替结绳用来治理百官,观察万民。《文心雕龙·练字》:"先王声教,书必同文;辀轩之使,纪言殊俗,所以一字体,总异音。"看来,"先王"也很重视语言文字,还利用文字

---

[1]陆侃如,牟世金.文心雕龙译注[M].济南:齐鲁书社,1995:470.

来传播声威、教化民众、颁布文书。我国古代地域辽阔,氏族众多,以致字形各异,笔画增减无定,读音迥异。所以,"先王"派遣使者寻求、记录各地方言,统一文字的形体和声音。

刘勰还列举了历代统治者重视和运用文字的事例。《文心雕龙·练字》:"周礼保氏掌教六书。秦灭旧章,以吏为师,乃李斯删籀而秦篆兴,程邈造隶而古文废。汉初草律,明著厥法,太史学童,教试六体;又吏民上书,字谬辄劾;是以马字缺画,而石建惧死,虽云性慎,亦时重文也。至孝武之世,则相如撰篇。及宣成二帝,征集小学,张敞以正读传业,扬雄以奇字纂训,并贯练雅颂,总阅音义,鸿笔之徒,莫不洞晓。"

周代贵族子弟8岁入小学,保氏主讲文字的六书,教他们识字、读书。这为贵族子弟将来长大成人后从事政治、外交等活动奠定了基础。秦代由李斯等人推行的"书同文"运动,适应了当时秦国统一六国的政治需要,是对先秦古字进行的一次有组织有计划的规范整理工作。程邈在狱中的整理与研究,使小篆字体产生了根本性变化,书写更为便利,由此秦始皇让他出狱并提拔其为御史,这反映出秦代对文字工作极为重视。汉代朝廷也尊崇文字在政治方面的作用。西汉初期,法律明文规定,太史用文字的"六体"来教试学童,能背诵九千字以上者可以成为史官。吏民上奏书,字写错了就要遭弹劾。《汉书·石奋传》:"建为郎中令,奏事下,建读之,惊恐曰:'书马者与尾而五,今乃四,不足一,获谴死矣!'其为谨慎,虽他皆如是。"文字之事,丝毫马虎不得。大而言之,关涉国家大事;小而言之,危机身家性命,所以缀字连篇终须谨慎。无独有偶,唐代的杨珍任给事中时,在奏折里将一个名叫崔午的人错写成崔牛,受到严厉处罚,挨了四十大棍,又被罚铜四斤(唐张鷟《龙筋凤髓判》卷一)。唐代陈邃任左补阙,未请示就改动了敕书上的错字,被判打八十大棍(唐张鷟《龙筋凤髓判》卷一)。由此看来,古人把文字和自己的身家性命联系了起来,非常重视文字。

就写作立言这项活动而言,刘勰特别重视文字,这既是《文心雕龙·练字》篇的重心所在,也是刘勰为文用心之所在。首先,刘勰从字、句、章、篇组成关系角度强调文字的重要性。文字产生以后便成了表现语言的符号、构成文章的基础。作者建立言辞,是由字产生句,由句的积累而成为章,积累章而形成篇。刘勰从文章语言单位组成的角度强调文字对于写作的基础性作用。黄侃也说道:"文者集字而成。"[1]从文章语言单位的组成关系看,字属于句篇,但是刘勰认为,文字的选择锤炼难于句篇,"易字艰于代句"(《文心雕龙·附会》),"故善为文者,富于万篇,贫于一字"(《文心雕龙·练字》)。这里刘勰道出了练字之不易,所以他强调,"缀字属篇,必须练择"(《文心雕龙·练字》)。而且对待文字应该认真谨慎,"史之阙文,圣人所慎"(《文心雕龙·练字》)。黄侃进一步解释说:"文者集字而成,求文之工,必先求字之不妄。"[2]文章是由文字构成的,所以写文章首当其冲的是练字。他还说:"由此可知练字之功,在文家为首要,非若锻句炼字之徒,苟以矜奇炫博为能也。"[3]文学是一门语言艺术,用字遣词能力是对作家提出的最基本的要求。

[1]黄侃. 文心雕龙札记[M]. 北京:中国人民大学出版社,2004:186.

[2]黄侃. 文心雕龙札记[M]. 北京:中国人民大学出版社,2004:186.

[3]黄侃. 文心雕龙札记[M]. 北京:中国人民大学出版社,2004:190.

其次,他从文字表情达意的功能方面重视文字。《文心雕龙·练字》:"心既托声于言,言亦寄形于字,讽诵则绩在宫商,临文则能归字形矣。"扬雄《法言·问神》:"故言,心声也;书,心画也。声画形,君子小人见矣。"[1]言语乃心灵的窗户。此处言语不会是随口而说,乃"心"之托付,当为发自肺腑之言,是"心生而言立"之言。作者的心声寄托在语言里面,语言则寄托在文字所构成的形式中。这里,由心到言,由言到字,前者决定后者。刘勰非常重视文字,他的"练字"思想应该包括字音、字形、字义等方面。张长青、张会恩说:"刘勰所谓'练字'是指文字形、音、义三方面的选择。"[2]范文澜解释说:"本篇首段教人贯练《雅》《颂》,总阅音义,此探本之论也。"[3]相比较而言,刘勰是在突出文字表情达意的功能,文字的意义是第一位的。刘勰在讲到"奇"字时说:"若依义弃奇,则可与正文字矣。"黄侃说:"舍人言练字者,谓委悉精熟于众字之义,而能简择之也。"[4]刘勰练字重视字义的思想已经超出《练字》篇,在《章句》、《丽辞》、《夸饰》、《风骨》等篇均有表现。[5]

最后,他从读者接受的角度强调文字的重要性,提倡为文

---

[1]张少康,卢永璘. 先秦两汉文论选[M]. 北京:人民文学出版社,1996:463.

[2]张长青,张会恩. 文心雕龙诠释[M]. 长沙:湖南人民出版社,1982:256.

[3]范文澜. 文心雕龙注:下[M]. 北京:人民文学出版社,1958:626.

[4]黄侃. 文心雕龙札记[M]. 北京:中国人民大学出版社,2004:186.

[5]赵兴明. 缀字属篇　必须拣择:刘勰论炼辞[J]. 河北师范大学学报,1988(2):6.

属篇,必须"练择"。

　　"今一字诡异,则群句震惊,三人弗识,则将成字妖矣。后世所同晓者,虽难斯易,时所共废,虽易斯难。"(《文心雕龙·练字》)刘勰虽然很尊崇和珍惜古代字书,但他却不迷信古代字体和字书,他的大脑里是没有这方面的正统观念的。刘勰主张:文字要清楚,要用常用字来写作;文字的难易并不在于文字本身,而在于它必须得到全社会的认可才行。而且属篇之字既须流行当时,又须传之后世,必须打倒"字妖",练择文字。文字取舍的标准应该是:世所共用就取,时所共废则弃。写文章用世人通晓的字,就会文从字顺,很快流传开来;如果故意去用生僻难懂的古字,文章就不会有人看,自然也就流传不开了。"古今殊迹,妍媸异分。字靡易流,文阻难运。"(《文心雕龙·练字》)"练字"则能"声画昭精,墨采腾奋"(《文心雕龙·练字》)。他时刻提醒人们,文字为传播之物,必须考虑读者阅读便利。

　　《文心雕龙·练字》篇的"重文"思想对后世影响深远,古人重视文字的思想和精神值得今人深思和学习。首先要注意积累文字。汉字的积累势在必行,我们需要阅读经典,阅读优秀的文学作品,同时在生活中学习,向别人学习,向媒体学习。学校是积累汉字的重要场所,前人特别重视识字教材的建设。叶圣陶很关心汉字教学,他在临终前曾感叹地说:"我一生中最大的遗憾是没有留下一部令人满意的教材。"因此,我们也迫切需要好的识字课本问世。其次要注意文字的运用。《文心雕龙》成为不朽的文学理论名著,至今仍然备受青睐,这也是刘勰狠下功夫锤字炼词的结果。何九盈意味深长地说:"那些炉火纯青的古典诗文,至今还脍炙人口有无穷的魅力,因为它们是两千多年的文化精英们用自己的全部生命谱写而成的。现代社会的才子们,下笔万言,倚马可待,一挥而就,从不修改,其寿命如何,其价值如何,可想而知矣。"[1] 可见,"练字"是一项长期的艰巨的工程,我们要继承刘勰"练字"的思想和方法,规范而文明地使用汉字,领略汉字的形象美。尤其在当今网络时代,汉字的使用更应该引起我们的普遍重视。最后要注意对文字进行研究。语言是存在的家园,人人生活在语言建构的世界里。文字是语言的载体,因此人人都有必要认识汉字的规律,掌握汉字。古代"鸿笔之徒"对汉字"莫不洞晓",今天的"鸿笔之徒"更要研究汉字,成为汉字使用方面的专家。

二、离章合句

刘勰是继王充看到句、章、篇的关系之后,在这一方面作出了巨大贡献的文论大家。关于"章",《说文解字》曰:"章,乐竟为一章。从音从十。十,数之终也。""章"的本义是一首乐曲从开始到结束为一章。它"从音从十",属于会意字,而"十"是数字的最后一个,结束之意。黄侃解释说:"言乐竟者,古但以章为施于声音之名,而后世则泛以施之篇籍。"[2] 黄侃指出,文辞之"章"是由音乐之"章"演化而来的。

《文心雕龙·章句》:"夫设情有宅,置言有位;宅情曰章,位言曰句。故章者,明也;句者,局也。局言者,联字以分疆;明情

---

[1]何九盈. 汉字文化学[M]. 沈阳:辽宁人民出版社,2000:318.

[2]黄侃. 文心雕龙札记[M]. 北京:中国人民大学出版社,2004:125.

者，总义以包体：区畛相异，而衢路交通矣。"刘勰指出，章是"宅情"，是"明也"，要"总义以包体"。"章总一义，须意穷而成体"，也就是说，章是"明情"，要把比较完整的、有一定独立性的思想内容表达出来。以"情"释"章"，体现了刘勰对文章表达情感的重视。"刘勰详细说明了各种文体对于情感表达的不同要求，既包括文学性强的文体，如诗骚和赋颂，也包括诸如应用文一类的文学性相对较弱的文体。"[1]刘勰一方面强调"情"对于各体文章的重要，另一方面又从章句层面指出，通过"理"控制"情"。"其控引情理，送迎际会，譬舞容回环，而有缀兆之位；歌声靡曼，而有抗坠之节也。"（《文心雕龙·章句》）以章句为核心，形成篇章的秩序，从而使得文章井然有序、结构完美。所谓句，是"位言"，是"联字以分疆"，是把一系列的字（相当于今天说的词）按照一定的模式组合起来形成的语言或语气单位，它甚至可以被看成是一个语法上的单位。由此看来，章主要是从情意的角度，也就是从思想内容的角度来划分的；而句，则主要是从语言的角度来划分的。

《文心雕龙·章句》："夫人之立言，因字而生句，积句而成章，积章而成篇。"吴林伯解释说："春秋左丘明《春秋》襄公二十四年传称叔孙豹所讲的'三不朽'之一为'立言'，本篇谓作者建立自己的言辞。"[2]吴林伯此处将"立言"解作传统的"三不朽"之"立言"，此说甚中肯，刘勰的确是从立言的高度来谈

---

[1]李建中，余慕怡.《文心雕龙》"章"义考释[J]. 中国文学研究，2020（1）：42.

[2]吴林伯.《文心雕龙》义疏[M]. 武汉：武汉大学出版社，2002：403.

论篇、章、句、字四者关系的。刘勰认识到，篇的下位成分是章，章的下位成分是句，而句是由字组成的。字是句的基础，句是章的基础，章是篇的基础。反过来说，句对于字、章对于句、篇对于章则有统领和联结的作用。这就是字、句、章、篇互为条件、互相影响的辩证关系。黄侃指出，"结连二字以上而成句，结连二句以上而成章，凡为文辞，未有不辨章句而能工者也；凡览篇籍，未有不通章句而能识其义者也；故一切文辞学术，皆以章句为始基……若夫文章之事，固非一憭章句而即能工巧，然而舍弃章句，亦更无趋于工巧之途"[1]。他认为章句对于读书和写作具有十分重要的作用，直接影响到文章写作的质量和阅读效果。章句侧重于从文章构架来分析，虽然不能完全等同于文章本身，但如果忽视章句之术，也难以把文章写好。黄侃的理解深得刘勰之意。

《文心雕龙·章句》："篇之彪炳，章无疵也；章之明靡，句无玷也；句之清英，字不妄也；振本而末从，知一而万毕矣。"文章写作一定要处理好字、句、章、篇之间的关系，它们之间环环相扣，互相影响。正如多层宝塔，任何一个局部出了毛病，都要影响到整体的坚固和美观；反之，整体美则建立在局部美的基础之上。"振本而末从，知一而万事毕矣"，此处"本"应指"篇"。刘勰所谓"章句"并非汉代的注释体式，而是从文章写作的角度来讲"章句"，是把"章句"放在"篇"的框架内来分析的。"积句而成章，积章而成篇"（《文心雕龙·章句》），"篇之彪炳，章无疵也"（《文心雕龙·章句》），"离合同异，以尽厥能"（《文心雕龙·

---

[1]黄侃.文心雕龙札记[M].北京:中国人民大学出版社,2004:124.

章句》)，这些表述均指明，对文章而言，篇居于主导地位，章、句、字等则在篇的统领下各自发挥功能，组成为一个有机整体。

《文心雕龙·章句》："然章句在篇，如茧之抽绪，原始要终，体必鳞次。"他认为，章句在文章中须像蚕茧一样抽出头绪，开头、结尾一定要有次序。"启行之辞，逆萌中篇之意；绝笔之言，追媵前句之旨：故能外文绮交，内义脉注，跗萼相衔，首尾一体。若辞失其朋，则羁旅而无友；事乖其次，则飘寓而不安。"刘勰认为文章开头的话已经含有中篇意思的萌芽，结尾的话呼应前文的意思，这样才能前后连贯，首尾相援。相反，如果文章前后不能互相照应，语句孤立，就如同出游的人没有同伴一样。所以，造句行文应力避文辞颠倒，安排每章段落重在井然有序。这就是说，要注意处理章句的关系。

《文心雕龙·章句》："夫裁文匠笔，篇有小大；离章合句，调有缓急；随变适会，莫见定准。"意思是，一篇分成几章，合几句成一章，语调有缓有急，随文情的变化来适应，没有一定的准则。刘勰认为，安排章句要配合文章的情理（文章的内容），做到送往迎来，恰到好处。从刘勰的观点可以看出，章句的变化不是无目的的，必须配合文章的情理，必须服从文章的主旨。这就是章句的作用。

此外，刘勰还独具匠心，指出了虚词在篇章句段组合中的黏合作用。《文心雕龙·章句》："至于夫惟盖故者，发端之首唱；之而于以者，乃札句之旧体；乎哉矣也，亦送末之常科。"这就是把虚词按照它们在篇章句段及其组合中的功能分为三类：一类是承上衔接的"发端之首唱"；一类是串合词句、承前启后的"札句之旧体";还有一类则是用来提顿的"送末之常科",在句子、段落的组织中结句以启后。不同类的虚词固然有自己独特的作用,但是总的来说,虚词在组合句段篇章中起着一种接榫的作用,所谓"巧者回运,弥缝文体,将令数句之外,得一字之助矣"(《文心雕龙·章句》)。故组合句段篇章,要注意运用虚词来弥缝句子段落,使句段紧紧地黏合在一起,在形式上达到整齐划一的效果。刘勰的虚词研究理论具有重大意义,"从运用的角度对虚词进行分类的方法在虚词研究史上是第一次"[1],具有开创性。这与刘勰从立言的角度来理解字、句、章、篇及其关系是分不开的。

三、谋 篇

从结构上看,成篇是文章的完成阶段,是立言的成熟形态。但是,谋篇是成篇的必要前提,从某种意义上讲,成篇的质量高低完全取决于谋篇的成功与否。因此,刘勰对于谋篇甚为用力。"一切文章论著的写作,无不先有构思,然后下笔。这是刘勰的创作论以《神思》篇为首的原因之一。但本篇所论,有别于一般的写作构思,而是艺术构思的专论。"[2]牟世金虽然认为《神思》篇侧重于论述艺术构思,但也流露出《神思》篇也包含非文学文体构思的问题。

刘勰将"神思"称之为"驭文之首术,谋篇之大端"。也就是

---

[1]马予超,张家合.《文心雕龙·章句》的虚词观及其影响[J].阿坝师范高等专科学校学报,2004(2):39.

[2]牟世金.雕龙后集[M].济南:山东大学出版社,1993:181.

说，"神思"亦即写作构思中的想象活动，是驱遣辞采和考虑篇章布局的首要法术和要领。刘勰《神思》篇主要论述了以艺术想象为特征的艺术构思过程的基本特征，以及如何进行构思等问题，即构思之"理"与构思之"术"的统一。

《文心雕龙·神思》篇开篇即对"神思"作了简要解释，说："古人云：形在江海之上，心存魏阙之下。神思之谓也。""身在江海之上，心居乎魏阙之下"语出《庄子·让王》篇，本义是"身在草莽，而心怀好爵"（范文澜《文心雕龙注》下）之意。刘勰的引用没有政治含义，而是借用这两句古语说明"神思"是创作构思中由此及彼的想象活动，是一种不受时空限制的精神现象。

《文心雕龙·神思》："文之思也，其神远矣。故寂然凝虑，思接千载；悄焉动容，视通万里；吟咏之间，吐纳珠玉之声；眉睫之前，卷舒风云之色：其思理之致乎。"刘勰认为，文章写作中的想象是一种自由的精神活动，所谓"文之思也，其神远矣"、"思接千载"、"视通万里"，都是强调艺术想象是一种不受时空制约、极其自由、具有极为广阔天地的思维活动。刘勰对"神思"超时空、自由性特征的揭示，旨在说明作家可以不受自身视听和经验的限制和局限，而尽可能地驰骋想象，熔铸优美的艺术形象和境界。"神思"即艺术想象，是一种形象思维。艺术想象要凭借具体形象进行，以构造和刻画形象，并且自始至终伴随着鲜明生动的形象。《文心雕龙·神思》赞曰："神用象通，情变所孕。物以貌求，心以理应。""神"指神思，即艺术想象；"象"指形象，即具体可感的形象。这句话说明，神思必须依靠形象来进行。在艺术想象过程中，"神"与"物"总是紧密结合在一起的,即所谓"思理为妙,神与物游"。这里的"物",是主观化了的形象,即意象。"神与物游"、"神用象通",充分显示出刘勰对"艺术想象"基本特征的认识和概括是何等深刻。同时,"神思"作为一种形象思维,亦须臾离不开情感的因素。"神居胸臆,而志气统其关键","神用象通,情变所孕"(《文心雕龙·神思》),都明确指出了思想感情是想象活动的前提,它对艺术想象活动具有决定性支配作用。而且,艺术想象过程中的"物",是渗透了作家思想感情的、具有创造性的物象。这就是"登山则情满于山,观海则意溢于海"(《文心雕龙·神思》)。

刘勰认为,在艺术构思过程中,创作主体的"辞令"发挥着重要作用。《文心雕龙·神思》:"物沿耳目,而辞令管其枢机。枢机方通,则物无隐貌;关键将塞,则神有遁心。""方其搦翰,气倍辞前,暨乎篇成,半折心始。何则?意翻空而易奇,言征实而难巧也。是以意授于思,言授于意;密则无际,疏则千里;或理在方寸而求之域表,或义在咫尺而思隔山河。"刘勰在此揭示出了文学创作当中普遍存在的一种现象,即作者在写作之初往往信心百倍,成篇以后却不无遗憾。任凭你想象得多么奇特、多么巧妙,到头来,语言却难以表达。在写作中,思、意、言三者之间的矛盾是永远存在的,这就告诫作家们,要不断提高自己驾驭语言文字的能力和构思的水平。

以上讲的是构思之"理",刘勰还探讨了构思之"术"。他指出,创作构思中的快慢、难易与作家的才性有关。《文心雕龙·神思》:"人之禀才,迟速异分;文之制体,大小殊功。"纠正作家才性方面的欠缺,必须有术。"是以陶钧文思,贵在虚静,疏瀹五藏,澡雪精神,积学以储宝,酌理以富才,研阅以穷照,驯致以怿辞,然后使玄解之宰,寻声律而定墨;独照之匠,窥意象而运斤:此盖驭文之首术,谋篇之大端。"(《文心雕龙·神思》)这段话讲构思之"术",可以概括为两个要点。首先,要调整好构思时的心理状态,"贵在虚静"。即创作构思时要心气通畅、淡泊宁静,精神贯注、思想集中,处于一种超功利状态。也就是《文心雕龙·神思》篇所说的,"秉心养术,无务苦虑;含章司契,不必劳情也"。其次,强调作家修养。"积学以储宝,酌理以富才,研阅以穷照,驯致以怿辞。"(《文心雕龙·神思》)"积学以储宝"主要指学习书本知识。对文章写作构思而言,作者应对某一话题方面的文章尽可能地全部搜集,深入阅读,如此才有可能写出有创建的文章;对文学创作来说,作家平时需要广泛阅读文学经典作品,积累原始素材,学习他人的艺术构思之术,方能创作出上乘的艺术佳作。刘熙载《艺概·赋概》曰:"赋兼才、学。"谢榛《四溟诗话》中说:"汉人作赋,必读万卷书,以养胸次。"韩愈所谓"口不绝吟于六艺之文,手不停披于百家之编"(《进学解》),杜甫的"读书破万卷,下笔如有神",都在强调读书学习对于写作的重要性。除学习书本知识外,"积学以储宝"也包括社会实践活动,作家平时也需要在社会生活的广阔天地中积累知识。"酌理以富才",即斟酌事理以丰富自己的才华。黄侃说:"凡言理者,必审于形名,检以法式,虚以待物,而不为成说所拘,博以求通,而不为偏智所蔽,如此则所求之理,真信可凭,智力之充,由渐而致。不然,胶守腐论,锢其聪明,此贼其才,非富才之道也。"[1]黄侃对该句作出了深入分析,"理"

---

[1]黄侃. 文心雕龙札记[M]. 北京:中国人民大学出版社,2004:92.

应是对客观事物内在规律的把握，是作家对生活的独特理解和感受,而且它"博以求通"不偏执。在文章写作构思中,如果缺少真知灼见,老生常谈,文章必定是失败的;在文学创作中,这种"理"虽然潜伏在意象的深层结构之中,但它赋予艺术情感以力度和深度,增强了文学语言的表现力。"研阅以穷照",即研究阅历以获得对事物的深刻领会、彻底认识,这是一种认识的高级阶段。作家彻底把握写作对象,对事物豁然贯通,是写作构思的绝佳契机。"驯致以怿辞",即训练自己的情致以恰当地使用文辞。作家的才华最终要诉诸语言表达,在整个构思过程中始终伴随着语言,因此语言训练对作家来说极其重要。在广泛参与、多方积累的同时,加强思考、判断,不断获得见识,提高语言文辞的表达能力,这为艺术想象活动的顺利进行提供了必要条件。

葛洪《西京杂记》载司马相如写作《上林》、《子虚》赋时,"意思萧散,不复与外事相关,控引天地,错综古今,忽然如睡,焕然而兴,几百日而后成"。桓谭《新论》记载扬雄为作赋苦心构思之情形:"赋成,遂困倦小卧,梦其五脏出地,以手收而内之。及觉,病喘悸大少气,病一岁。"这些例证道出了写作构思之艰辛,"为文之用心"的劳苦。

总之,刘勰将"神思"论作为谋篇的根本问题来探讨,较为全面地分析了艺术想象和构思中的诸多问题,具有现代价值。

四、耿介程器

刘勰在《文心雕龙》中提出作者二重论思想,即理想的作者和现实的作者。

《文心雕龙·征圣》："夫作者曰圣，述者曰明，陶铸性情，功在上哲。""作者曰圣"与《文心雕龙·原道》篇"道沿圣以垂文，圣因文而明道"相通，其所谓"圣"成为"明道"与"垂文"的中介。"圣"乃是极富智慧和创造力的"作者"，是由技进乎道、达至文章（文学）至境的立言主体。不过在《文心雕龙·征圣》里，刘勰谈到"圣"时，只局限于周、孔等儒家之圣。《文心雕龙·征圣》："夫子文章，可得而闻，则圣人之情，见乎文辞矣。""先王圣化，布在方册；夫子风采，溢于格言"，"然则圣文之雅丽，固衔华而佩实者也。天道难闻，犹或钻仰，文章可见，胡宁勿思？若征圣立言，则文其庶矣"。"圣人"的文章，中正美妙，能结合辞采和情理，不同寻常；"圣人"的天道，"神理设教"（《文心雕龙·原道》），很难理解，而圣人的文章可以展现给我们。倘若请教圣人，文章就差不多了。刘勰心目中理想的作者——圣，其著作都是立言之物。《文心雕龙·征圣》篇赞曰："妙极生知，睿哲惟宰。精理为文，秀气成采。鉴悬日月，辞富山海。百龄影徂，千载心在。""圣人"对万物的体察，真巧妙之至，可以产生深奥的知识和通达的智慧。圣人运用精微的义理和优秀的气质写成文章，这样，他们的见识有若天空日月般明朗，相应地，文辞如山海般丰盛。形体虽然去世已久，但寄托文辞的心情却经过千年依然存在。就作者论而言，"作者曰圣"可谓中国古代文论中作家论的一个制高点，是作家可能达到的最高境界，也标志着文章（文学）的高度完善。

可是现实世界中的作者，无论在品德还是才能方面都与圣人相差甚远，是有许多缺点的。《文心雕龙·才略》："相如好书，师范屈宋，洞入夸艳，致名辞宗；然覆取精意，理不胜辞，故扬子以为文丽用寡者长卿,诚哉是言也!"刘勰认为,司马相如创作上学习屈原、宋玉,以大量夸张、艳丽的描写成为一代辞宗;但仔细考察其辞赋的思想含义,就显得思想浅薄,内容和形式很不相称了。所以,他很赞同扬雄的观点,认为司马相如的辞赋是"文丽用寡",即文辞华丽而用处不大。刘勰认为桓谭与司马相如正好相反,桓谭长于说理,但他的《仙赋》等文学作品却写得"偏浅无才","长于讽论,不及丽文也"(《文心雕龙·才略》)。以上论才,下面论德。在《文心雕龙·程器》篇里,刘勰承认曹丕在《与吴质书》里提出的"观古今文人,类不护细行,鲜能以名节自立"的论点,并历数两汉、魏晋16个文人的不端行为作为例证,如司马相如的好色受贿,扬雄的贪酒失算,冯衍的纳妾赶妻,杜笃的贪得无厌,班固的狐假虎威,马融的贪污帮凶,孔融的傲慢被杀,祢衡的狂放致死,等等,"诸有此类,并文士之瑕累"(《文心雕龙·程器》)。

的确,现实中的作者即使多么有才华,都会有这样那样的瑕疵,这势必对其作品产生不利影响。所以,刘勰撰写《指瑕》篇专指文章之瑕,供文士们借鉴,以提高他们的写作水平。刘永济按《指瑕》原文的举例次第,列为八类:措词失体;立言违理;用辞伤义;拟人不伦;意义依希;声音犯忌;为文剽窃;注书谬解。[1]

对于文士德行方面的瑕疵,刘勰一方面承认其客观存在,并为之作出辩护,"盖人禀五材,修短殊用,自非上哲,难以求备"(《文心雕龙·程器》);另一方面指出,文士因德行缺陷而受

---

[1]刘永济.文心雕龙校释:上[M].北京:中华书局,2007:142.

到激烈批评主要在于其社会地位低下。事实上，"孔光负衡据鼎，而仄媚董贤；况班马之贱职，潘岳之下位哉？王戎开国上秩，而鬻官嚣俗；况马杜之磐悬，丁路之贫薄哉？然子夏无亏于名儒，濬冲不尘乎竹林者，名崇而讥减也"（《文心雕龙·程器》）。刘勰对"将相以位隆特达，文士以职卑多诮"（《文心雕龙·程器》）的现象充满着激愤之情。刘永济在对《程器篇》的校释中说："全篇文意，特为激昂，知舍人寄慨遥深，所谓发愤而作者也。乃后世视其书与文评诗话等类，使九原可作，其愤慨又当何如邪？"[1]由此可见，刘勰强调"为文之用心"，也因涉及现实中作家德行的实际状况有感而发。

尽管如此，刘勰并未灰心，而是认识到"九代之文，富矣盛矣；其辞令华采，可略而详也"（《文心雕龙·才略》）。比如说贾谊"议惬而赋清"（《文心雕龙·才略》），扬雄"理瞻而辞坚"（《文心雕龙·才略》），马融"华实相扶"（《文心雕龙·才略》）等，这些作家的作品在思想内容和艺术形式上实现了比较完美的统一。文人有不端行为，但并不是所有的文人都有过失。刘勰又以屈原、贾谊的忠君爱国，邹阳、枚乘的机敏警觉，黄香的至孝，徐幹的安于贫贱作为例子，说明"岂曰文士，必其玷欤"（《文心雕龙·程器》），他们的崇高品德应该成为文人们学习的榜样。因此，刘勰对现实中的作家提出了要求。《文心雕龙·程器》："然推其机综，以方治国；安有丈夫学文，而不达于政事哉？""是以君子藏器，待时而动，发挥事业，固宜蓄素以弸中，散采以彪外，梗楠其质，豫章其干；摛文必在纬军国，负重必在

---

[1]刘永济.文心雕龙校释：上[M].北京：中华书局，2007：168.

任栋梁,穷则独善以垂文,达则奉时以骋绩。"作家文士们需要加强自身修养,时刻准备展现自己的才能,做到文质兼备,成为国家栋梁之材。

总之,圣人的品德和才能是无可置疑的,所以他们的作品是尽善尽美的、超越时空的、备受推崇的经典,也是立言之作。现实中的作者应该竭尽所能,积极地向圣人及其作品学习,"雕龙"自己的"文心",使作品水平不断提升,经得起历史和时代的考验,成为不朽之作、立言之作。

五、怊怅知音

"知音"是个古语词,它来源于《列子·汤问》中所载的伯牙与钟子期的故事。伯牙以钟子期为知音。《古诗十九首》中《西北有高楼》:"不惜歌者苦,但伤知音稀。"这是对知音难得的感叹。西汉刘向《雅琴赋》"末世锁才兮知音寡",把知音这个范畴用于人物品藻。曹丕《与吴质书》:"昔伯牙绝弦于钟期,仲尼覆醢于子路,痛知音之难遇,伤门人之莫逮。"这是曹丕与吴质叙友情时,痛感知心朋友逝世的伤心话。刘勰在《文心雕龙》一书中专列《知音》篇,重提"知音难逢"的话题,站在立言的高度来解决这一理论难题,这是其高明之处。

《文心雕龙·知音》:"知音其难哉!音实难知,知实难逢,逢其知音,千载其一乎!"此句"逢其知音,千载其一乎"显然是夸张之语。但优秀的文章"原道心以敷章",这是作家思想与才华的结晶,为立言之作。刘勰突出"难"字,警戒读者不能因辞害义,对作品误读。刘勰不仅指出了在文章阅读中"知音难逢"的现象,而且分析了造成此种现象的三个原因:贵古贱今、崇己抑人、信伪迷真。怎样才能做作者的知音，真正地理解作家和作品，这是《文心雕龙·知音》篇需要解决的核心问题。

《文心雕龙·知音》："昔屈平有言，文质疏内，众不知余之异采，见异唯知音耳。"意思是说，当时人们不了解、看不到屈原的"异采"，所以未能成为他的"知音"。刘勰强调，要做一个名副其实的"知音"者，必须具有独特的眼力——"见异"。"见异"之说并非标新立异，而是要客观地阅读作品，准确把握作品的内涵和作家的意旨，不受他人观点束缚，审慎地得出结论，表达自己的独到见解。对此，我们可以从以下三个方面来理解。

首先，侧重于在作品形式方面"见异"。在魏晋文学和文学理论批评自觉的背景下，刘勰提出文章鉴赏、批评的"六观"说。《文心雕龙·知音》："是以将阅文情，先标六观：一观位体，二观置辞，三观通变，四观奇正，五观事义，六观宫商，斯术既形，则优劣见矣。""六观"说告诉我们，对一部文本进行解读时可以从这六个方面着眼去思考问题。刘勰虽然提出了"六观"说，但并未对其具体内涵作进一步的说明。其实"六观"说主要是从文章写作之术方面来概括的。范文澜指出，"一观位体，《体性》等篇论之。二观置辞，《丽辞》等篇论之。三观通变，《通变》等篇论之。四观奇正，《定势》等篇论之。五观事义，《事类》等篇论之。六观宫商，《声律》等篇论之。大较如此，其细条当参伍错综以求之"[1]。范文澜将"六观"的内容局限在"割情析采"部分来分析。王运熙则主张把"六观"说置于《文心雕龙》全书

---

[1]范文澜. 文心雕龙注：下[M]. 北京：人民文学出版社，1958：717.

中来理解,"先是指出,要理解作品,先要从位体等六个方面观
察。位体,指构置通篇体制,这在《明诗》至《书记》二十篇的'敷
理以举统'部分有具体论述,《体性》至《定势》四篇亦有论述。
置辞,指如何运用辞采,《丽辞》《比兴》《夸饰》《练字》等篇
有较详细的研讨……以上六项,概括了文章艺术形式的重要
方面。其中体制、辞采是两大主要方面,其他四项可归属前两
项,通变、奇正兼及体制、辞采,事义、宫商可归入辞采(广义
的)。《文心雕龙》全书对以上六项都很注意论述,用以指导人
们进行写作。在进行鉴赏、批评时,也应首先注意这些方面的
表现,用以判断作品艺术性的优劣,并进而考察所表现的情
志","后面指出,只要人们能够博览作品,全面观照,具有深刻
的鉴识力,就能做到心地澄明,不管作品如何深奥、特异,均能
认识清楚,作出公正合理的评价,成为文学领域中的知音"。[1]
王运熙联系《文心雕龙》全书分析"六观"说的基本内涵,认为
"六观"说针对的是"论文叙笔"部分中的所有文体,此说笔者
完全赞同;但他把"六观"解释为"文章艺术形式的重要方面",
得出《文心雕龙·知音》篇研究"文学领域中的知音"的观点,笔
者不敢苟同。《文心雕龙》研究的是文章的写作立言问题,而且
"六观"说涉及所有文体文章的写作与鉴赏,如果将其限定在
"文学"领域,不符合刘勰本意。"六观"说并非突发奇想,而是
在前文花费很大篇幅论述文章写作的基础上,从读者角度提
出的阅读理论。"六观"侧重于文章表现形式方面的问题,与

---

[1]王运熙.文心雕龙探索:增补本[M].上海:上海古籍出版社,2005:
371-372.

"文情"相对比而存在。"见异"首先通过"六观"得以实现，就是要善于发现作家的特殊品格、才能及其作品的独特文采。

其次，必须在作品内容方面"见异"。刘勰关于文章批评的"见异"说，受到孟子提倡的"以意逆志"、"知人论世"说的影响。孟子诗学的主题是"以'求是'的认知态度，去探求诗篇之意"，"孟子师弟子之间谈诗，留心于对诗篇本意的深味细察"[1]，在"文"、"辞"、"志"三者的关系上，极力强调"志"的统率作用。文章鉴赏批评由"六观"表现形式入手，最终要求看出"文情"，这符合由感性到理性的认识规律。刘勰要求"见异"须"沿波讨源，虽幽必显"、"深识鉴奥"，侧重从内容方面论述。读者绝对不能"贵古贱今"、"崇己抑人"、"信伪迷真"，否则便会"各执一隅之解，欲拟万端之变"（《文心雕龙·知音》）。欣赏评价一部作品，就是要透过表面的文、辞去深察作家之志和作品之意。"世远莫见其面，觇文辄见其心。"（《文心雕龙·知音》）写作乃立言，时移世易，观文则可知心、知面。

最后，在形式与内容统一的基础上，对作品进行创造性解读。作品乃立言之物，它将会超越时空而存在。不同历史时期或同一历史时期的不同鉴赏家、批评家，对同一作品将会有诸多评价。那么，任何一名读者是否都能做到见仁见智、不落俗套呢？其实不尽如此。刘勰提倡"见异"，就是要求在众多鉴赏和批评中独树一帜、鹤立鸡群，尽力挖掘作品之意、作家之志，超越时空的局限做一名名副其实的"知音"者。明代谢榛在《四

---

[1]梁道礼. 接受视野中的孟子诗学[J]. 陕西师范大学学报(哲学社会科学版)，2003(6)：8.

溟诗话》中强调,"异其异"才是最难的。他说:"人但能同其同,而莫能异其异。吾见异其同者,代不数人尔。"《文心雕龙·知音》:"凡操千曲而后晓声,观千剑而后识器;故圆照之象,务先博观。阅乔岳以形培塿,酌沧波以喻畎浍,无私于轻重,不偏于憎爱,然后能平理若衡,照辞如镜矣。"能不能"见异",对一位批评家来说,不仅要博观多识,而且要能"心敏理达"、洞察玄奥,方可"晓声"、"识器",尔后才能"见异"。

结　语

　　《文心雕龙》是魏晋六朝时期理论体系最为完备、最具理论深度的著作,成书于南齐末年。至少在梁代,已影响到当时士人、学子关于文章、文学诸问题的思考,提升了当时的文论水准。对于《文心雕龙》的研究,从其诞生起即已开始,延续了近 1500 年。现代"龙学"作为专门学问,若从现代著名语文学家黄侃 1914 年于北京大学讲授《文心雕龙》开始算起,至今已有 100 余年。目前,《文心雕龙》有英文、日文、韩文、意大利文和西班牙文的全译本,很多国外汉学家都在研究它,"龙学"已成为一门具有世界意义的显学。据戚良德《文心雕龙学分类索引》统计,从 20 世纪初期至 2005 年 8 月,百年来国内外有关"文心雕龙学"的研究论文共计 6143 条,专著 348 条,西方论著 26 条。[1]2005 年至今,"龙学"新成果又增添了不少。如果加上古人的研究成果,说"龙学"成果汗牛充栋绝非过誉之词;但令人遗憾的是,迄今《文心雕龙》到底是一部什么性质的书这样一个最基本的理论问题,"龙学"界至今没有一个统一看法。

　　笔者认为,《文心雕龙》是一部讲述写作立言的书,这一论

----

　　[1]戚良德.文心雕龙学分类索引[M].上海:上海古籍出版社,2005:编例 1.

点的现代意义表现在如下三个方面。

一、有助于推进对《文心雕龙》著作性质及理论体系的深入研究

关于《文心雕龙》的著作性质，是"龙学"中备受关注的话题。人们将其界定为文学理论著作、文学批评史著作、文章学著作、写作学著作、写作心理学著作、美文写作著作、文化史著作、文体发展史著作等，每一次的性质界定都会带来新的研究话题，形成新的知识体系。近年来，《文心雕龙》的跨学科研究向着更加深入、更加细致的方向发展，也促使人们进一步思考《文心雕龙》的著作性质。《文心雕龙》在美学、宗教学、哲学、历史学等方面的跨学科研究进一步增强，特别是《文心雕龙》与艺术学、伦理学、神话学、传播学、编辑学、中医学和大学教育等的跨学科研究成为人们关注的热点。这种跨学科研究使得其性质变得更为复杂。对《文心雕龙》著作性质复杂性的理解出于两方面原因：其一，《文心雕龙》文本内容的复杂性。其二，现代转换的需要。《文心雕龙》的现代价值及其承传是"龙学"研究的重要课题之一，如果《文心雕龙》变成只供人们玩赏的古董文物，其价值和意义会被埋没。

笔者从回归历史语境与重视现代价值两个层面认为，《文心雕龙》是一部论述写作立言问题的著作。刘勰提出原道、征圣、宗经的立言基本原理，致力解决的就是普通文士的写作立言问题。在刘勰看来，圣人的著作成为典范，无与伦比，已经实现不朽的价值；而现实中的作家和作品，瑕疵很多，急需解决。

《文心雕龙》中"文"范畴研究成果极为丰富,但较多研究集中在对前代文献的综述罗列上,对"文"概念外延的划定成为焦点,有关《文心雕龙》著作性质的争论亦由此而来。刘勰所论之"文"的内在意蕴和本质特征,未引起足够重视。从立言角度审视可以发现,刘勰笔下之"文",为天地、万物和人的呈现与存在的样式,既表现为一种美的显现,更体现为一种人文价值追求,是一种对人的生命意义的叩问。

　　中国古代诗文评被认为是感悟式的、印象式的、体验式的、点评式的。劳承万说:"西方只有'美学',而无'乐学';中国只有'乐学'而无'美学'。"又说:"故在中国没有西方式的美学,只有'礼—乐'文化精神中之'乐学'。"[1]认为"乐学"是中国美学的学科形态。劳承万指出,"在中国没有西方式的诗学,有的只是通过'诗教'契机转换后的中国诗学,即诗教型的中国诗学,其路向,与中国心性哲学完全一致"[2]。他认为这是中国诗学之学科形态。这种观点是不是有点儿绝对,可以进一步商榷;但《文心雕龙》是一个例外,它有着完整严密的理论体系,"体大虑周",甚至可以与亚里士多德的《诗学》相提并论。举凡人类伟大的卓越的思想体系,都有一个共性,那就是它们的理论价值既表现在与前代思想的比较中,又表现在与后世思想的遥相呼应和智慧启迪中。这里的"比较",可以理解为清理、批判、继承等意思。《文心雕龙》之所以获得很高的美誉,达

　　[1]劳承万.中国古代美学(乐学)形态论[M].北京:中国社会科学出版社,2010:39.

　　[2]劳承万.中国诗学道器论[M].合肥:安徽教育出版社,2010:17.

到世界水平，我认为上面分析的原因也完全适合于《文心雕龙》。除受印度佛教逻辑学——因明学的影响外，其中很重要的原因在于，它对前代、当代思想作了充分借鉴、批判和继承，从而让自己站在当时理论的最前沿来建构理论体系。

笔者遵从刘勰在《序志》篇中的说法，认为全书通过"立言缘由"、"立言必然性"和"立言方法"等组织全书，其深层结构表现在以"文"为线索，以"为文之用心"为核心思想，以写作立言为指归。此思想脉络贯穿于整本书的撰写过程。

二、《文心雕龙》的立言思想及方法对现代写作具有借鉴价值

写作立言是刘勰论文的主要意图和主要内容，不能简单理解为类似于现代文章写作或文学创作，而是充满生命力，体现着以立言为至高追求的人文价值理想。它不等同于现代写作学，但对现代写作学具有重要启迪。

在写作立言上，刘勰强调"为文之用心"，首先表现在"原道心以敷章，研神理而设教"（《文心雕龙·原道》），要求文与道的高度统一。刘勰论文原道，极为重视文章的思想内容与教化价值，认为文章具有"鼓动天下"的巨大作用。联系我们现代的文章写作，部分知识分子往往对所研究的课题浅尝辄止，没有抓住问题的本质，导致"充斥当下学术界的许多论文缺乏明确的问题意识，有时候只是一味地追新求异，并不考虑研究对象的学术意义和现实意义。许多文章表达的只是一些常识，缺乏真知灼见，根本不是相关问题的专家，阅读他们的著作'简直

不能偿读者的阅读之劳'"[1]。这类文章缺乏思想性,缺乏创建,对现实没有什么价值,更谈不上能流传后世。我们真正需要的是能够解决社会问题,能够给人们答疑解惑,令人精神振奋的高质量的文化产品。

其次,"为文之用心"体现在写作立言主体的写作观念和态度方面。"现在,我国每年人文社会科学生产的论文和著作的数量恐怕居世界之首,但惭愧的是我们的论文和著作泥沙俱下,良莠不齐,真正有价值和有分量的论文和专著凤毛麟角,少得可怜。许多论文为发表而发表,为出版而出版,对问题的探讨浅尝辄止,根本没有在前人研究的基础上有所推进。一些学者动不动就著作等身,但是细细阅读就会发现,他们的许多著作大同小异,雷同重复的比例非常高。"[2]部分知识分子在极端功利化和浮躁的心态下从事写作,一味地玩弄写作技巧,追求写作数量。古人认为文章乃千古之事,柳宗元自称"每为文章,未尝敢以轻心掉之,惧其剽而不留也;未尝敢以怠心易之,惧其弛而不严也"[3]。因此,从立言高度来审视文章写作、文学创作,意味着对写作主体的态度和写作主体的精神状态提出了更高要求。刘勰从理论和实践两个层面给我们树立了光辉不朽的榜样。

最后,"为文之用心"体现在立言方法方面。从《明诗》到

[1]高宏洲."立言"不朽的当代意义[J].福建师范大学学报(哲学社会科学版),2015(1):153.

[2]高宏洲."立言"不朽的当代意义[J].福建师范大学学报(哲学社会科学版),2015(1):153.

[3]周祖譔.隋唐五代文论选[M].北京:人民文学出版社,1990:252.

《书记》共计 20 篇为"论文叙笔"部分,侧重于从文体角度论述写作立言的方法;从《神思》到《程器》共 24 篇为"割情析采"部分,侧重于从各种文体的共性方面讲述写作立言的具体方法。在文体写作方面,刘勰提出了较为系统的学习方法,即"释名以章义"、"原始以表末"、"选文以定篇"及"敷理以举统"。刘勰提出的文体写作方法,对于现代写作仍然具有重要的借鉴意义。写作并非提笔埋头就写,而是要在全面学习思考的基础上进行。从各种文体写作的共性角度,刘勰分别从关于立言的总要求和具体方法、关于立言的内外部条件、关于对立言之作的批评与鉴赏来分析;同时,又从练字、离章合句、谋篇、耿介程器、怊怅知音等方面论述,其视角非常独特,进一步强调写作不再是普通的个体活动,而是在立言。既然是立言,那么不但会影响当代,而且必然要流传于后世。正像刘勰所言:"独步当时,流声后代。"(《文心雕龙·论说》)所以,决不可掉以轻心,必须用心为文。

刘勰所提倡的立言态度是审慎的,立言类型是多样的,立言技巧是完善的,这无疑会对后人产生深远的影响。纵观刘勰一生,其最大贡献就在立言方面。刘勰撰写《文心雕龙》,对后世文学理论、写作理论均产生了巨大贡献,这部书是不朽的,他完成了立言的实践活动。与此同时,在《文心雕龙》这部巨著中,刘勰细致而周密地论证了自己的立言思想,对我们现代人的写作具有重要指导价值。

三、《文心雕龙》的立言思想对现代伦理人文精神建构带来重要启迪

立言不仅是一种书写行为，它的深层意义还表征着人的生存行为指归，体现了伦理人文精神维度的建构和追求。《左传》里提出的立德、立功、立言"三不朽"，成为先秦以来一代又一代仁人志士梦寐以求的事，构建了他们的精神家园。古代所谓立德、立功、立言是古人参与社会的三个维度，在逻辑概念领域里可以分开来说，但在现实社会生活中，它们之间互相影响，统一在了一起。如果非要强行分开，那只能解释为具体到个人，侧重于在立德、立功、立言活动中，就其中的某个方面显示出非凡才能和贡献。实际上，很少会有仁人志士将自己的一生轻率地界定到"三不朽"中的某一个方面。在这个问题上，刘勰就是典型例证。他撰写《文心雕龙》的目的是研究如何才能完成立言的事业，但他又明确提出立德、立功优于立言。比如《文心雕龙·诸子》："太上立德，其次立言。百姓之群居，苦纷杂而莫显；君子之处世，疾名德之不章。"《文心雕龙·程器》："盖士之登庸，以成务为用。鲁之敬姜，妇人之聪明耳；然推其机综，以方治国；安有丈夫学文，而不达于政事哉？""是以君子藏器，待时而动，发挥事业……摛文必在纬军国，负重必在任栋梁，穷则独善以垂文，达则奉时以骋绩。"刘勰从人的生存的真实状态来理解写作立言活动。在他看来，作为一名文士，首先要积极参与到立德、立功的社会活动中，展现自己的才能，然后再去成就写作立言的事业。在《文心雕龙》内容的具体论述中，我们可以感受到，如果没有立德、立功的意愿和践行活动，

立言也是不容易实现的。如果没有长达 20 余年的从政经历，熟谙朝廷政事运作、君臣关系，刘勰何以能够对如此众多的朝廷公文文体有深入的理解和系统的研究。人们习惯于将《文心雕龙·神思》篇中"登山则情满于山，观海则意溢于海"两句解释为艺术想象，这固然没错，但如果没有现实的"登山"、"观海"之举动，其情意怎能真切感人。

周兴陆在谈到刘勰《文心雕龙》中的作家观念时指出，"在'立功'中'立言'，以'立言'实现'立功'。这也是中国文论的一个思想传统，也就是古人所谓'先器识而后文章'，顾炎武所谓'一自命为文人，便无足观'，文士不以空头文人自处。但是，现代文论从'纯文学'立场、以现代'文学家'的独立身份为标准，标举文学的独立性、文学家的独立性，对刘勰的'摛文必在纬军国'的'文德说'作出较多批评。文学家放弃'立德'、'立功'，仅仅以'立言'自居，甚至所言不关乎义理，不关乎时事民生。这实际上是放弃了中国文论的一个优良的思想传统，是需要警醒和反思的"[1]。周兴陆将刘勰心目中理想的作者与现代"文学家"比较，给我们以深刻启迪。

由于现代社会部分知识分子立言意识淡漠，其伦理人文精神严重缺失，有学者对此现象作出了梳理，认为"一些知识分子的过度俗化和无良化已经严重地扭曲了知识分子的形象。现在，有些知识分子对自己研究领域的造诣并不比普通人高多少，有时还出现想象不到的'低'。有关知识分子的丑闻已

---

[1]周兴陆. 纯文学，还是大文学：现代"龙学"理论基础之反思[J]. 中国社会科学院研究生院学报，2019(6)：64.

经不是什么见不得人的'耻辱'，而是变成了普遍性的'事
实'"，"学术的'潜规则'造成了学术人格的矮化，我们很难想
象生活于'潜规则'之下的学者能够拥有健全的人格和伟大的
心灵"，"有些学者根本没有把精力用在真正的学术研究上，而
是耗费在了邪门歪道上，最终养成浮躁功利的性格，完全和学
术研究处于隔离和违背的状态"。[1] 由此可见，现代社会部分
知识分子所表现出的不良倾向还是相当严重的，提倡进一步
增强知识分子社会责任、重建精神家园很有必要。

　　现代社会分工不断细化，这无疑是社会进步的表现。传统
的人文知识分子被划分到政治、哲学、历史、宗教、文学、艺术
等具体学科领域之中，受学科制约，现代人文知识分子冲破学
科壁垒参与社会的广度和深度有所削弱。韦政通对此有所思
考，说："所谓社会关怀，当然不只是关切之情，它应该是一种
参与。参与有观念的参与和行动的参与，观念的参与主要是指
对国家社会各种问题的诊断、批评、建议，甚至是理想的提供；
行动的参与，总不免要走向街头，甚至热衷于社会和政治运
动。"[2] 他指出了现代知识分子两种参与社会的方式——观念
的参与和行动的参与，很有道理。笔者以为，在现代社会，"观
念的参与"主要指发现社会问题，形成文章，用来解决社会问
题；而"行动的参与"不再局限于古人所谓立德、立功之狭隘，
而是要面对更为广阔的社会生活，积极投入社会主义现代化

　　[1]高宏洲."立言"不朽的当代意义[J].福建师范大学学报（哲学社
会科学版），2015(1):154.
　　[2]韦政通.知识人生三大调[M].北京:中华书局,2011:166-167.

建设的伟大事业。作为社会的一员，现代人文知识分子应该具有"达于政事"、"纬军国"、"任栋梁"的社会责任感，具有"修齐治平"的伟大志向和高远的人生境界，这才是现代写作立言的前提。现代人文知识分子完全可以从古人立言不朽的文章价值观中获取精神力量，以实际行动参与到社会主义现代化建设之中，建言献策，解决具体问题，实现立言不朽的人生价值。

参考文献

一、著作类

1. 黄霖. 文心雕龙汇评[M]. 上海：上海古籍出版社, 2005.

2. 周勋初. 文心雕龙解析[M]. 南京：凤凰出版社, 2015.

3. 周兴陆. 民国《文心雕龙》研究论文汇编[M]. 上海：东方出版中心, 2021.

4. 欧阳艳华. 征圣立言：《文心雕龙》体道思想研究[M]. 上海：上海古籍出版社, 2015.

5. 范文澜. 文心雕龙注[M]. 北京：人民文学出版社, 1958.

6. 罗根泽. 中国文学批评史[M]. 北京：商务印书馆, 2017.

7. 张少康, 刘三富. 中国文学理论批评发展史[M]. 北京大学出版社, 1995.

8. 老舍. 文学概论讲义[M]. 上海：复旦大学出版社, 2004.

9. 王运熙. 文心雕龙探索：增补本[M]. 上海：上海古籍出版社, 2005.

10. 中国《文心雕龙》学会. 文心雕龙研究：第四辑[M]. 北京：北京大学出版社, 2000.

11. 中国《文心雕龙》学会. 文心雕龙学刊：第　辑[M]. 济南：齐鲁书社, 1983.

12. 李泽厚, 刘纲纪. 中国美学史[M]. 北京: 中国社会科学出版社, 1987.

13. 缪俊杰. 文心雕龙美学[M]. 北京: 文化艺术出版社, 1987.

14. 张少康, 汪春泓, 陈允锋, 等. 文心雕龙研究史[M]. 北京: 北京大学出版社, 2001.

15. 杨明照. 文心雕龙校注拾遗[M]. 上海: 上海古籍出版社, 1982.

16. 刘永济. 文心雕龙校释[M]. 北京: 中华书局, 2007.

17. 首都师范大学文学院. 文学前沿: 第13辑[M]. 北京: 学苑出版社, 2008.

18. 王元化. 读文心雕龙[M]. 北京: 新星出版社, 2007.

19. 童庆炳. 童庆炳谈文心雕龙[M]. 开封: 河南大学出版社, 2008.

20. 童庆炳. 《文心雕龙》三十说[M]. 北京: 北京师范大学出版社, 2016.

21. 李平. 《文心雕龙》研究史论[M]. 合肥: 黄山书社, 2009.

22. 党圣元. 返本与开新: 中国传统文论的当代阐释[M]. 开封: 河南大学出版社, 2011.

23. 鲁迅. 鲁迅文集·杂文卷[M]. 武汉: 华中科技大学出版社, 2014.

24. 铃木虎雄. 中国诗论史[M]. 许总, 译. 南宁: 广西人民出版社, 1989.

25. 郁沅, 张明高. 魏晋南北朝文论选[M]. 北京: 人民文学出版社, 1999.

26. 逯钦立. 先秦汉魏晋南北朝诗[M]. 北京:中华书局, 1983.

27. 叶舒宪. 文学与治疗［M］. 北京：社会科学文献出版社,1999.

28. 中国《文心雕龙》学会. 文心雕龙研究荟萃[M]. 上海：上海书店,1992.

29. 乔纳森·卡勒. 当代学术入门:文学理论[M]. 李平,译. 沈阳:辽宁教育出版社,1998.

30.《文心雕龙学综览》编委会. 文心雕龙学综览[M]. 上海:上海书店出版社,1995.

31. 王士禛. 古夫于亭杂录[M]. 赵伯陶,校. 北京:中华书局,1988.

32. 涂光社. 文心十论[M]. 沈阳:春风文艺出版社,1986.

33. 鲁迅. 集外集拾遗补编[M]. 北京:人民文学出版社, 1995.

34. 石家宜.《文心雕龙》系统观[M]. 南京:江苏古籍出版社,2001.

35. 陈来. 古代思想文化的世界:春秋时代的宗教、伦理与社会思想[M]. 北京:生活·读书·新知三联书店,2002.

36. 赵歧,孙奭. 孟子注疏[M]. 北京:北京大学出版社, 2000.

37. 艾田伯. 比较文学之道：艾田伯文论选集［M］. 胡玉龙,译. 北京:生活·读书·新知三联书店,2006.

38. 舒芜,陈迩冬,周绍良,等. 近代文论选[M]. 北京:人民文学出版社,1999.

39. 胡安顺. 春秋左传集解释要[M]. 西安:陕西人民出版社,2004.

40. 陈寿,裴松之. 三国志[M]. 武汉:崇文书局,2010.

41. 童庆炳. 现代视野中的中华古代文论系统[M]. 北京:北京师范大学出版社,2016.

42. 郭晋稀. 文心雕龙注译[M]. 兰州:甘肃人民出版社,1982.

43. 林杉. 文心雕龙批评论新诠[M]. 呼和浩特:内蒙古教育出版社,2002.

44. 韩泉欣. 文心雕龙直解[M]. 杭州:浙江文艺出版社,1997.

45. 周振甫. 文心雕龙辞典[M]. 北京:中华书局,1996.

46. 韦政通. 知识人生三大调[M]. 北京:中华书局,2011.

47. 楼宇烈. 王弼集校释[M]. 北京:中华书局,1980.

48. 王镇远,邬国平. 清代文论选[M]. 北京:人民文学出版社,1999.

49. 刘宝楠. 论语正义[M]. 北京:中华书局,1990.

50. 李泽厚. 论语今读[M]. 合肥:安徽文艺出版社,1998.

51. 张少康,卢永璘. 先秦两汉文论选[M]. 北京:人民文学出版社,1996.

52. 成中英. 世纪之交的抉择:论中西哲学的会通与融合[M]. 上海:知识出版社,1991.

53. 张岱年. 中国哲学大纲:中国哲学问题史[M]. 北京:商务印书馆,2017.

54. 劳承万. 中国诗学道器论 [M]. 合肥:安徽教育出版

社,2010.

55. 邓国光.《文心雕龙》文理研究:以孔子、屈原为枢纽轴心的要义[M].上海:上海古籍出版社,2012.

56. 刘小枫,陈少明.经典与解释的张力[M].上海:上海三联书店,2003.

57. 牟世金.文心雕龙研究[M].北京:人民文学出版社,1995.

58. 劳承万.中国古代美学(乐学)形态论[M].北京:中国社会科学出版社,2010.

59. 王天海.荀子校释[M].上海:上海古籍出版社,2005.

60. 祖保全.文心雕龙解说[M].合肥:安徽教育出版社,1993.

61. 陆侃如,牟世金.文心雕龙译注[M].济南:齐鲁书社,1995.

62. 张国庆,涂光社.《文心雕龙》集校、集释、直译[M].北京:中国社会科学出版社,2015.

63. 周明.文心雕龙校释译评［M].南京:南京大学出版社,2007.

64. 吴林伯.《文心雕龙》义疏[M].武汉:武汉大学出版社,2002.

65. 吴林伯.《文心雕龙》字义疏证[M].武汉:武汉大学出版社,1994.

66. 毕万忱,李淼.文心雕龙论稿[M].济南:齐鲁书社,1985.

67. 黄侃.文心雕龙札记［M].北京:中国人民大学出版

社,2004.

68. 詹锳. 文心雕龙义证[M]. 上海:上海古籍出版社,1989.

69. 中国《文心雕龙》学会.《文心雕龙》与 21 世纪文论研究国际学术研讨会论文集[M]. 北京:学苑出版社,2009.

70. 孙蓉蓉. 刘勰与《文心雕龙》考论[M]. 北京:中华书局,2008.

71. 宇文所安. 中国文论:英译与评论[M]. 王柏华,陶庆梅,译. 上海:上海社会科学院出版社,2003.

72. 牟世金. 雕龙后集[M]. 济南:山东大学出版社,1993.

73. 戚良德. 文心雕龙学分类索引[M]. 上海:上海古籍出版社,2005.

74. 张少康. 文赋集释[M]. 北京:人民文学出版社,2002.

75. 周祖譔. 隋唐五代文论选 [M]. 北京:人民文学出版社,1990.

76. 蒋祖怡. 文心雕龙论丛 [M]. 上海:上海古籍出版社1985.

77. 戚良德.《文心雕龙》与当代文艺学[M]. 北京:中央编译出版社,2012.

78. 甫之,涂光社.《文心雕龙》研究论文选:1949-1982(上)[M]. 济南:齐鲁书社,1988.

79. 中国《文心雕龙》学会. 文心雕龙研究:第二辑[M]. 北京:北京大学出版社,1996.

80. 寇效信. 文心雕龙美学范畴研究[M]. 西安:陕西人民出版社,1997.

81. 何九盈. 汉字文化学[M]. 沈阳:辽宁人民出版社,2000.

82. 周振甫. 文心雕龙注释[M]. 北京:人民文学出版社, 1981.

83. 陈鼓应. 老子注译及评介[M]. 北京:中华书局, 1984.

84. 张长青, 张会恩. 文心雕龙诠释[M]. 长沙:湖南人民出版社, 1982.

85. 宗白华. 美学散步[M]. 上海:上海人民出版社, 1981.

86. 王运熙, 顾易生. 中国文学批评史新编[M]. 上海:复旦大学出版社, 2005.

87. 郭象, 成玄英. 庄子注疏[M]. 北京:中华书局, 2011.

88. 黄霖, 吴建民, 吴兆路. 原人论[M]. 上海:复旦大学出版社, 2000.

89. 耿素丽, 黄伶. 民国期刊资料分类汇编·文心雕龙学[M]. 北京:国家图书馆出版社, 2010.

90. 罗宗强. 读文心雕龙手记[M]. 北京:生活·读书·新知三联书店, 2007.

91. 郭绍虞. 郭绍虞说文论[M]. 上海:上海古籍出版社, 2000.

92. 周振甫. 文心雕龙今译:附词语简释[M]. 北京:中华书局, 2013.

93. 徐复观. 中国文学精神[M]. 上海:上海书店出版社, 2004.

94. 赵孟頫. 松雪斋集[M]. 杭州:西泠印社出版社, 2010.

95. 罗宗强. 魏晋南北朝文学思想史 [M]. 北京:中华书局, 1996.

96. 陈拱. 文心雕龙本义[M]. 台北:台湾商务印书馆, 1999.

97. 姚松,朱恒夫. 史通全译[M]. 贵阳:贵州人民出版社,1997.

98. 中国《文心雕龙》学会. 论刘勰及其《文心雕龙》[M]. 北京:学苑出版社,2000.

99. 童庆炳. 文学理论教程:第五版[M]. 北京:高等教育出版社,2015.

100. 林杉. 文心雕龙文体论今疏[M]. 呼和浩特:内蒙古教育出版社,2000.

101. 郭英德. 中国古代文体学论稿[M]. 北京:北京大学出版社,2005.

102. 范晔. 后汉书[M]. 西安:太白文艺出版社,2006.

103. 简良如.《文心雕龙》之作为思想体系[M]. 北京:中国社会科学出版社,2011.

104. 刘熙载. 艺概注稿[M]. 北京:中华书局,2009.

105. 王更生. 文心雕龙研究[M]. 台北:台北文史哲出版社,1976.

106. 中国《文心雕龙》学会. 文心雕龙研究:第八辑[M]. 保定:河北大学出版社,2009.

107. 陈思苓. 文心雕龙臆论[M]. 成都:巴蜀书社,1988.

108. 吴承学. 中国古代文体学研究[M]. 北京:人民出版社,2011.

109. 张少康. 文心雕龙新探:刘勰文学理论体系及其渊源[M]. 济南:齐鲁书社,1987.

110. 郭绍虞. 中国文学批评史 [M]. 北京:商务印书馆,2010.

111. 颜崑阳. 六朝文学观念丛论［M］. 台北：正中书局，1993.

112. 童庆炳. 童庆炳谈文体创造［M］. 开封：河南大学出版社，2008.

113. 陈引驰. 刘师培中古文学论集［M］. 北京：中国社会科学出版社，1997.

114. 王运熙，杨明. 中国文学批评史：魏晋南北朝卷［M］. 上海：上海古籍出版社，1996.

115. 詹锳. 刘勰与《文心雕龙》［M］. 北京：中华书局，1980.

116. 孙希旦. 礼记集解［M］. 北京：中华书局，1989.

二、论文类

117. 王更生. 刘勰是个什么家？［J］. 北京大学学报（哲学社会科学版），1996（2）.

118. 邬国平. 《文心雕龙》是一部子书［J］. 上海大学学报（社会科学版），2013（5）.

119. 魏伯河. 论《文心雕龙》为刘勰"树德建言"的子书［J］. 福建江夏学院学报，2018（2）.

120. 贾树新. 《文心雕龙》研究的最新进展与发展趋势［J］. 松辽学刊，1993（4）.

121. 黄霖. 《文心雕龙》：中国第一部写作心理学论著［J］. 河北学刊，2009（1）.

122. 杨明照. 运用比较的方法研究中国古代文论［J］. 社会科学战线，1986（1）.

123. 罗宗强. 《文心雕龙》的成书和刘勰的知识积累：读

《文心雕龙》续记[J].社会科学战线,2009(4).

124. 罗根泽.学艺史的叙解方法:下[J].读书通讯,1942(36).

125. 钱锺书.中国文学小史序论[J].国风半月刊,1933,3(8).

126. 栾栋.《文心雕龙》辟文学之美学思想刍议:兼论文学的"自觉"与"非自觉"[J].哲学研究,2004(12).

127. 周扬.关于建设具有中国民族特点的马克思主义文艺理论问题:周扬同志答《社会科学战线》记者问[J].社会科学战线,1983(4).

128. 胡大雷."立言不朽":从个人到朝廷文化建设——兼论文士身份的定位[J].学术月刊,2016(1).

129. 孙少华.论"言之无文,行而不远"的文学实践功能[J].上海大学学报(社会科学版),2012(1).

130. 王运熙.《文心雕龙·序志》"先哲之诰"解[J].复旦学报(社会科学版),1985(1).

131. 李金秋.《文心雕龙·宗经》篇"正末归本"新释:兼释《文心雕龙》中的"本"与"末"[J].语文学刊,2020(6).

132. 罗立乾.《文心雕龙》思维方式论纲[J].临沂师专学报,1996(4).

133. 余纪元."述而不作"何以成就孔子?[J].金小燕,韩燕丽,译.孔子研究,2018(2).

134. 何柯.史官文化与《文心雕龙》[J].四川师范学院学报(哲学社会科学版),2003(3).

135. 刘畅.述而不作:从官方职能到学术思想[J].中国典

籍与文化,2001(1).

136. 李春青. 中国古代"作者"观的生成演变及其文化意味[J]. 文艺理论研究,2013(5).

137. 王文才. 六朝文学家族繁盛原因初探 [J]. 唐山师范学院学报,2006(6).

138. 张利群.《原道》"道心" 说的文论内涵及其意义[J]. 汕头大学学报,2008(6).

139. 王璇. 荀子"道心"思想初探[J]. 邯郸学院学报,2020(3).

140. 吴飞. 何谓"天地之心":与唐文明先生商榷[J]. 哲学动态,2022(8).

141. 滕福海.《文心雕龙》这个书名是什么意思?[J]. 文史知识,1983(6).

142. 周绍恒.《文心雕龙》书名与"文之枢纽"的关系初探[J]. 贵州文史丛刊,2006(2).

143. 王少良.《文心雕龙》书名韫义新探[J]. 学术论坛,2005(12).

144. 顾明栋. 何为"道之文"? :古代美学核心范畴的概念性考察[J]. 文艺理论研究,2019(6).

145. 杨清之. 以"道之文"为核心的文学理论体系:《文心雕龙》理论体系新论[J]. 名作欣赏,2009(2).

146. 陈士部,王绍玉. "道之文":天文·人文·情文——刘勰文艺美学思想论纲[J]. 古籍研究,2009 上·下合卷.

147. 罗成. "错画"的秩序:《文心雕龙·原道》的"自然—历史"阐释及文明论意义[J]. 文艺争鸣,2020(6).

148. 牟世金. 刘勰的"征圣"、"宗经"思想[J]. 文史哲, 1986(2).

149. 梁道礼. 接受视野中的孟子诗学 [J]. 陕西师范大学学报(哲学社会科学版), 2003(6).

150. 周海天. "宗经"观念下的文学阐释[J]. 中国文学批评, 2022(3).

151. 姚爱斌.《文心雕龙》文学通变论的意义建构与整体解读[J]. 北京师范大学学报(社会科学版), 2019(3).

152. 詹福瑞.《宗经》与《文心雕龙》的理论体系[J]. 河北大学学报, 1994(4).

153. 孙蓉蓉. 刘勰的"宗经"辩正[J]. 求是学刊, 2004(2).

154. 林杉.《文心雕龙》性质问题述评[J]. 内蒙古师大学报(哲学社会科学版), 1991(1).

155. 周兴陆. 纯文学, 还是大文学:现代"龙学"理论基础之反思[J]. 中国社会科学院研究生院学报, 2019(6).

156. 莫恒全. 从"文体论"看《文心雕龙》的学术性质[J]. 广西师院学报(哲学社会科学版), 2002(2).

157. 范立红. "原文于道"与刘勰"大文学"观念的形成[J]. 广西社会科学, 2012(5).

158. 邓国光.《文心雕龙》文体通义[J]. 兰州大学学报(社会科学版), 2016(1).

159. 吴承学. 先秦盟誓及其文化意蕴[J]. 文学评论, 2001(1).

160. 苏勤.《文心雕龙·杂文》篇论辩[J]. 传奇·传记文学选刊(教学研究), 2012(5).

161. 胡海，王宸慧. 论铭箴的美育功能［J］. 语文学刊，2020(3).

162. 谢继忠. 《文心雕龙·史传》篇的史评思想及其影响［J］. 甘肃理论学刊，1989(6).

163. 吴承学. 中国文章学成立与古文之学的兴起［J］. 中国社会科学，2012(12).

164. 赵兴明. 缀字属篇 必须拣择：刘勰论炼辞［J］. 河北师范大学学报，1988(2).

165. 李建中，余慕怡.《文心雕龙》"章"义考释［J］. 中国文学研究，2020(1).

166. 马予超，张家合.《文心雕龙·章句》的虚词观及其影响［J］. 阿坝师范高等专科学校学报，2004(2).

167. 高宏洲. "立言"不朽的当代意义［J］. 福建师范大学学报(哲学社会科学版)，2015(1).

168. 童庆炳. 刘勰《文心雕龙》"阴阳惨舒"说与中国"绿色"文论的起点［J］. 江汉大学学报(人文科学版)，2005(6).

169. 黄维樑.《文心雕龙》与西方文学理论［J］. 文艺理论研究，1992(3).

170. 顾祖钊. 论中国文论的三部曲：兼及中国文化诗学的建构［J］. 陕西师范大学学报(哲学社会科学版)，2012(1).

171. 童庆炳. 根植于现实土壤的 "文化诗学"［J］. 文学评论，2001(6).

172. 童庆炳. 文化诗学是可能的［J］. 江海学刊，1999(5).

附　录

走向"文化诗学"：当代《文心雕龙》研究的新视野

——兼论童庆炳《文心雕龙》研究

　　现代意义上的"龙学"是从 1914 年黄侃在北京大学讲授《文心雕龙》开始，至今已有 100 余年。有关"龙学"的研究成果可谓汗牛充栋、成绩卓著。反思百年"龙学"史，有喜有忧，有得有失。令人喜悦的是，一大批"龙学"专家辛勤耕耘，取得骄人的研究成果；让人担忧的是，在当今全球化时代，在西方文化和价值观念的渗透、影响和冲击下，作为国学中"显学"的"龙学"，怎样才能与时俱进、永葆生机？尤其是 20 世纪 90 年代中期以来，"龙学"研究出现了低谷，更值得我们深思。

　　仅就方法论而言，传统校勘、考证、注释、翻译和理论研究的方法不能说完全过时，但面对西方文论的强势话语，研究方法无法适应当下学术发展的新格局，不利于将"龙学"研究推向新的高潮。致力于"龙学"史研究的专家们深刻思考"龙学"如何走出低谷，如何探索未来发展之路。李平说："现在，'龙学'研究又面临方法陈旧、难以突破的境地，如果我们能融合传统的乾嘉考据方法、日本的微观研究方法和西方的宏观研究方法的长处,形成一种学不分中外、亦无论古今的新的阐释学方法,则对于推动'龙学'向纵深方向发展肯定大有裨益。"[1]的确,方法的更新对"龙学"而言有着非同寻常的意义。而童庆炳所倡导的"文化诗学"理念和方法对于《文心雕龙》研究具有重要的借鉴价值。

"文化诗学"概念是格林布莱特于 1986 年 9 月在一次演讲中正式提出的。结合中国当代社会现实和文论现状,童庆炳、蒋述卓、顾祖钊等学者对之进行创造性转换、意义重释,经过近二十年的思考、论证,其观念、思路、方法逐渐明晰,俨然已成为中国当代文论显学。从 1994 年开始,童庆炳在大学讲授《文心雕龙》,与此同时,他也开始了对《文心雕龙》的研究,共撰写研究文章 20 余篇,均发表于国内权威及核心学术刊物上。其中,12 篇文章结集成《童庆炳谈〈文心雕龙〉》一书,于2008 年出版。2016 年《童庆炳文集》出版,其中第七卷为《文心雕龙三十说》。童庆炳提倡和研究"文化诗学"与研究《文心雕龙》大致同步,而"文化诗学"的理念和方法正是他从事《文心雕龙》研究的主导思想。在一篇自述性的文章中,他说:"'文化诗学'是我 1998 年提出的一种理论方法。实际上,在我开始研究《文心雕龙》的时候,就较为自觉地运用了这种方法。"[2]借助于"文化诗学"的理论资源,童庆炳的《文心雕龙》研究取得

[1]李平.《文心雕龙》研究史论[M]. 合肥:黄山书社,2009:21.

[2]童庆炳.《文心雕龙》三十说[M]. 北京:北京师范大学出版社,2016:30–31.

了丰硕成果。基于童庆炳的成功,我们不难发现"文化诗学"对于当代《文心雕龙》研究的积极意义是多方面的。

一、立足于"文化诗学"理论背景,深化古今对话

面对产生于 1500 年前的文论巨著《文心雕龙》,人们首先要关注的就是古今问题。从《文心雕龙》诞生以来,一代又一代"龙学"研究者倾心于校勘、考证、注释、翻译工作,甚至包括部分理论研究在内都在"以古正古",企图恢复《文心雕龙》的本来面目和刘勰的真实意图。诚然,对于《文心雕龙》,包括古代其他文论文献,这种保护性研究有其积极意义,先贤前辈们功不可没;但是,这种"以古正古"的策略和方法,在面对西方当代强势文论话语时显得不知所措,严重"失语"。许多有识之士纷纷举起古代文论现代转换(童庆炳认为应该用"转化"一词)的旗帜,致力于恢复古代文论话语权的工作。尽管几十年来这方面的研究整体上收效甚微,以致有些人竭力反对,但是问题不可回避,工作还须继续进行下去,否则包括《文心雕龙》在内的古代文论乃至其他古代文化遗产就会变成只能供人们赏玩的古董文物,其价值和意义会被继续埋没。

作为"文化诗学"构建的一个重要组成部分,童庆炳多年来一直积极从事中国古代文论的现代转化研究工作。由于《文心雕龙》在中国文学史上的特殊地位,正如其他进行古代文论现代转换的研究者一样,把《文心雕龙》作为重要的研究文本应该是这项工作的重中之重。童庆炳的优势在于,充分利用"文化诗学"的理论资源,密切关注《文心雕龙》与中国现当代文论建设之间的关系,深刻揭示其当代价值和意义。

　　在专著《现代视野中的中华古代文论系统》导论中,童庆炳提出坚持历史优先原则。他认为,"恢复历史本真"只是愿望,但是这个工作必须要做。唯有如此,"那么不同历史时期不同文论家所发表的不同文论,才可能被激活,才会从历史的尘封中苏醒过来,以鲜活的样式呈现在我们面前,从而变成可以被人理解的思想"[1]。这既是童庆炳研究古代文化遗产处理古今问题的学术策略,也是他的学术追求。

　　在《江汉大学学报》2005 年第 6 期,童庆炳发表了《刘勰〈文心雕龙〉"阴阳惨舒"说与中国"绿色"文论的起点》[2]一文。在文中他质疑了刘永济、王利器、周振甫等提出的《文心雕龙·物色》篇位置排列"有误"的观点,经过论证得出结论:《文心雕龙·物色》篇置于《文心雕龙·时序》篇之后,符合刘勰本意,这样做是为了说明文学和自然的关系,暗含了自然与社会并列的思想。童庆炳在此主要是为"恢复历史本真"。然后,他用中国现代美学家李泽厚提出的"积淀"说解释"阴阳惨舒"说,认为人与外物有对应关系,这种关系一代又一代有规律地重复,终于积淀为人的自然反应。然后他又从创作原理角度分析了"联类不穷"和"情往似赠"的蕴含,将"阴阳惨舒"说的思考引向具体深入。最后结论是《文心雕龙·物色》篇揭示了人与自然的和谐,这是现代"生态批评"的理论基础,所以该篇也是中国

　　[1]童庆炳.现代视野中的中华古代文论系统[M].北京:北京师范大学出版社,2016:导论 11.
　　[2]童庆炳.刘勰《文心雕龙》"阴阳惨舒"说与中国"绿色"文论的起点[J].江汉大学学报(人文科学版),2005(6):5–9.

绿色文论的起点。这是其现代转化，当然包括"恢复历史本真"。这样的分析激活了该篇的理论价值，别开生面，使我们对之有了全新的评估。再如，童庆炳对《文心雕龙·情采》篇提出的"志思蓄愤"说的现代阐释。他从中国文学的抒情传统讲起，肯定了情感是诗歌的本体。从《尚书·尧典》《毛诗序》，再到曹丕《典论·论文》、陆机《文赋》，最后到刘勰《文心雕龙》，阐释中国文学抒情论日趋成熟。《文心雕龙》提出了"情者文之经"、"为情者要约而写真"的命题，进一步强调了诗歌的情感本体问题。在此基础上，《文心雕龙》还提出了"志思蓄愤"和心应"郁陶"的观点，试图解决如何从自然情感向艺术情感转化的问题。在分析中，童庆炳还援引《淮南子》、李贽、叶燮等方面的观点，又将刘勰的理论与华兹华斯的"沉思"说、列夫·托尔斯泰的"再度体验"说、苏珊·朗格的"非征兆性情感"说等进行比较，肯定了《文心雕龙》提出的"志思蓄愤"和心应"郁陶"等观点的普遍性。最后，童庆炳得出结论说："'郁陶'与'蓄愤'同义，都是指情感在心中郁积、郁结之意。刘勰开始认识到，诗情或艺术情感一般不是即兴式的情感，要有一个蓄积、回旋和沉淀的过程。这样，自然情感才能转化为艺术情感。刘勰强调'为情而造文'需要有情感的'蓄愤''郁陶'，这一点十分重要。这是从自然情感到艺术情感的必要环节。"[1]这又是一个古代文论现代转化的成功例子。经过这样的分析，《文心雕龙·情采》篇提出的"志思蓄愤"说被激活了，其文学理论意义在于：抒情

---

[1]童庆炳.现代视野中的中华古代文论系统[M].北京:北京师范大学出版社,2016:252.

文学中自然情感转化为艺术情感，成为很重要的艺术情感生成理论，并完全可以被纳入当代抒情文学理论之中。

"龙学"中的传统校勘、考证、注释、翻译等研究方法，执着于刘勰身世、著作版本、词语释义、原意探求等方面，多侧重于"恢复历史本真"。譬如，龙学家范文澜、杨明照、王利器、牟世金、王更生等在这些方面非常用力，功绩卓绝。他们在《文心雕龙》考证、校勘、注释、翻译等方面的研究成果和水平，在今天几乎难以比肩。但这类研究对于激活《文心雕龙》的理论价值，揭示其理论影响，尤其是思考《文心雕龙》对当代文学理论建设、当代人文精神建构影响不足。值得注意的是，十余年来相继召开的几次大型的《文心雕龙》学术研讨会，都把《文心雕龙》的当代价值作为主要议题。比如，2006 年《文心雕龙》研究与当代文艺学学科建设学术研讨会在首都师范大学召开。会议主要围绕《文心雕龙》研究与当代文艺学研究的关系，"龙学"研究对当代文艺学学科建设的推动和深化影响等问题展开。2009 年中国《文心雕龙》学会第十届年会暨国际学术研讨会在安徽芜湖召开，《文心雕龙》的当代价值及其承传是会议的中心议题。2022 年中国《文心雕龙》学会第十六届年会暨国际学术研讨会在安徽芜湖召开，学会的重要议题之一就是运用《文心雕龙》中蕴含的中国理论、中国方法来建构中国话语，找到有效途径解决我们的问题。

令人欣喜的是，许多学者已经开始反思传统"龙学"研究"以古正古"的方法缺陷，注意挖掘《文心雕龙》的当代价值。比如，《文学前沿》第 13 期开篇连续刊登了两篇文章：林其锬

《〈文心雕龙〉文论资源与当代文艺学研究》[1],戚良德《〈文心雕
龙〉为当代文艺学提供了什么》[2]。又如,《〈文心雕龙〉与 21 世
纪文论研究国际学术研讨会论文集》也刊登了相关文章:刘凌
《把握时代精神,确立审美立场——从〈文心雕龙〉说到当代文
论建设》[3],吴晓峰《〈文心雕龙〉的积极进取精神及其当代意
义》[4],袁济喜《〈文心雕龙〉与当代大学教育论纲》[5] 等。这些文
章都把《文心雕龙》同中国当代社会和文论实际联系起来考
查,无疑是良好的开端。

　　事实上,对《文心雕龙》的研究,也包括研究古代文论。一
味追求"恢复历史本真"而忽视"现代转化",会使古代文化遗
产僵硬而缺乏活力;一味提倡"现代转化"而不顾及"恢复历史
本真",会造成对古代文化遗产的一知半解,得出的结论必然
牵强附会。应该将二者辩证地统一起来,这才是童庆炳提出的
坚持历史优先原则的真正内涵。当然,这是我们处理古今问题
的理想状态, 只有真正通古博今的学者才能完成。童庆炳在
"文化诗学"的理论视野下,把对古今问题的思考引向了深入,

---

　　[1]首都师范大学文学院. 文学前沿:第 13 辑[M]. 北京:学苑出版社,
2008:1-7.

　　[2]首都师范大学文学院. 文学前沿:第 13 辑[M]. 北京:学苑出版社,
2008:8-23.

　　[3]中国《文心雕龙》学会.《文心雕龙》与 21 世纪文论研究国际学术
研讨会论文集[M]. 北京:学苑出版社,2009:25-40.

　　[4]中国《文心雕龙》学会.《文心雕龙》与 21 世纪文论研究国际学术
研讨会论文集[M]. 北京:学苑出版社,2009:54-61.

　　[5]中国《文心雕龙》学会.《文心雕龙》与 21 世纪文论研究国际学术
研讨会论文集[M]. 北京:学苑出版社,2009:611-614.

取得了较大成绩,这对当代《文心雕龙》文学理论的现代转化具有重要的指导和借鉴意义。

二、借助于"文化诗学"理论资源,进一步拓展中西融合

中西结合的方法是《文心雕龙》研究的成功之路。鲁迅先生说:"东则有刘彦和之《文心》,西则有亚理士多德之《诗学》,解析神质,包举洪纤,开源发流,为世楷式。"[1]"龙学"中西比较研究由此发端。王元化明确提倡中西结合研究方法,特别是将黑格尔美学引入其中,探讨中外相通、具有普遍性意义的艺术规律,他的《文心雕龙创作论》初版被学界推崇为比较文学研究的代表作。詹锳运用布封、黑格尔、约翰·罗斯金的理论进行风格学研究,开辟了《文心雕龙》风格学研究的新领域。牟世金坚持马克思主义实事求是的精神和科学分析方法,是20世纪80年代"龙学"研究的一座丰碑。黄维樑在《〈文心雕龙〉与西方文学理论》[2]一文中,从七个方面分析了《文心雕龙》与西方文论的关系:一是西方文学理论及其"危机";二是学者用西方观点看《文心雕龙》;三是《文心雕龙》与亚里士多德《诗学》的比较;四是《文心雕龙》与韦勒克、沃伦《文学理论》的比较;五是"六观"说和"新批评"理论;六是《文心雕龙·辨骚篇》是"实际批评"的雏形;七是《文心雕龙》与其他西方当代文学理

---

[1]鲁迅.集外集拾遗补编[M]北京:人民文学出版社,1995:504.

[2]黄维樑.《文心雕龙》与西方文学理论[J].文艺理论研究,1992(3):46–53.

论［包括读者反映说、解构主义、基（原）型论、小说叙述模式等］。黄维樑全面分析了《文心雕龙》与西方文论之间的联系，启发我们用中西比较的方法研究《文心雕龙》是可行的，而且有广阔的研究空间，但问题是如何用中西结合的方法从事《文心雕龙》研究。关于这个问题，我们可以从"文化诗学"中寻找理论依据并获得方法上的支持。

中西结合的研究方法在"文化诗学"理论中受到了空前重视，开拓了新的理论。顾祖钊总结回顾了中国文论发展的历史，认为"五四"以来，中国文论明显经历了"全盘西化"和"西方文论中国化"的阶段，目前走向的是"中西融合"的新阶段；而"文化诗学"很可能就是"五四"以后"中西融合"之路实现的最终模式和理论归宿，即文学理论的未来形态。[1]顾祖钊并不否认"五四"以来许多前辈方家在各自的研究领域实现了"中西融合"，获得了巨大成就，但就理论发展而言，"文化诗学"迄今毕竟是最完善的，具有强大的生命力，是中国文论研究的未来趋势。因此，我们完全可以借鉴"文化诗学"中有关"中西融合"的理论和方法，进一步推动《文心雕龙》比较研究。

在中西问题上，童庆炳提出坚持"互为主体"的对话原则。他说："西方文论是一个'主体'，中国古代文论也是一个主体，中西两个主体互为参照系进行平等的对话。"[2]又说："中国古

　　[1]顾祖钊. 论中国文论的三部曲：兼及中国文化诗学的建构[J]. 陕西师范大学学报（哲学社会科学版），2012（1）：92-100.
　　[2]童庆炳. 现代视野中的中华古代文论系统[M]. 北京：北京师范大学出版社，2016：导论12.

代文论与西方文论作为不同文化条件下出现的'异质'理论，彼此之间可以'互补''互证'和'互释'，从这种'互动'中取长补短，这对于揭示文学的共同规律是十分有益的。中西之间以'对话'取代'对抗'是最佳选择。"[1]童庆炳在此提出了解决中西问题的原则和方法。

在"龙学"中，很多前辈学者采用中西结合的方法，但对西方现代、当代美学和文论运用很少。童庆炳在引用西方古代、近代文论时，较多地引用西方现当代文论来进行《文心雕龙》研究。其实，1985年之前，我国文论界对西方文论的介绍主要是古代的和近代的，1985年以后至今，才全面地介绍、研究西方现当代文论。西方现当代文论流派众多、思想深刻、观点新颖，我们要进行具体的科学的分析，对其中合理的因素应加以批判的吸收借鉴，并与中国文论平等对话，进行"互补"、"互证"和"互释"，推动《文心雕龙》研究的理论创新。

在《〈文心雕龙〉"道心神理"说》一文中，童庆炳说："从某种意义上说，刘勰从一个更高的层次上'返回'到我们先人的朴素的'自然崇拜'论那里，超越了儒家和道家的'道'，从自然宇宙的神秘存在这样一个更宽阔的学术视野来观察、理解包括文学在内的'人文'。在一定意义上它冲破了儒家的文学教化观念，具有积极的解放思想的价值。""在这里也许我们可以联想到现当代的西方哲学的新走向。"[2]然后他回顾了西方古

---

[1]童庆炳.现代视野中的中华古代文论系统[M].北京:北京师范大学出版社,2016:导论 14.

[2]童庆炳.童庆炳谈文心雕龙[M].开封:河南大学出版社,2008:19.

典哲学主题,又谈到以胡塞尔、海德格尔为代表的存在主义哲学。最后得出结论认为,刘勰所继承的古老的自然崇拜属于朴素的存在论,他的志趣就是提倡人要进入自然整体,如此才能体验到自然万物之美。这里没有"以中正西"或者"以西正中",而是在西方当代哲学和刘勰之间进行平等对话、交流,而且很自然、很随和。这完全符合"文化诗学"所倡导的"互为主体"的对话原则。

当今,全球化浪潮对我们这个时代的冲击和影响愈来愈频繁而强烈,以致产生文化上的全球化或趋同化现象,使得西方的文化和价值观念渗透到其他国家。这种全球化带来的冲击和影响,在我国表现得尤为突出。20世纪90年代,季羡林、曹顺庆等一批学人提出中国文论存在严重的"失语症"问题。为了医治"失语症",重建我们的话语权,需要做的有两方面工作:一是中国古代文论现代转换课题,这个问题上文已经作过分析;二是进一步推动中西比较文学、文化的研究。事实上,很多从事现代转换和中西比较的研究者都从《文心雕龙》中寻找切入点,把《文心雕龙》作为重要的研究文本,企图重建中国文艺学。一方面,我们深知《文心雕龙》已经有了英文、日文、韩文、意大利文和西班牙文的全译本,某些篇章还被译成德文、法文、俄文等,很多国外汉学家也都在研究《文心雕龙》,"龙学"已经成为具有世界性意义的显学。另一方面,我们清楚地知道,《文心雕龙》在西方文论世界中的影响还很有限,运用西方现当代理论研究《文心雕龙》的广度和深度仍显不足,对西方先进研究方法的学习和运用也不理想,《文心雕龙》研究中的中西对话和交流仍处于初级阶段。因此,我们要充分借鉴

"文化诗学"的理论观念和方法,在"龙学"研究中,要着眼于一种广阔的世界文化背景,着眼于在加入全球化进程中继续保持中国特有的民族身份和文化个性,坚守民族文化的价值根基,借鉴世界各民族进步的文化观念和思想,从而扩大中国文化和文论在全球范围内的影响力。

在"文化诗学"理论背景下,童庆炳在"中西融合"的广度和深度方面,都比以前理论家有较大延伸和发展,并具有了解决中西问题的有效原则和方法,进一步拓展了"中西融合",这有助于《文心雕龙》的中西比较研究。

三、提倡"文化诗学"观照下的跨学科综合研究方法

牟世金评述了从 20 世纪初以来 70 年的"龙学"发展史,认为"'龙学'的实际,已是一门广涉经学、史学、子学、佛学、玄学、文学、美学,而又有自己独特的校勘、考证、注译和理论研究的系统的学科"[1]。他概括了"龙学"研究的方法和成果,认为单一的学科视野不利于揭示"龙学"的跨学科属性。张少康等人指出:"《文心雕龙》中所运用的许多理论范畴,往往并不是仅仅局限在文学范围之内的,它们有很多是在哲学史、思想史、宗教史上所普遍运用的范畴,例如道、气、神、心等等,也有很多在绘画、书法、音乐等艺术理论批评中有广泛运用,甚至许多很重要的理论范畴是从艺术理论批评中移植到文学领域中来的,比如体、势、风骨、神韵等等,它们在不同的学科领域中所体现的内容和意义常常是并不完全相同的,因此,需要我

---

[1]牟世金.文心雕龙研究[M].北京:人民文学出版社,1995:10.

们作十分细致的比较和辨析,而这又需要我们对哲学史、思想史、宗教史、艺术史非常熟悉,有比较深入的研究。这样,才能对这些范畴在不同的领域中的含义之异同作认真的比较研究,从而正确地研究清楚《文心雕龙》中使用这些范畴的含义。"[1]张少康等学者的分析,揭示了"龙学"中跨学科研究的学理依据,那就是《文心雕龙》对其他学科领域知识体系的容纳、借鉴以及彼此之间的相互影响。其实,前辈"龙学"家们大都感到《文心雕龙》内容不仅仅属于文学领域,涉及学科门类遍及经、史、子、集,因此他们几乎都采取了跨学科研究方法,硕果累累,不胜枚举。由此看来,"龙学"中跨学科研究是可能的、必要的,而且是切实可行的。目前,"龙学"若要走出低谷,恢复"显学"的地位,还须继续坚持走跨学科综合研究的路子。

童庆炳所倡导的"文化诗学"是建立在对 20 世纪 80 年代以来我国当代文论反思、批判的基础之上的,是当代社会转型时期中国文论作出的时代选择。它把文学界定为既是"文化"又是"诗学",这个界定同样适合于博大精深的《文心雕龙》。在研究方法上,它提倡革新与开放,不囿于文学自律,"不必拘于学科性的限制,而从'视界融合'中来诠释文本和问题"[2]。在此理论基础上,童庆炳提出了跨学科综合研究方法。他认为,"文化诗学可以研究文学与语言的关系,文学与神话的关系,文学与其他艺术的关系,文学与宗教的关系,文学与科学的关系,

[1]张少康,汪春泓,陈允锋,等.文心雕龙研究史[M].北京:北京大学出版社,2001:593.

[2]童庆炳.根植于现实土壤的"文化诗学"[J].文学评论,2001(6):40.

文学与历史的关系，文学与政治的关系，文学与哲学的关系，文学与伦理的关系，文学与道德的关系，文学与教育的关系，文学与民俗的关系等等……我们研究文学，也一定要把它放到文学、艺术、宗教、哲学、政治、历史、教育等整个文化系统中，这样文学的本相才能充分显露出来"[1]。王元化在"龙学"研究中第一次明确提出跨学科综合研究方法，获得了成功，但他侧重于文、史、哲三方面的结合。而童庆炳先生则开辟了文学与语言、神话、其他艺术、宗教、科学、历史、政治、哲学、伦理、道德、教育、民俗等众多学科结合的新领域，理论的缜密和视域的广阔更具有现代学术视野和气息。它启发我们，一方面要充分认识文学与其他文化成员之间的关系，深刻认识文学的内涵，另一方面要借鉴各个学科中所涌现出的新理论、新思路、新方法进行文学研究。这正是目前"龙学"研究所匮乏的，也是"龙学"走出低谷的出路所在。在"龙学"实践中，童庆炳侧重于运用他所熟悉的哲学、美学从事跨学科研究。诚然，对某个研究对象进行基本的学科限制是必要的，它有利于研究的明确和具体化，是从事科学研究的前提。但是，如果将复杂的研究对象尤其是人文学科的研究对象进行单一的学科限制，则不利于揭示其丰富的内蕴。秉承"文化诗学"的学术理念和学术胸怀，童庆炳所强调的不必拘泥于狭隘的学科限制，将文学研究与其他艺术和人文学科尽可能地进行"视界融合"，表现出空前的学术气魄和独特的研究方法，为当代《文心雕龙》的跨学科研究注入了新鲜血液。这种研究，一方面有利于开辟

---

[1]童庆炳. 文化诗学是可能的[J]. 江海学刊,1999(5):175–176.

《文心雕龙》新的研究领域,催生新的研究课题,另一方面则能够有效地调动更多相关领域的研究者积极介入,进一步壮大"龙学"研究队伍。

近年来,《文心雕龙》的跨学科研究向着更加深入、更加细致的方向发展。比如,王军《如何看〈文心雕龙〉中的音乐审美》(《西安音乐学院学报》2006年第3期)一文,论述了《文心雕龙》中的音乐思想。这是《文心雕龙》与音乐理论之间的跨学科研究。张可礼《〈文心雕龙〉"树德建言"的伦理思想》[1]一文,将《文心雕龙》引向伦理学研究。彭笑远的《从〈文心雕龙·原道〉看中国神话对刘勰的影响》(《集宁师专学报》2003年第1期)一文,运用神话学的理论分析了中国古代神话对刘勰思想的影响,这属于《文心雕龙》与神话学的跨学科研究。尹韵公撰文《"喉舌"追考——〈文心雕龙〉之传播思想探讨》(《新闻与传播研究》2003年第3期),将《文心雕龙》引向传播学领域。胡海迪《〈文心雕龙〉对编辑工作的启示》(《编辑之友》2012年第6期)一文,开启了《文心雕龙》与编辑学的关系研究。袁济喜《〈文心雕龙〉与当代大学教育论纲》[2]一文,则将《文心雕龙》与大学生美育、德育相联系。这类研究是《文心雕龙》研究新的亮点,促进了《文心雕龙》的知识生产。但是,从总体上看,这方面的工作还有许多不足,专门的"龙学"家们需要不断更新知

---

[1]张可礼.《文心雕龙》"树德建言"的伦理思想[M]//中国《文心雕龙》学会.论刘勰及其《文心雕龙》.北京:学苑出版社,2000:75-93.

[2]袁济喜.《文心雕龙》与当代大学教育论纲[M]//中国《文心雕龙》学会.《文心雕龙》与21世纪文论研究国际学术研讨会论文集.北京:学苑出版社,2009:611-614.

识结构、涉足更多学科领域,还需要更多的不同学科的学者共同介入。

当然,跨学科综合研究在实践层面有较大难度,这就对我们提出更高的要求,既要细读《文心雕龙》文本,熟悉《文心雕龙》知识结构和理论内涵,又要不断学习了解其他学科基本情况,及时掌握各学科最新动态和新近产生的研究方法。唯有如此,"龙学"研究才能紧随时代步伐,才能不断推出新成果。

总体来看,童庆炳《文心雕龙》研究有三个特色:一是理论的成熟。童庆炳既是国内"文化诗学"的倡导者,长期以来又坚持进行"文化诗学"研究,博古通今、学贯中西,占据着非常优质的学术理论资源。二是方法的先进。在中国古代文论,包括《文心雕龙》研究方面他提出了具体的学术策略和研究方法,即坚持"历史优先原则"、坚持"互为主体"的对话原则和跨学科综合研究方法。这些都具有现代学术视野,屹立于时代和理论的最前沿。三是实践上的圆满。他的《文心雕龙》研究成果丰富,水准很高,多发前人所未发,在"龙学"界产生了广泛影响。他的《文心雕龙》研究论文在现代"龙学"研究论著中有很高的引用频次。张少康等人评价说,童庆炳近年来发表了多篇《文心雕龙》研究论文,其中如《〈文心雕龙〉"奇正华实"说》(《文艺理论研究》1999 年第 1 期)、《〈文心雕龙〉"风清骨峻"说》(《文艺研究》1999 年第 6 期)等,提出了不少新的见解。《〈文心雕龙〉"奇正华实"说》一文,是作者对《辩骚》篇的研究,认为该篇的理论意义在于,刘勰在肯定楚辞推进了文学新变的前提下,借用兵家的"奇正"观念,具体论述了文学创作变化中的艺术控制和调节问题。"酌奇而不失其真,玩华而不堕其实"是《辨骚》篇的点睛之笔,准确地揭示了楚辞的特色,要求创作在奇与正、华与实之间保持平衡,取得一个理想的折中点,使作品产生一种微妙的艺术张力。[1]这在目前"龙学"重复性研究比较普遍、整体水平有待提高的学术实践中显得尤为宝贵,可谓独树一帜。童庆炳所倡导的"文化诗学"研究方法,既有总体性的理论思想、理论原则,又探索出了一些具体的、可供操作的理论方法和分析路径。他运用"文化诗学"的研究方法从事《文心雕龙》研究,已经取得了很大成绩,但尚有巨大的学术空间,是当代"龙学"研究的新走向,从事《文心雕龙》研究的当代学者于此能否得到更多的启示呢?

---

[1]张少康,汪春泓,陈允锋,等.文心雕龙研究史[M].北京:北京大学出版社,2001:464.

后　记

　　我和《文心雕龙》结缘于20年前攻读硕士学位期间,当时导师梁道礼先生给我们5名同门讲授中国古代文论要籍导读课,花了几周时间带领我们研读《文心雕龙》文本。导师从《文心雕龙》中精心挑选出《原道》、《宗经》、《明诗》、《神思》、《风骨》、《情采》、《隐秀》、《知音》等篇目,要求以范文澜《文心雕龙注》为底本,同时参阅其他权威注本。每名同学从中选出一篇研读,做出读书笔记,上课时再逐一发言,大家讨论。先生素以知识渊博、见识高远、耿直率真为学生所喜爱,加之课堂热闹的讨论气氛,引来了多名在读博士生前来蹭课。充满学术气息的课堂培养了我们对《文心雕龙》的强烈兴趣,5名同门大都撰写出相关文章,其中1名同学和我则以《文心雕龙》作为攻读硕士学位的毕业论文选题。

　　硕士毕业后我奔赴高校工作,由于求职试讲内容为《文心雕龙·宗经》篇,试讲得到佳评,入职后教研室安排我给本科生开设《文心雕龙》研究课程。在工作中,围绕《文心雕龙》发生的事情令我感动。有一年,教研室订了几本刘永济先生的《文心雕龙校释》(上下册)。中文系几位德高望重的老先生见书后神情大悦,都想收藏。由于书少人多,现场气氛骤然紧张。作为初出茅庐的晚辈,我不敢吱声。最终他们先给我保证了1套,剩下的再分配。在长期的授课中,我发现不乏有学生对《文心雕龙》产生较为浓厚的兴趣,有学生则以《文心雕龙》作为本科毕业论文选题,令我欣喜。

工作10余年后,我选择读博。读博期间,导师尤西林先生同意并指导我继续研读《文心雕龙》,党圣元先生、李西建先生、张弘先生、朱志荣先生、任竞泽先生、裴亚莉先生给我以鼓励和指导。对以上诸位先生的热忱教诲,在此表示诚挚的谢意!

本书是我在硕士学位论文的基础上,结合多年来从事《文心雕龙》教学与科研工作的心得撰写而成。《文心雕龙》中的立言思想学界早有关注,但大多是从写作动机角度立论。笔者则从著作性质、理论体系切入,认为《文心雕龙》是一部讲述写作立言的著作。刘勰继承和发展了古人丰富的立言思想资源,作出了系统论证。这样的阐释有利于提升其现代价值:文章、文学虽是直接诉诸纸张的书写行为,但应直面生活,解决现实生存问题。

古人云:读书不为稻粱谋。可是,《文心雕龙》对我来说是挚爱,也成为近20年我教职生涯中的重要内容之一,实际也算是以之谋生了。

最后,对宁夏人民出版社杨海军等编辑老师辛勤、严谨的工作与付出深表感谢!